Chiara Francini

LE QUERCE NON FANNO LIMONI

Romanzo

Rizzoli

Pubblicato per

Rizzoli

da Mondadori Libri S.p.A.

ISBN 978-88-17-16190-9

Prima edizione: maggio 2025
Seconda edizione: giugno 2025

Impaginazione: Corpo4, Team

Realizzazione editoriale a cura di: Daria Figari, Chiara Giusti e Giorgia Levy

Le querce non fanno limoni

«Una vita felice
significa aver combattuto.»

A chi resiste

Questo romanzo è un'opera di fantasia, ma si intreccia con la Storia dell'Italia compresa tra gli anni Venti e gli anni Settanta del secolo scorso. Pur non avendo la pretesa di rispecchiare fedelmente la realtà, si ispira a fatti accaduti e a personaggi davvero esistiti.

1
Sempre

Campi Bisenzio, 26 maggio 1973

La Delia è seduta su uno sgabello davanti alla Sylvania e con un fazzoletto fa finta di sventolarsi. Lo tiene sempre dentro il reggiseno. Un posto, quello, dove ci entrerebbe qualsiasi cosa.

In cui lei, difatti, c'ha sempre tenuto qualsiasi cosa.

L'aria del Cantuccio, un casolare che rimbocca le coperte al fiume Bisenzio, è piena di zanzare, ma, al principio dell'estate, anche loro si fanno voler bene: ti illudono d'essere presaghe d'amori umidi e assolati e ti mettono quell'uggiolina in pancia, calda di malinconia e speranza, che, solo certe serate di maggio possiedono.

Sono le dieci e mezzo e il fazzoletto, la Delia, con polso da prestigiatrice, se lo porta agli occhi asciugandoli silenziosi. Poi, però, ci si strombazza il naso facendosi, quasi, uscir fuori il cervello.

Come se le lacrime fossero malanno e il raffreddore medicina.

«*... anche tu diventerai / come un vecchio ritornello / che nessuno canta più... Sempre sempre sempre...*»

Le parole, umide di colore, volano fuori dalla Sylvania, il televisore in bianco e nero dal cappuccio latteo e celeste che, oracolo, troneggia davanti ai suoi discepoli e, precise, atterrano sulle bocche.

Su altrettanti sgabelli, nella stanza grande, simile a un cuore di mamma, son sedute, a sinistra, Lettèria, ragazza mora dal petto volitivo come quello della Delia ma senza lentiggini, e Girolama, donnina buona che lo capisci da come tiene raccolti i capelli.

Dietro gli altri resti.

E il resto.

Stanno lì, stregati da ciò che esce dalla scatola con le antenne, ognuno a suo modo, come gatti a rimirar uccelli: c'è chi tira su col naso, senza vergogna, e son sempre umori femminili, e chi, invece, palesa il proprio coinvolgimento schiaffeggiandosi le mani con applausi maschi.

In fondo, davanti alla panca lucida, ritto, c'è lui: Gigione, un omone dal naso di patata lessa ammaccata e la bocca aperta ma orba di fiato. Penseresti a un ictus, non fosse per due rigagnoli salati e vivi che gli ruzzolano giù per le gote. Applaude pastoso, come ad acchiappare mosche e, interloquendo col televisore: «Bravo codesto pagliaccio che canta, o come si chiama?!». E fa di sì con la testa come a rispondere a qualcuno che gliel'abbia domandato: «Sì! Parecchio! A me mi son sempre garbati i pagliacci! Però questo qui mi fa proprio sciogliere i' corpo, perché c'ha gli occhi boni, che patiscano... si vede!» e lo dice con la voce che fa a cazzotti per uscirgli dal naso.

«E l'è una donna» gli urla Alfonso, «la si chiama Gabriella Ferri, ma l'è truccata da pagliaccio e la si fa chiamare Zazzà come la trasmissione che gradisce la Delia» e lo aggiunge mentre la scruta di sguincio.

«La ci costringe a guardarla di sabato sera e si deve stare anche tutti zitti come bruci!» E poi, rivolgendosi direttamente all'omone: «Che lo sai perché ti piace? Perché tu sei un'anima semplice, Gigione». E tronfio si tira su il cavallo dei pantaloni cachi a zampa, sorridendo, come fa chi sa di essere il belloccio della combriccola.

«No!» ribatte la Delia di culo, ficcandosi tra le parole come uno spiffero: «No, caro Alfonso, quel pagliaccio a Gigione non gli piace perché è un'anima semplice, ma perché è un'anima bona. Quel clown» e si volta per guardarselo tutto quell'omone, diventando di burro, «Gigione mio, si chiama Zazà. Con una z sola... E ti garba perché sotto c'è una donna che la lo fa essere un pagliaccio di razza, no da due lire bucate come qualcuno...» dice fissando il cavallo dei pantaloni di Alfonso.

Gigione ride col naso contento quasi avesse il singhiozzo, e Alfonso, bicchiere in mano, solenne: «Guarda, Delia, che pochi giorni fa» scandendo, «24 maggio 1973, la Camera l'ha concesso l'autorizzazione a procedere contro Almirante per "ricostituzione del Partito fascista"! Quindi, mia bella camerata, stai attenta con codesti toni!» e ghignando le fa un inchino con la testa in segno di amabil resa.

Girolama e Lettèria, composte sui loro sgabellini, sono mamma e figlia e tutti le chiamano matriosche non perché si somiglino, ma perché sono l'una dentro l'altra anche quando non stanno insieme.

Un urlaccio in fondo al tavolo da un muso brillo ciliegia fa tremare ogni cosa: «Oh, Bersagliera infuocata, ma, parlando di fatti importanti, qualche anima pia che me lo passa que' vinello rosso laggiù? Spiegatemi sennò cosa vengo a fare in questo posto pieno di tafani? Vo a i' Bar 2001, se nessuno m'abbevera!».

È Carlo, o meglio "i' Pugi", come l'hanno sempre chiamato tutti in paese. Una vera istituzione: un cristone spettinato che potrebbe incutere timore per cruccio e stazza, se non fosse per due allucioni grassi e buffi che gli s'affacciano dai sandali che non si leva mai. Neanche d'inverno. E uno coi sandali e i piedi ignudi non può essere feroce. È per forza un'anima candida.

Per Carlo non è mai esistito nulla di più sublime che farla in mezzo alla campagna – dove ha sempre abitato – per poi pulirsi il culo con le foglie di bardana. È un mantra che ripete a tutti e che spalanca al mondo, come una medaglia o i gradi su una divisa, di che pasta sia fatto: «È una cosa deliziosa» rendiconta soave, «le foglie di bardana sono come mani sagge, le s'attaccano a qualunque cosa desiderino, così tu pigli due piccioni con una fava: tu fai i bisogni nella bellezza del creato e la bardana la ti fa anche il bidet!». Questo il suo "buongiorno" a chiunque gli si pari davanti e la risposta ricevuta, per i' Pugi, è un consuntivo perfetto su chi ha dinanzi. Non fa una grinza. Come quasi tutto quello in cui crede, lui, che sa parlare con poesia di argomenti che la gente, di solito, lascia crepare nei sepolcri della mente o del cesso. Ripete di essere sempre stato essenzialmente tre cose: anarchico, contadino e campigiano. «Non sono né toscano né fiorentino, sono campigiano! Nato e cresciuto a Campi Bisenzio, o *Champs Sur Le Bisence*» francesizza per poi chiosare beffardo: «Son de' contado! Come Leonardo da Vinci!».

I' Pugi frequenta il Cantuccio – anche se è sempre bastato dire: «Vo dalla Bersagliera» – dagli albori, da quando, cioè, la Delia lo ha aperto, in un'assolata primavera di diciassette anni prima, nel 1956. E da quando è nato il Cantuccio, i battibecchi tra i due, tra il ruzzo e il corteggiamento, rappresentano il vero spasso del locale. Che poi definire il Cantuccio un locale… «È proprio da stitici» direbbe i' Pugi.

La Delia l'ha impastato a sua immagine e somiglianza: un posto unico, bislacco, caldo, disordinato, sano, avvolgente e sovversivo. Come lei. Che in quel luogo è Dio. «Anche se più che un Paradiso Terrestre» ripete sempre lei, con il cicchino in bocca e i vezzi che le si rimpiattano nel morbido, «i' Cantuccio assomiglia più a un Inferno bonificato!»

«Via tutti!» di botto, fa la Delia, alzandosi in piedi – dopo l'ultima nota della canzone cascata fuori da quel clown nella televisione – e con piglio padronale spenge la Sylvania e intima: «La trasmissione è finita e ora levatevi dagli zebedei perché domattina mi devo rizzare presto…». E poi, voltandosi, con le efelidi in mostra, al Pugi: «Vai, Carlo, ora vai al Bar 2001, vai dai democristiani, poi glielo dico io a quelli della Casa del Popolo che ti sei convertito e sei diventato un baciapile!».

E giù tutti a ridere e a farsi il segno della croce, scomposti, rubizzi di un'allegria selvatica, irsuta e profumata di fieno.

Il Cantuccio è nato con un'anima rivoluzionaria, resistente e profondamente italiana. Con una spruzzata d'America. E dentro ci si può trovare proprio di tutto: avanzi, roba bona, verdure, pane raffermo e olio sublime. Come nella ribollita. Che, difatti, è il piatto forte della Bersagliera.

La Delia era comparsa in piazza Matteucci, a Campi Bisenzio, in un'assolata mattina d'aprile del 1956.

Direttamente dalle Americhe.

I racconti sulla sua apparizione sono stati sempre straordinariamente discordanti ma, tutti, colorati di leggenda.

Gli occhi e le bocche di chi giurava d'averla vista, o pieni d'enfasi e ammirazione o zeppi di sdegno e sospiri. Dipendeva dalle labbra da cui uscivano. Se colorate di rossetto o meno.

Nessuno aveva mai osato chiedere a lei. Erano sempre bastati i suoi occhi e l'arco delle sopracciglia a guidarti verso ciò che era lecito domandare e ciò che era bestemmia.

La Delia, il 21 aprile del 1956, era apparsa così.

In mezzo a Campi Bisenzio, seduta su un televisore che pareva un'astronave, con le gambe accavallate, una borsina e la sigaretta che faceva la spola tra le labbra e la sottana.

Una fata, una strega o un'aliena. Calata o cascata da chissà quale mondo.

Qualunque fosse, indiscutibilmente, di gusto sublime.

Portava con sé solo due cose: una borsa blu e, appunto, la Sylvania – Sylvania Dualette, per la precisione –, un televisore di diciassette pollici perfetto per un film retro-futuristico, bianco e azzurro, trapezoidale, simile al cappuccio di una tuta spaziale. Lei diceva fosse un prototipo, ancora non in commercio e che, nel mondo, ce l'aveva solo lei.

Le ungeva la figura uno *chemisier* divino. Strisce allegre, blu, verde prato e arancioni correvano fino al corpetto strettissimo, che l'abbracciava e che terminava in amore con uno scollo pudico ma eloquente, chiuso da piccoli bottoni d'oro. Una cintura in pendant, esile ma decisa, dalla fibbia di freccia gialla, le segnava il punto vita, senza darle la possibilità di avanzar respiri. I fianchi, nascosti sotto una gonna farcita di tulle, stando lei seduta, la facevano sembrare posata su una grossa peonia a testa in giù, come se ci fosse sbocciata sopra.

Guanti magenta e rossetto fragola finivano il tutto.

Finiti, furono anche coloro che, quel dì, se la trovarono davanti.

Non fu mai chiaro come e perché quella creatura dalla chioma ardente fosse arrivata nella piazza di un paesino della provincia di Firenze, dove nessuno la conosceva.

Della sua apparizione ancora, dopo anni, se ne parla per i rioni di Campi: chi col tono della favola, chi con quello della maledizione. Il secondo prolifera, soprattutto, sui polpastrelli umidi d'acquasantiere.

C'è, ancora, chi giura d'averla vista calarsi dal cielo.

I campigiani ancora oggi rimuginano su cosa si

nascondesse dietro quella rossa fatta di onde, catapultata dalle Americhe.

La Delia era partita dal molo 84 di New York, il 4 aprile del 1956, a bordo della nave *SS Constitution*, la stessa su cui viaggiava Grace Kelly, che, poi, il 19 di aprile, a Monaco, sarebbe stata impalmata dal principe Ranieri. I' Pugi ama ripetere birbante che quella nave ha avuto l'onore di portare una quasi principessa, Grace, e una regina fatta, la Delia.

Queste le poche notizie di cui si è a conoscenza, venute fuori, peraltro, da lei e solo perché strettamente connesse al trasporto della Sylvania.

La Delia si era infatti spostata in nave perché era il mezzo più economico per portarla con sé dalle Americhe. Non l'avrebbe mai abbandonata.

La Sylvania, sul suolo italico, era stata poi dotata di zampe bianche e piazzata nel cuore del Cantuccio, quando ancora era un fienile e quando ancora l'unica corrente che passava di lì era quella della tramontana di certi inverni reazionari. La Sylvania, apparentemente così stonata con la sua forma avveniristica nel bel mezzo di quel Rinascimento contadino, era sempre stata il cuore di tutto e aveva guardato quel luogo nascere e trasformarsi.

Si somigliavano lei e la Delia, in fondo, per questo non si erano mai lasciate.

Dotate di forme bizzarre e capaci di attraversare gli oceani.

2
Nevica

Campi Bisenzio, 27 maggio 1973

È mattina. Una di quelle mattine in cui fa freddo anche se poi il sole indorerà tutto con una colata di marmellata. Quelle mattine che, anche a maggio, il freddo lo mangi a morsi quando cammini, croccante di brina.

La Delia è ritta accanto alla scrivania di legno arancione, nella camera tiepida di notte, e guarda in basso, con la testa a penzoloni. Una posizione che anche se sei contenta ti fa imbronciata col creato. Davanti a lei una grossa finestra. Pare entrambe fissino un quaderno, un calamaio e un pennino che, equidistanti e antichi, l'aspettano sulla scrivania. Il quaderno, chiuso, ha la copertina nera e i bordi delle pagine rossi. Il rosso è la somma dei bordi rossi delle pagine che lo compongono: se si guardasse il contorno di un foglio solo non si capirebbe che è rosso, perché troppo fino. Tutti insieme, però, sì. Fanno rosso. Rosso profondo.

La Delia, a un tratto, come esaurendo un tempo di fissità prestabilito e tornando memore della propria natura, sposta lo sgabellino che le sta vicino – e che in nulla le sarebbe stato di intralcio – e sale, scalza, sulla scrivania. Ci si siede sopra con le gambe incrociate. Regalando il profilo alla finestra. E la luce a una sola delle sue gote.

Con la sottoveste di seta rosa cipria dalla scollatura a cuore, bordata di pizzo dorato come quello dell'orlo, ci si copre le gambe e il resto se lo appallottola in grembo. Poi, piglia il quaderno e ce lo poggia sopra.

E comincia a leggere, dalla prima pagina, sussurrando, come quando si ripete la lezione. A volte alza gli occhi, come la sapesse già. O recitasse un'*Ave Maria*.

Campi Bisenzio, 1° dicembre 1972

Oggi nevica, sono andata in paese a piedi. Erano almeno trenta centimetri. La strada era come la Madonna.

Camminando, vicino piazza Fra' Ristoro, ho visto una bambina che era scesa nel cortiletto di casa, girellava sola e allora mi son detta: "Oh, icché la fa?".

Poi ho capito.

Era lì per la neve.

In quel momento ha teso la mano e un fiocco le si è

posato sopra. Poi s'è accorta di me, mi ha guardato e ha sorriso.

Ho pensato che, se esiste la reincarnazione, se è vero che si rinasce, lo si fa anche per rivivere certi primi momenti.

Ti promisi che avrei scritto. Dal principio. Che non avrei perso niente, nemmeno un nome. Non l'ho fatto. Non ho dimenticato. Aspettavo solo la neve. E poi, con lei, son venute giù anche le parole. È venuto giù tutto.

Firenze, 20 dicembre 1919

La prima cosa che ricordo di me della mia vita è Lord Brummel, il mio gatto rosso, che gioca coi fiocchi di neve.

Avevo quattro anni. Era il giorno del mio compleanno, il 20 dicembre del 1919.

Ero seduta sulla mia seggiolina in cameretta, nella nostra casa in piazza Donatello, a Firenze.

La Maria mi faceva le trecce.

Pensavo che il cielo venisse giù pezzo dopo pezzo. «Ma la panchina e l'albero sentono freddo?» chiesi.

Lei mi fece un no buono con la testa.

Aspettavo che ogni fiocco arrivasse in terra. Non volevo perdermi nemmeno un minuto della sua discesa e mi chiedevo se quella coincidesse con la sua vita. Nel momento in cui il fiocco si posava al suolo, ero appagata perché sentivo che era arrivato a casa. E che anche io, accompagnandone il percorso stavo facendo il mio dovere.

Avrei voluto seguire la caduta di tutti quei fiocchi di neve che nascevano in cielo e finivano in terra. Proprio come noi.

Con le trecce strinte come una blanda punizione, ero montata sulla seggiola e la Maria c'aveva avvicinate tutte e due il più possibile alla finestra, perché aveva capito. Mi reggeva per le spalle e io stavo col dito sul vetro quasi fosse un quadro da disegnare. Era tutto talmente pulito, netto, come in un disegno a carboncino.

C'era un albero, un cipresso, davanti a me. Se ne stava ritto, stupito di ciò che gli accadeva intorno, forse la neve lo aveva colto impreparato. Ma la sua forma affusolata come quella di un birillo faceva sì che il suo piccolo verde l'avesse vinta sul grande bianco.

Gli volli bene. Lo chiamai Gino. Fu il mio albero.

La cosa più stupefacente non era guardare la neve, ma ascoltarla.

Lord Brummel era un gatto grande. Sembrava avere sempre un'espressione crucciata, ma era tanto felice, mentre acchiappava quelle caramelle di ghiaccio rovesciate dal cielo. Lo faceva con la leggerezza, la smemoratezza della bruttura della vita che hanno i bambini.

Lord Brummel mi ha regalato l'infanzia. Per questo, forse, i gatti mi emozionano quando mi guardano negli occhi. Perché mi restituiscono com'ero. «Ti guardano quando ti riconoscono» mi diceva sempre la Maria.

La mamma, a un certo punto, mi aveva chiamato col

suo modo bello e affievolito ma che, comunque, per la concentrazione con cui stavo guardando Lord Brummel, la neve e Gino, m' aveva fatto sobbalzare.

La Maria, da dietro, allora, mi aveva messo le mani sotto le ascelle, aveva sollevato in aria me e il mio vestito bordeaux e, nella discesa, aveva urlato: «Gonfio come quello di una principessa!».

L'aveva fatto con un tono di voce forte, come si fa coi bambini e poi, per tutta la vita, coi grandi, quando si vuole coprire con qualcosa di bello ciò che fa paura.

Per poterselo dimenticare.

Corsi subito in salotto, dove sapevo di trovare la mamma. Era seduta sul divano. Lei era sempre seduta sul divano. Dava le spalle al pianoforte. La mamma dava sempre le spalle al pianoforte. Questo non lo notai da piccola, o forse sì, lo notai perché da grande l'ho potuto comprendere.

Era bella. Sempre. Quel giorno – e chissà se è vero o se la mia memoria vuole ricordarla così – indossava un abito di velluto di seta blu notte, con spalle a punta e sul davanti un drappo asimmetrico che le scendeva come le corde di un'arpa. Nella parte posteriore, una cintura composta da grossi cerchi dello stesso velluto le segnava il punto vita che aveva "la circonferenza di una fede". Glielo diceva il babbo, e lei gli sorrideva piano.

Indossava sempre una collanina d'oro con un piccolo ciondolo. Non se la toglieva mai. E la metteva sopra a ogni abito perché potesse toccarla. Come fosse un amuleto salvavita.

Si chiamava Sara. Era una pianista. Lo era stata.

Colta, bella e non felice.

Ho sempre pensato la mamma, un tempo, avesse avuto lo stesso fuoco che vedevo nella Maria. Solo che, a un certo punto, il suo si era spento, perché bruciava in un bel camino rimasto vuoto, incapace di procacciarsi la legna da solo. Quello della Maria, invece, ardeva in foreste infinite, squassate da un vento eterno.

Il nostro divano aveva le ali: lo schienale era alto e blu e sopra c'erano dei disegni che parevano corde strozzate. Credo fosse per questo che la mamma c'era così attaccata: perché sapeva di somigliargli.

«La tappezzeria è originale di Rubelli a Venezia!» mi pare ancora di sentirla. Lo ripeteva in automatico ogni volta che qualcuno faceva anche un minimo accenno alla foggia del divano, al colore, o semplicemente ci si sedeva sopra.

Lo ribadiva senza pensarci. All'inizio credevo lo facesse perché era prezioso e voleva rimarcarlo. Ma col tempo ho capito quella motivazione non fosse in linea con la sua natura spiovente. Lo ripeteva perché le abitudini sono sicurezze, e le parole, sempre uguali a se stesse, un baluardo. Potevano disviare il suo silenzio o riempirlo, così la mamma ci si poteva poggiare sopra. Erano parole comode, ma non curative. Come un analgesico.

«Che belle trecce ti ha fatto Maria» contenta ma stanca disse vedendomi.

Mamma non metteva mai l'articolo determinativo davanti ai nomi propri, come è corretto fare. Come quasi nessuno fa a Firenze.

Io, infatti, ce lo ficco sempre. Quando non si fa male a nessuno, a volte, è necessario scostarsi dalle regole. Per metterle alla prova.

La mamma aveva gli occhi belli e inzuppati di lacrime. Anche da asciutti.

«Grazie» rispose incupita la Maria, al mio posto, facendomelo notare con la bazza che le toccava il petto.

«Sì, sì, grazie» dissi sbrodolandomi ligia, «Lord Brummel è fuori, che ci posso andare anch'io?»

«Ora si passa a salutarlo, perché usciamo. Si va dalle sartine con Maria» continuò la mamma, mettendosi il cappello.

Lo aveva detto con un misto di vergogna spruzzata di gioia. Li avevo sentiti quegli schizzi. E mi piaceva quando la mamma era avventurosa.

«Una donna per bene non può uscire senza cappello. Mai» cantilenò, poggiandosene uno di feltro che le abbracciava la testolina.

Lo diceva sempre.

Da bambina pensavo che "perbene" fosse il nostro cognome.

Perbene. Tutto attaccato.

3
Madre, figlia e Vin Santo

Campi Bisenzio, 27 maggio 1973

«Fredda fa.»

Strascica i piedi una ragazza di colore, riccia, con una tuta lucida rossa coi polsini bianchi e la zip. Sciarpa e cappello. Si ferma sulla soglia della camera della Delia stropicciandosi gli occhi.

«Angela, vai in cucina che ora si fa colazione!»

«Pane brustolo?» chiede lei.

«Pane abbrustolitoooooo!» spunta Alfonso, arzillo come un nano da giardino, schiantandosi anche lui sulla soglia della camera della Delia, e sornione: «E son tre anni che tu se qui e ancora non hai imparato una sega di italiano! Ma si pole sapere dove eri finita ieri sera?».

La ragazza, senza neanche guardarlo: «Io tre lingue, tu una e male. Ieri sera serata pazza, fatti zebedei tuoi».

«Eccoci. Delia, ma sei sicura la non sia figliola tua? Magari laggiù nelle Americhe hai trovato un bel cioccolatino e non c'hai detto nulla!»

La Delia ancora seduta sulla scrivania non alza nemmeno il capo.

«Oh, cosa ci fai piegata a fa' la scribana campigiana?» insiste Alfonso, come un bambino molesto.

E, finalmente, la Delia risorge, ma con le gambe incrociate: «Sei bell'e arrivato a rompere i coglioni anche di domenica? Ma non ce l'hai una casa? Vai a fagli i' caffellatte all'Angela, vai».

In quell'istante passa Lettèria con una fiumana di riccioli dinoccolati. Ha addosso una camicia da notte con la smerlatura che strascica in terra e sulle spalle una mantella lilla, fatta a mano, uguale a quelle che si usano dal parrucchiere, ma di lana. Se la chiude al collo come fosse in mezzo alla bufera. Ai piedi babbucce fatte della stessa lana.

«Lettèria, amore, vai anche te a vedere non mi facciano esplodere la cucina che già la pare del '15-'18. Non aver paura. Vai, amore, vai!»

Sono belle Lettèria e Angela. Cantilenano i piedi nella stessa maniera, hanno la stessa età, studiano insieme, son simili, ma più diverse non potrebbero. Una, americana, con una tuta da ginnastica rossa, cappello e sciarpa arancione, l'altra, siciliana e vestita come Anna Karenina.

«Vu mi parete uscite una dalla campagna di Russia

e quell'altra dalla pista di pattinaggio sui ghiaccio de Rockefeller Center. Siamo a fine maggio, non fate le uggiose, qui in campagna la mattina c'è l'aria bona!»

Stare al Cantuccio è un'esperienza tra il metafisico e il pasoliniano. Ci son bandiere rosse con Che Guevara, ninnoli, padelle, brocche, la Sylvania sempre accesa e un inginocchiatoio di quegli da chiesa, dove in alcuni punti è venuta via l'imbottitura ed è rimasto solo il legno.

Sì.

Un giorno Gigione era spuntato con la sua bicicletta Graziella e con l'inginocchiatoio in spalla. E a domanda su dove l'avesse preso – domanda blanda, perché al Cantuccio son sempre stati più interessati ai fatti che ai quesiti – aveva detto soave: «L'ho preso al lavoro». E tutti avevano semplicemente annuito mentre la Delia lo sistemava a modino davanti alla Sylvania. Era usuale, quindi, al Cantuccio, quando c'erano troppa gente e troppe poche seggiole, che alcuni mangiassero inginocchiati. E quelli che stavano particolarmente sui coglioni alla Delia, casualmente, finivano sempre per essere posizionati dove l'imbottitura era andata a farsi benedire.

La domenica mattina la scena, perciò, era la seguente: la Sylvania accesa sul primo canale che celebrava la santa Messa a tutto volume e Angela, Gigione, Lettèria e Girolama con le tazze piene di caffellatte, inginocchiati a canticchiare l'*Ave Maria*. Girolama, donna pia, in verità la cantava sempre tutta per filo e per segno.

«Lettèria, Angela, preparatevi che si va a comprare paste e caramelle!» fa la Delia fresca di rossetto, entrando in sala, dopo una mezz'oretta: «Oggi ci s'ha qualche soldino in più! Ho bell'e e comprato il manzo dal Matteini e i polli da Alipio. Mi sento in vena di sfamarvi per bene! E vi dirò di più: ho fatto anche una capatina da Papia perché a qualcuno piace la pecora!».

«A qualcun altro anche la pecorina!» entra con un tempo perfetto i' Pugi sulla soglia, in controluce, come un Cristo risorto.

«Ecco, buongiorno anche a te, Pugi!» ride Alfonso.

«Buongiorno!» lui di rimando.

«Blasfemo! Maggio è il mese della Madonna!» gli strizza l'occhio la Delia.

«E allora? Figurati cosa gliene importa degli ovini a lei che ha fatto tutto da sé!»

Girolama, vestita di nero, si fa il segno della croce.

«Non fare l'esagerata, Girolama! Il Signore lo sa cosa alberga nel nostro cuore! E sa anche che noi toscani si moccola per non morire!»

«*Maiu è u misi da Maronna!*»

«Ma non ti pare di aver già fatto abbastanza per lei? T'ha chiamato la tu figliola – Lettèria – co' i' nome che voi di giù vu date alla Madonna, o mi sbaglio?»

«*Mennu mali su' già stati a Missa 'sta matina*» Girolama uscendo dalla stanza.

«E comunque, miei fedelissimi» i' Pugi con fare

ieratico e solenne, mentre ravana da una sporta che gli sta a cavalcioni su un braccio, «che vi vanno bene questi come atti di dolore?» e tira fuori un sacchetto di cantucci e una bottiglia di Vin Santo.

«EH, CI CREDO!» urla Alfonso. «E poi lo predica i' nome stesso! Vin Santo! E qui siam credenti a modo nostro. Ci piace reinterpretare!» e lo dice già briaco di allegria.

Anche Angela, risvegliatasi dal torpore, si alza in piedi con la tazza di caffellatte verso i' Pugi e gli urla: «*Yes, man! Give me some!*».

E tutti a ridere, mentre si raccattano i bicchieri dove inzuppare il nettare santo e il carboidrato redentore.

Al Cantuccio va così.

A qualsiasi ora del giorno e della notte c'è sempre una ramaiolata di minestra, un po' di finocchiona profumosa, un pezzo di pane, o una tazza di brodo o di caffellatte.

Al Cantuccio c'è sempre qualcosa che ti scalda il dentro. Sempre.

Anche quando te lo brucia.

Al Cantuccio poi – soprattutto – per volere della Bersagliera non si paga. Si dona. E la donazione la decide lei. La Delia.

Ci sono personaggi che ci dimorano fissi, altri son semi fissi: Angela, Lettèria e Girolama abitano là da qualche anno e danno anche una mano, Alfonso, Gigione e i' Pugi, campigiani DOC, invece, ogni tanto fanno finta di tornare a casa loro.

E poi ci sono una miriade di personaggi che mangiano, dormono, passano a pigliare un caffè, a raccontare un segreto, a prendere una carezza o uno scappellotto. Il Cantuccio è mamma e babbo, nonno e nonna, fratello e sorella, pane e companatico.

Mescolati insieme. Come nella ribollita.

4
Di Là d'Arno

Firenze, 1925

C'erano certi negozi all'angolo di via Tornabuoni intorno al 1925, con una biancheria così raffinata... Li guardavo camminando a braccetto con la mamma. Me li ricordo ancora.

Quella bellezza noi la vedevamo. C'è stata infusa. «Solo un altro fiorentino lo può capire» diceva lei.

Certi bustini... Lei ne comprava di svariati. Non era vanesia. Provava solo a riempire di note una vita che non suonava più.

Ce n'erano per ogni occasione: di seta, cotone, coi colori sgargianti, dalle tinte tenui, ricamati, pieni di merletti, di nastri di raso.

La mamma ne comprava solitamente di bianchi, e solo a volte, con dei fiocchi lilla, ma mai col pizzo. Quando lo vedeva diventava tutta rossa. Forse, il pizzo era peccato, pensavo io. Quando portavamo a casa i pacchi, erano confezioni di lusso; il momento dello spacchettamento, quel rumore di carta velina è, ancora adesso, la cosa più eccitante abbia mai ascoltato.

La mamma mi faceva stare con lei in camera mentre li apriva. Ma io non l'ho mai vista indossare un corpetto. Era un patto. Poggiava il pacco sul letto, alzava il coperchio e le sue mani volavano come un prete che serve l'ostia. Prendeva in mano il bustino o la biancheria, tenendo tutto con l'indice e il pollice. E stavamo là per un tempo che non saprei definire a sospirare e a rimirare, in silenzio. Era così bella, e profumava di coriandoli quella biancheria.

Le donne avevano iniziato a indossare cose più comode, come le sottovesti, ma la mamma diceva: «Sono una donna del secolo scorso, sono abituata a essere tenuta, stretta».

Il suo corpo di profilo aveva la forma di una esse, pareva protesa, affacciata alla vita, ma in realtà era il busto che l'indirizzava, la forgiava, la fermava, come se fosse sempre sul bordo di un precipizio. Un precipizio dal quale tentava di non farsi accogliere.

Guardavamo quella biancheria che lei faceva ondeggiare e che poi, sapevo avrebbe poggiato sul letto e dalla quale io, avviandomi verso la porta, aprendola e richiudendomela alle spalle, mi sarei dovuta allontanare.

Mi son sempre chiesta perché non potessi stare con lei e vederla indossare quello splendore. In fondo condividere la gioia la fa aumentare. Non l'ho mai capito. Era bella. Con quei bustini lo sarebbe stata ancora di più. Sarebbe stata bellissima. Forse pensava potesse ammirarla solo il babbo. Forse si sarebbe sentita in colpa anche se l'avessi guardata io.

Il babbo era geloso. La mamma diceva che era passata da un padre d'ottone a un marito di ferro. Lo diceva a me. Ma sottovoce.

Il nonno si chiamava Ottone, per l'appunto. Il mio babbo Giorgio.

Amavo mio padre. Lo veneravo. Come solo una figlia femmina può fare.

Fino agli anni Trenta era come fossimo ancora nell'Ottocento e l'educazione dei figli della buona borghesia insegnava che la vita era marchiata dalla nascita e che le classi sociali potevano guardarsi ma non toccarsi.

E questa linea immaginifica tra noi e loro, che in realtà era più concreta e dura delle cosce della Maria, stava tutta nell'espressione che durante i desinari il babbo ripeteva: «C'è un Di Là d'Arno e Di Qua D'Arno. E Di Là d'Arno non si va. Punto».

Una volta avevo provato a chiedergli il motivo, perché, anche se mi incuteva timore, spesso la mia lingua era più veloce della mia paura.

Allora mi aveva guardato a lungo, la mamma era sbiancata e credo avesse smesso anche di respirare, e lui, ruga grassa in mezzo agli occhi e voce che gli partiva dai calcagni, aveva risposto: «Quelli che sono poveri oggi, son poveri sempre. Di Là d'Arno ci sono le genti libere per la strada. Sono quartieri malfamati o di non pura fama. Laggiù la gente povera s'arrangia».

Significava che non ci si poteva andare. Mai.

Ma con la mamma e la Maria, però, ci s'andava Di Là d'Arno... perché c'erano le sartine!

La Maria ripeteva che sartine oneste come l'Orlanda e la Mafalda non ce n'erano al mondo. Credo che l'incoraggiasse apposta, perché voleva far capire alla mamma altro, quando le diceva che era indispensabile andare laggiù. Perché, in fondo, Di Là d'Arno significava solo attraversare un fiume. Voleva capisse che nella vita, prima o poi, un ponte ti tocca percorrerlo. E che, quindi, è vitale prepararsi, imparare, vedere cosa c'è dall'altra parte. Soprattutto quando – e se – decidi di tornare indietro.

Perché avere una scelta nella vita significa avere la possibilità di essere felici.

«Se ci vedesse il babbo... ma ancora di più se ci avesse visto il nonno Ottone...» diceva la mamma reggendosi il cappello con una mano anche quando non c'era vento e nascondendosi i denti bianchi con l'altra. Entrambe sempre inguantate.

Io il nonno non l'ho mai conosciuto. L'ho fatto solo attraverso certe frasi smangiucchiate, dette da lei, che poi, compresi, avevano smangiucchiato anche la mamma. O forse l'avevano proprio divorata.

Ottone era stato un padre dispotico che aveva imposto ritmi e comportamenti a tutta la famiglia.

Non permetteva trasgressione ai suoi ordini.

La mamma credo fosse stata una bambina bella, intelligente e anche vivace. Da ragazza aveva amato la musica, il teatro e desiderato fortissimamente continuare a studiare, ma Ottone si era opposto, per principio, a che le figlie proseguissero negli studi.

Credo quello sia stato il primo conflitto che aveva messo in crisi i loro rapporti. E che la mamma aveva perso.

Come, poi, perse la guerra.

La sua.

La giovane Sara rifiutava di frequentare il corso di lavori donneschi e manuali che, all'epoca, era l'unica prospettiva offerta alle ragazze dopo le superiori. La nonna Adele, la sua mamma, l'aveva appoggiata con le forze che aveva, ed era riuscita a farle studiare musica e canto.

Ma non so se fu un bene.

Perché la mamma assaggiò la felicità, ma la sua bocca, credo, non fosse abbastanza grande.

O, forse, non ebbe mai il coraggio o la forza di masticare.

5
Grazie e Duri

Campi Bisenzio, 27 maggio 1973

Paiono le Tre Grazie, la Delia, l'Angela e la Lettèria. Passeggiano sul ponte di Campi belle e bizzarre. Fuori luogo, fuori dai denti e fuori misura. Ognuna a modo suo.

La Delia indossa un vestito di cotone beige caldo, che le cade stremato sul corpo con una scollatura accentuata da un bordo di seta satinata lucida che riflette la luce, così, come se ce ne fosse bisogno, l'occhio, cadendo lì in cerca di bagliore, s'acceca. Le scarpe alte, in pelle marrone le fanno male, come al solito, ma a lei piace così. Le hanno sempre portato fortuna.

Lettèria è vestita in modo semplice, ha una gonnellina al ginocchio, senza fronzoli, e una blusa a maniche corte, ampia, che prova, senza successo, a mimetizzarle il seno. Le scarpe sono basse e i capelli raccolti in una treccia assai alta.

Angela cammina saltellando con i jeans a zampa e una maglietta che le mostra l'ombelico, super aderente, rossa e vivace. Al collo una sciarpa arancione. Sempre la stessa. I suoi capelli afro tendono al cielo e paiono un'aureola di ricci. Ne va assai fiera e lo ripete spessissimo quando la guardano strana: «I miei capelli sono un'estensione di me e il mio afro è una dichiarazione!».

Eccole mentre passano davanti a quello che è considerato "Il Caffè" di Campi: il Bar Valente o Caffè Nazionale.

Lui, antichissimo, se ne sta, soprattutto di domenica, spaparanzato al sole all'inizio del ponte, sulla destra, accanto ai negozi che piacciono ai bambini ma, soprattutto, alla Delia: «i negozi della festa» come li chiama lei, in cui c'è tutto ciò che ringalluzzisce il cuore. Son botteghe una appiccicata all'altra. Belline. Dalla Bella Mora ci trovi ogni ben di Dio: dalle figurine, ai duri di menta. Ci son persino le sigarette da comprare anche una o due per volta.

La Rapotta ha i lupini più buoni del mondo, i' Colonnello ti vende le castagne secche per mangiarle al cinema. Da i' Faillino ci vanno i più anziani per prendere il "raso", un bicchiere di vino stracolmo, e a mangiare la "sbova", una minestrona di pane.

Il Caffè Nazionale è il Dio della domenica campigiana.

I tavolini scuri hanno dei tondi di marmo bianco che li tappano.

E sopra, dopo aver preso l'eucarestia, ci si poggiano i gomiti maschi per rinsudiciarsi di peccato.

L'ultima Messa, a Campi, è detta la "Messa delle Belle", perché ci sono le ragazze tutte rivestite a farsi vedere. È uno dei pochi modi per mettersi in mostra coi giovanotti che si piazzano in fondo alla chiesa. Loro stanno lì per poter seguire meglio, per filo e per segno, la funzione.

Certo.

Il sistema è collaudato: gli uomini si impiantano all'entrata, ritti, e ci rimangono tutto il tempo per lasciare il posto sulle panche, da veri gentiluomini, alle donne.

Falsi come l'ottone.

Son anni proprio bizzarri questi Settanta. Anni in cui, in un paese come Campi, ci son mischiati la Casa del Popolo e la Messa, i pantaloni a zampa e i vestiti a lutto, i compromessi storici e il segno della croce, le bestemmie e l'acqua santa, i fascisti e i comunisti, il trovar marito agli scioperi o alla Messa, la lotta con la falce e il martello o con la croce santa ma, spesso, anche con quella celtica.

Alla Messa delle undici, detta "delle Belle" ma anche "Ultima Messa", ci son solo ragazze e maschi.

Le donne più anziane vanno alla Prima Messa, quella delle sette, come fa Girolama, perché poi bisogna cucinare, pulire e fare tutte le cose che le femmine a modo hanno come dovere in una famiglia.

La maggior parte delle donne del Cantuccio, però, la domenica mattina spasseggiano. Come si usa dire qui. Lo spasseggio è sempre domenicale, soprattutto pomeridiano, e consiste nell'andare da piazza della Chiesa a piazza Dante. In su e in giù. Avanti e indietro. A volte ci si può anche fermare a sedere a un tavolino o al bar, per un gelato o una Coca-Cola.

Sono frotte di ragazze e frotte di ragazzi, quasi sempre divisi, che marciano, spasseggiando.

Dopo la Messa delle Belle, la domenica mattina, i maschi vanno diretti al Caffè Novecento. Dove ci son solo omini.

Le donne non entrano, non perché sia proibito, ma perché è l'usanza.

Lì i maschi pigliano aperitivi virili, giocano a carte, parlano d'affari e comprano bontà. I bambini sono contenti che i loro babbi o nonni o fratelli portino loro le pastine e le chicche della domenica.

«Buongiorno, voglio un sacchetto con tutti i tipi di caramelle che ci sono. Lo voglio grosso. Ho trecento lire da spendere e questa domenica mi rovino» la Delia, con la scollatura che sbrilluccica al bancone del Caffè Novecento.

Al Cantuccio, chiaramente, le caramelle le porta lei.

«Buongiorno Delia, che sei sola?» chiede la Iolanda, moglie di Leonetto, il proprietario, che livida sta alla cassa, con la bocchina che pare un buco di culo.

«No, stai tranquilla, ho la scorta. Le mie ragazze sono andate in altre botteghe e, comunque» rispondendo a lei, ma con uno sguardo di sguincio a Leonetto, «si sa: meglio soli che male accompagnati.»

Lui in brodo di giuggiole si rovescia il caffè su una mano e gli parte un bestemmione sommesso.

La Iolanda stizzita come parlasse da sola: «Eh, certo, lei ha studiato, lei è cittadina del mondo, non può star dietro a noi, lei la va da sé! Difatti la regina s'è relegata ne' su castello, con la su' corte di grulli, storpi, meridionali, marocchini e maiali». E a mezza bocca, ma facendosi sentire: «Ah, e anche negri. Uno zoo!». Poi, fuori controllo: «Ci sarebbe da chiedergli: "Ma te, che fai? La domatrice co' la frusta?"».

La Delia, già col sacchetto gonfio di chicche in mano, un attimo prima di ancheggiare via, guarda Leonetto e fa: «No, la frusta la uso per fare altro, e molto spesso fo del gran bene». E strizzandogli l'occhio si volta, piglia una caramella, se la mette in bocca e, con tutto il bar girato, seggiole comprese, va verso l'uscita, facendo le onde coi fianchi.

Iolanda e Leonetto hanno un mancamento. Insieme. Per via dello stesso mare.

Intanto Letteria e Angela, incaricate anch'esse di agguantare bontà, fanno il giro delle altre botteghe. Tipo quella della Cipollina.

La Cipollina è una donna sui quarant'anni, ancora "ziba", come si dice qui, cioè zitella. Ancora su piazza.

È sempre tutta messa a modino e pensa di vestirsi alla moda, ed effettivamente è vero. Solo che è quella di dieci anni prima. Inizi anni Sessanta. Ha certi abitini a trapezio, pare una Audrey Hepburn andata a male.

A Campi molti giovanotti non posseggono ancora la macchina e si spostano in bicicletta, così per non lasciarla per strada col rischio gliela rubino, la mettono o da qualche contadino che gliela fa tenere nella sua aia oppure da lei. Dalla Cipollina.

Di lavoro tiene le bicilette a parcheggio, ma vende anche leccornie e bontà.

La Cipollina si chiama così per via della pettinatura che non si scioglie mai: una crocchietta simile a una cipolla, che, invero, quando era giovane poteva anche essere graziosa ma, adesso, con quei vestiti fuori moda e la faccia che le casca in terra, le dà un'aria da pìssera incarognita.

Nel suo negozio tra biciclette e morchia vende tantissimi duri di menta e altre dolcezze. Proprio lei. Amara come il fiele.

«Buongiorno, vorrei delle chicche per favore» chiede Lettèria, spinta da Angela che, pur essendo straniera, è la più avventurosa delle due e sprona sempre l'amica a farsi avanti.

«Cosa?» urla la Cipollina

«Chicche e duri di menta» ripete Lettèria, piena di chiazze rosse sul collo e ovunque.

«Oh, bellina, tu ti devi esprimere con la voce un pochino più alta perché qui, noi, non ti si capisce, sai?»

«Dura di orecchio, forse!» scappa ad Angela, che quando parla sembra Don Lurio.

«Accidenti, tu c'hai anche l'avvocato?» E, con un tono di voce più basso e strascicando le parole come solo un fiorentino può fare per rendere ancora più fastidioso un inciso, aggiunge: «E t u t e l o s e i p o r t a t o d a l o n t a n o i l d i f e n s o re…». Poi rialzando il volume: «Allora, quanti duri di menta volete?».

«Cento! Molto duri!» grida Angela.

Ridono tutti. Anche la Cipollina. Lettèria solo un poco, paonazza. Ride anche Angela, senza capire. Forse.

E ormai per mano e col dolce sacchetto, insieme, mentre attraversano la strada e il giorno del Signore, Angela, vedendo l'amica ancora scossa, le dice: «Te sei cresciuta tra fiori in Sicilia, io a Birmingham, Alabama! Mio quartiere si chiama "Dynamite Hill". Solo afroamericani di classe media. E quasi ogni giorno c'erano attacchi da parte di *white supremacists* contro famiglie nere che stanno là. Il nome, "Dynamite Hill", sai perché? È un *welcome* molto scoppiettante che davano!» ride. «Molte case afroamericane venivano fatte esplodere con la dinamite per scoraggiare *racial integration*! E BOOM!» le fa il solletico alla pancia mentre lo dice.

E allora, finalmente, Lettèria sorride. Tutta.

La Delia, caramella in bocca e gamba accavallata, si

è già posizionata su una panchina di rimpetto al Caffè Nazionale, coi maschi seduti ai tavolini che non la perdono di vista un secondo.

Appena poggiato il culo le si fa accanto, come la stesse aspettando. Lei.

«Buongiorno Delia, come tu stai? Son qui che aspetto.»

«Lo so, Annina, ma te lo dico sempre: non devi aspettare ma farti aspettare.»

Anna Gori, Annina come la chiama la Delia ha sempre avuto un'età indefinibile. O forse, da quando aveva superato i vent'anni, aveva sempre avuto la stessa età. Tutta bionda, seccherella con le sopracciglia disegnate.

«Delia!» le urla un giovanotto da dietro, in bicicletta, «ma una signora come te cosa ci fa con la Bambolina 100 lire?»

L'Annina abbassa il capino bastonata. E la Delia, come tirasse fuori un rossetto per rinfrescarsi il trucco dalla borsa, senza neanche voltarsi, estrae invece il dito medio, lo alza e poi lo rimette dentro.

"Bambolina 100 lire" è il soprannome che qualcuno a Campi aveva affibbiato all'Annina. Ed era ormai il modo con cui tutti la chiamavano. Tranne al Cantuccio.

La Delia l'aveva amata da subito, da quella prima volta in cui l'aveva vista traballare su quei piedini coi tacchi che l'Annina non si toglieva mai.

Viveva con la mamma, una signora buona, la Giacinta.

«Va con chi gli dà qualche sordo.»

«La sta nei bar e tutti la toccano.»

«La fa quello di lavoro!»

«E meno male la non ha fatto figlioli!»

È questo quello che i campigiani dicevano di lei.

Ma l'Annina, in realtà, era solo innamorata. Del Precetti. Da tutta la vita.

Andava ogni giorno al bar e lo aspettava. Avevano fatto le elementari insieme e abitavano vicini. Una volta lui, avranno avuto dieci anni, le aveva chiesto di fare un pezzetto di strada insieme. E lei non se l'era più dimenticato.

Il Precetti, a volte, la metteva sulla canna della sua bicicletta e la portava in un capanno in Padule. Tutti dicevano: «È praticamente il casino».

Ma quello dell'Annina, invece, era un amore puro verso quell'uomo, l'unico, che le fosse mai entrato dentro.

E così, ogni mattina, si faceva bella, da trent'anni, per aspettare il momento in cui lui le avrebbe posato gli occhi addosso e per quello – ancora più silenzioso – in cui l'avrebbero fatto anche le sue mani.

Era delicata e bella, l'Annina. Aveva gli occhioni che le andavano in giù, a prima vista avresti detto che era per via del trucco, ma, in realtà, era la malinconia che glieli rendeva spioventi. Occhi di chi aspetta troppo e li riempie troppo spesso d'un bagnato insostenibile.

«Stasera vieni a cena? Forse c'è anche il Precetti» le chiede la Delia offrendole una caramella.

«Davvero? Eh, non ho tanti soldi per fare la donazione… Magari vengo ma non mangio» risponde mentre la scarta e se la mette in bocca felice.

«Annina, sei così piccina, mangi come un uccellino, mi basta che mi porti un fiore e son contenta.»

Allora l'Annina s'illumina di sole e scatta in pedi sui tacchi smangiucchiati dai tanti passi.

«Delia, vo a prepararmi per stasera! Non c'è tempo da perdere. Vado a mettermi in alta montura!» E con le gambine secche avvolte nelle calze nere di filanca, anche a maggio, parte spedita.

Poi si volta di scatto, trafitta dall'emozione: «Di sicuro i' Precetti mi riaccompagnerà a casa, in bicicletta, dopo cena!».

«Sì, Annina, di certo.»

Lettèria e Angela, arrivate alla panchina la salutano in coro: «Ciao Annina!».

«Ciao bambine mie, vo a fammi bella!»

«Ma sei già bella!» le dicono ancora insieme.

«Ma voi mi vedete così perché vu mi volete bene, ma 'un vale. Piacersi è un atto di ribellione e io son sempre stata troppo obbediente!»

E va l'Annina. A farsi bella.

Bella d'amore.

Ancora di più.

6
La Madonna degli asciughini

Firenze, 1926

Stavo sempre a casa della Maria, per un po' pensai che la Madonna si chiamasse come lei. Mi è sempre piaciuto stare a casa sua. La preferivo alla nostra, al divano con le ali e al Piquet.

Un giorno ero là, avrò avuto undici anni.

Ci fu un gran trambusto. Arrivarono gli squadristi. Lo so perché lo sentii dire sottovoce da qualcuno. Forse non era sottovoce. Gli mancava i' fiato.

La Maria mi nascose dietro l'acquaio. L'acqua mi gocciolava su un ginocchio e mi faceva venire i brividi. Fu tutto veloce. Mi parve un gioco, una cosa divertente, perché la Maria lo era. Era spesso dolce e giocherellona, ma anche impervia e lacerante come lava.

Massacrarono Danilo e Aldo. Il tenero Aldo che di

lavoro rifaceva le suole delle scarpe. Io sentii solo i colpi. La Maria non proferì parola. Nemmeno un fiato. Le vedevo gli stinchi belli che nei momenti di silenzio a volte cedevano come se inciampassero anche se stavano fermi. Quando andarono via, vidi gli stinchi girarsi verso di me. Mi tirò fuori, mi mise un asciughino sugli occhi, mi portò alla porta e disse solo: «Vai a casa. E non fiatare». Uscendo camminai su un sasso. Dall'asciughino sbirciai per non cascare. Era un dente.

La Maria non la toccarono. La trovai un'ingiustizia. Perché gli uomini sì e noi donne no. Non mi parve giusto. E in quel momento decisi che se rissa c'aveva da essere, nella rissa ci sarei stata anch'io.

7
Profumi e balocchi

Campi Bisenzio, 27 maggio 1973

È ora di cena. È una tipica domenica della vita al Cantuccio. I campigiani, nonostante i gran desinari terminati a pomeriggio inoltrato, alla cena della Delia e della Girolama non sanno rinunciare. Il Cantuccio straborda. La Sylvania è accesa e le tovaglie sono già piene di culaie di bicchieri rosso vino.

È il giorno del Signore e bisogna festeggiare.

Questa sera il menu, oltre alla ribollita, alla pappa col pomodoro, al pollo arrosto ad opera del mestolo della Delia, offre pasta con le sarde, pasta alla Norma, arancini dorati e polpette al sugo forgiate dalla Girolama. E sacchettate di caramelle. I piatti fumano, gli sguardi si incrociano, a volte i moccoli volano e il vinello finisce troppo presto nei fiaschi avvolti dalla paglia che spesso inganna su ciò che c'è o che non c'è già più.

Gino il panettiere ha portato svariati filoni di pane, perché, comunque, «bono come i' pan con l'olio non c'è nulla. E punto». Come direbbe i' Pugi.

Nel locale ci son tutti. Gino con le mani ancora bianche di farina; Riccardo il meccanico, il Colonnello con le gotine rosse ciliegia, Alfonso, i' Pugi, la Cipollina, con la sottana anni Sessanta, e c'è anche la Bambolina 100 lire, che languida sorride a chiunque la guardi, anche se il suo cuore è solo per il Precetti, che ancora non è arrivato. Presenti tutti quelli che dopo la santa Messa, la mattina, sono andati a confessarsi al Caffè Nazionale.

Lettèria vola tra i tavoli con il grembiule bianco e i riccioli neri stretti stretti in due crocchie che la fanno somigliare a una principessa medievale.

«Che sono avanzate le polpette, quelle che vu fate voi nel Meridione?»

«Controllo» risponde lei, bellina.

Riccardo, alticcio, d'un tratto si gira e le chiede a bruciapelo: «Ma te di chi tu sei?». Tipica domanda da cui, a Campi Bisenzio, si capisce se hai il pedigree o meno. Domanda dopo la quale o sei dentro o sei fuori. E Lettèria lo sa.

«Mia madre è Girolama Crisafulli, io mi chiamo Lettèria Arena. E abitiamo qui al Cantuccio, dalla Delia, come credo sappiate...»

«Ah, sì, sì. Ho capito, ho capito» risponde annuendo e poi, intercettando l'unico momento di silenzio di tutta la sala, urla: «Ma te sei marocchina?».

«No» risponde Lettèria, quasi cascando in terra. «Sono siciliana.»

«Ehhh, siciliana, napoletana, meridionale, marocchina... 'Un è la stessa cosa?» ridendo coi commensali, fratelli di ghigna.

E poi a mitraglia la Cipollina: «Ma te», col tono cattivo che solo alcune donne o molto infelici o molto stupide posseggono, «te se' quella che si chiama come chiamano la Madonna i meridionali?».

«Mi chiamo Lettèria.»

«LAtteria? Eh, gli sta bene di nulla! L'ha du' poppe infatti...» ancora Riccardo, alzando il bicchiere all'altezza del seno di lei.

«Oh, che nome è?» rimarca la Cipollina, gelosa.

«L'è come chiamano la Madonna da loro!» l'Annina cerca di soccorrere come può.

«Ma la Madonna non si chiama Maria?» ribatte il Colonnello.

«Vu siete proprio meridionali» dal fondo.

«Io... io... son praticamente cresciuta qui» dice Lettèria, piena di chiazze rosse sul collo.

«Mah. Dal nome non si direbbe!»

Tutti a ridere.

Lettèria, sguardo in terra, scappa in cucina e, entrando, il profumo delle melanzane le accarezza il cuore per un momento.

La Delia la vede e le porge il mestolo di legno pieno di sugo, come a dire: "Assaggia!", e poi chiede: «Icché c'è? Chi t'ha fatto arrabbiare? Tu sei tutta piena di chiazze rosse come quando ti agiti!».

«Mi pigliano in giro. Mi pigliano in giro per tutto: per il nome, per come parlo» sussurra per non farsi sentire dalla mamma.

«Sono gelosi, è logico» la Delia mentre appallottola polpette.

La ragazza la guarda interdetta.

«Cosa vuoi? Cosa mi guardi? Certo! Son gelosi perché hai i capelli della Madonna e le poppe della Maddalena. Te sei perfetta! Que' maschi, invece, son pelati e brutti e le donne c'hanno du' mandarini a' i' posto de' meloni» e ride forte come il ragù che bolle.

Ride anche Lettèria.

«La gente non mi capisce, dice che devo parlare più forte, che devo gridare. E a me gridare non mi piace.»

«Se tu parli piano e con la voce sempre più bassa, alla fine tacerai del tutto» e le ficca il mestolo in bocca. Ride ancora Lettèria, mentre si pulisce le gote sporche di pomodoro.

«Vogliono altre polpette, Delia.»

«Basta paghino e noi gli si danno! Gli si chiederà una donazione ancora più sugosa poi, giusto?»

Lettèria annuisce, bella. Si riempie il vassoio di polpette e svolazza in sala.

Ma appena mette il piede oltre la soglia, si gela.

«Stare co' napoletani è come mettersi a letto con un vaioloso, lo diceva anche il marchese D'Azeglio» fa il Colonnello, pulendosi la bocca unta con la tovaglia. «I meridionali sono selvaggi e anche se son nati in posti belli, le popolazioni son disgustose. Persino le donne fanno sfigurare la razza italiana!»

«Una volta son dovuto andare a Napoli... non vedevo l'ora di tornare. Io, paesi da far vomitare così, non ne ho visti mai. Li farei bruciare vivi tutti. Gentaccia!»

«L'è Africa! Altro che Italia! I beduini a confronto di questi selvaggi sono *bijoux*!» dice la Cipollina, mentre raccatta un pezzo di melanzana cascata in mezzo alle poppe e se lo rimette in bocca. Poi chiede a Lettèria, che è ritta col vassoio di polpette rosse e il viso bianco: «Ma mi spieghi perché dite sempre questa cosa della Madonna, oh cosa c'entra con te?».

«A Messina c'è la Madonna della Lettera, detta "Lilla"» sussurra come un atto di dolore. «La leggenda narra che san Paolo venne a Messina per predicare il Vangelo. Molti si convertirono. Quando tornò in Palestina, alcuni messinesi chiesero se potevano accompagnarlo per conoscere la Madonna in persona. Quando arrivarono in Terra Santa le portarono una lettera in cui le domandavano protezione. La Madonna li accolse e gliene dette una anche lei, in risposta. L'arrotolò e la legò con una ciocca dei suoi capelli. Nella lettera diceva che avrebbe sempre protetto Messina. E... La ciocca della Madonna è nel Duomo. La espongono il giorno del Corpus Domini. La festa del 3 giugno... E allora...» con la voce sempre più fina «è da qui, dal culto della Madonna della Lettera, nasce il mio nome... Lettèria.»

Ed eccola, Girolama, come avesse atteso nell'ombra il suo momento. Non guarda altri che la figlia e, carezzandole la testa, principia: «*Quannu nascisti eri china di capiddi. Tanti, niri e longhi. To' patri, Carmelu, dissi: "A Maronna n'a mannau, è bedda comu idda". E ti chiamammu accussì*». E poi, guardando fuori dalla finestra e inspirando forte: «*Mi su' sempri cunsidarata assai furtunata d'essiri nata italiana. E tra l'italiani cchiù furtunati, picchì campava 'o mari*».

La Cipollina con le poppe in fuori e il culo pizzo: «Ma non è mica un voler parlar male di voi, 'un è mica cattiveria dire così dei meridionali!».

L'Annina, piano: «Ah, no eh?».

«Ma negli anni Sessanta, e ditemi se sbaglio» ancora la Cipollina guardando tutti civetta e seria, «in un secondo, ci si trovò sommersi da così tanti di voialtri... Non è che il mondo lo si conoscesse in tutta la sua vastità. La gente anziana di Campi la Sicilia non sapeva nemmeno dove fosse. I meridionali poi hanno una mentalità diversa dalla nostra.»

Gino: «È anche difficile capivvi. Le ragazze le girano a lutto, con le calze nere. Come la Girolama».

Girolama: «*Portu u lutto*».

«Eh, lo so, ma qui, a Campi, le anziane si vestivano a lutto prima! Oggi, nel 1973, non è più usanza! Invece quelle che le vengono dal Sud, anche le giovani, le stanno a lutto e, poi, le c'hanno una mentalità talmente arretrata. Viaggiano scortate dalle mamme. I mariti gelosi poi!!! Per noi è incredibile vedere vi stiano sempre dietro in quel modo.»

Riccardo la sa lunga. «Però poi a lavorare nelle fabbriche come vi ci mandano i vostri belli!»

E tutti con un brusio: «Davvero...».

E quello, ringalluzzitosi: «C'era Roberto, un mio amico di Capalle, che si vedeva con questa ragazza siciliana da tre mesi, nel senso vedersi al bar, vicino al juke-box. Una sera avevano fissato per andare a ballare a Pistoia e lei la si presentò accompagnata dal cugino. Allora Roberto, disgraziato, non la guardò per tutta la sera e, a un certo punto, lei la gli si accostò e la gli fece: "Mi dispiace ma non si può andare avanti perché io sono destinata al cugino"».

«Eccoci!» tutti in coro con biasimo.

«Ma una famiglia, un genitore di un giovanotto che si vole fidanzare co' una ragazza siciliana, non pole essere contento, perché si domanda: "Ma che si sa da 'ndo la viene questa qui?"» aggiunge la Cipollina, sussiegosa, accavallando la gamba.

«La ragazza meridionale nasce dalla miseria e quindi, giustamente, noi si pensa si voglia accasare. E qui a Campi, e io lo so bene» dice il Colonnello, «ci sono state un monte di sparatorie, ne son morti più di uno! Adriano morì in mezzo di strada. Si ammazzano tra di loro per motivi d'onore, i meridionali! Un brigadiere mi disse che ce ne sono a iosa di questi confinati qui a Campi. Insomma, agli arresti domiciliari. Capito? Li mandano via dalla Sicilia e ce li danno a noi, i meridionali, napoletani, siciliani. Perché qui c'è i' lavoro, ci sono le fabbriche, c'è il benessere. Proprio un bell'impatto.»

Si sente un boato. Tutti saltano sulle seggiole.

I' Pugi rizzandosi in piedi ha buttato in terra l'inginocchiatoio. «Vedete, teste di cazzo» con uno scatto degli occhi che pare un tic, «parlare de' Mezzogiorno significa parlare del già detto. Il pregiudizio è pe' sua definizione un giudizio che viene dato prima. Ed è già una condanna senza processo.» La voce rimbomba nel silenzio umano improvviso. Solo la Sylvania canta insieme al Quartetto Cetra durante la puntata dell'*Occasione*.

Tutti hanno smesso di mangiare e chi non è a tiro s'è voltato per guardare.

«Gramsci, ne' su' *Quaderni*, fa un'analisi sublime: la miseria del Mezzogiorno è inspiegabile per le masse del Nord. L'Unità d'Italia NON venne creata su una base d'eguaglianza, ma sull'egemonia del Nord nei confronti del Sud. La crescita delle NOSTRE industrie» e scandisce come un codice fiscale «si nutre dell'impoverimento dei loro campi. Il dissanguamento del Meridione esiste per arricchire NOI, il Nord!!! E, badate, non è stata la conseguenza ma la RAGIONE dell'Unità d'Italia!!!»

E sputa minuzzoli di pane mentre parla.

Lo sguardo si sposta veloce da un viso all'altro. «È un rapporto coloniale quello tra Nord e Sud. I' Meridione è stato privato di tutto: delle su' istituzioni, delle su' industrie, della su' ricchezza, della capacità di reagire, della su' gente, della su' memoria. Gli è stata rubata la storia. L'idea della nostra superiorità nordica, l'idea che i' Sud sia il cancro dell'Italia, che i' Mezzogiorno sia arretrato per colpa de' meridionali che sono inferiori, criminali, briganti, è un'idea diffusa dai borghesi del Nord per instillarlo nei vostri cervellini bacati e settentrionali.»

«All'estero» fermo come una statua i' Pugi «si smette tutti, SUBITO, d'essere meridionali o settentrionali. SUBITO! Fori dall'Italia siamo solo italiani: mafiosi, ladri, cacasotto, furbi e disonesti. Il Sud è da sempre il luogo del male senza possibilità di redenzione.»

Poi fa una pausa, col cuore che si sente rimbombare in tutto il Cantuccio, e dopo aver inspirato: «Chi emigra, abbandona la propria terra, perché la sa essere manchevole, perdente, e parte alla ricerca di un altrove che ritiene più forte. L'emigrato non è più né della su gente né di quella a cui approda». I' Pugi guarda i presenti, uno a uno, con la fronte e gli occhi mézzi. «Il linguaggio fatto di violenza ammazza più della violenza stessa. Perché quella là lo fa una volta sola, la parola, invece, la ti corrompe dentro, senza una fine.»

E col ciuffo sugli occhi, torvo: «Perché vu dite "meridionali vaiolosi", eh? "Meridionali di merda"? E perché un meridionale quando vu glielo dite, invece, sta zitto e abbassa i' capo, la maggior parte delle volte? CHE VE LO SIETE MAI CHIESTI??? Perché nessun meridionale vi viene a dire "Campigiani di merda" o "Fiorentini coglioni"? Perché?»

E dopo un silenzio che pare una sirena, spalancando le braccia come Cristo: «Perché il meridionale ha accettato il suo ruolo di vinto, l'ha introiettato così forte che pensa, in fondo, noi s'abbia ragione. Che i' carnefice faccia bene a infierire, perché se lo merita. Stanno zitti per questo. I meridionali pigliano il loro nome da quello che gli manca di più e da ciò per cui vengono crocifissi: il Sud. Una volta» ridendo amaro «ho sentito questa bestialità: "Gli italiani si dividono in "nordici e sudici".»

E poi, dopo una pausa in cui incenerisce il creato, guardando nelle palle degli occhi ogni commensale: «Sappiate che prima o poi siamo tutti i meridionali di qualcuno».

E in quel momento, nel silenzio del Cantuccio, si sentono solo, dalla Sylvania, le voci della Mannucci del Quartetto Cetra che cantano: «Parlano d'amore i tulli tulli tulli pa… vanno dritti al cuore i tulli tulli tulli pa…!».

Girolama sta come un fuso vicino al bancone, con gli occhi ai gelsomini che si abbracciano fuori dalla finestra.

«Lo sapete cosa sono i gelsomini?»

Tutti su di lei.

«E le gelsominaie? Non lo sapete.» Fa una pausa e il Cantuccio trattiene il respiro. Girolama non parla molto. Soprattutto di sé. Ma questa volta lo fa. E non in dialetto.

«Io sono nata tra i gelsomini, nella piana di Milazzo. Quando penso a casa, vedo tutto gelsomino. Vedo mia madre, una delle prime gelsominaie, una capopopolo. Grazia, detta "la Bersagliera".» E guarda la Delia.

«Ho iniziato a raccogliere i gelsomini a nove anni. La giornata cominciava alle due del mattino, prima che il sole potesse bruciare i fiori e far diventare i loro petali gialli. Ci alzavamo nel buio e andavamo nei campi, tutte insieme. A quell'ora i gelsomini sono al massimo del loro profumo.

«Eravamo donne. Ragazze, bambine, anziane. La piana di Milazzo profumava e, una volta raccolti, quei fiori sarebbero diventati profumi delle grandi marche parigine.

«Era l'unica strada che avevamo.

«I padroni ci preferivano ai maschi. "*Siti i cchiù adatti femmini.*" Le donne erano più adatte. Perché le nostre mani piccole staccavano i fiori fragili dallo stelo senza farli morire, perché ci pagavano meno. A peso e non a ore.

«Scalze, nell'acqua. Piegate a raccogliere i gelsomini. Spesso venivamo punte dagli insetti e infettate dalla leishmaniosi. Eravamo piene di bozzi sulle gambe, zeppe di dermatiti. Spesso, zoppicavamo.

«Le dita correvano dalla pianta alla grande tasca sui grembiuli che dovevamo far crescere sopra le nostre pance.

«Quando le svuotavamo c'era la pesatura: il momento della verità.

«7300 fiori. Un chilo di gelsomini.

«Un chilo di gelsomini, 25 lire.

«In una notte quelle brave, le maestre, ne facevano quattro di chili. Ma c'erano alcune capaci di raccoglierne fino a dodici.

«Le donne coi neonati a cui nessuno poteva badare, se li portavano dietro e li lasciavano dormire nelle ceste accanto a sé, mentre lavoravano. Nei solchi. Tra il fango e i gelsomini.

«Finivamo alle dieci del mattino, con il profumo dei fiori che si mescolava al sudore, alle mani stanche e al nostro canto.

«Nei giorni di pioggia, affondavamo nel fango. Ma resistevamo. Per non affondare tutte.»

Nella sala, il profumo dei piatti si mescola a quello delle parole.

«Abbiamo occupato il Commissariato di Milazzo nel '55. Mia madre nella notte, quando non si poteva più stare zitte, con un bastone bussò alle porte di ogni donna per portarla a scioperare, per convincerla a unirsi alla lotta.»

Stringe, per un attimo, il grembiule forte in due pugni: l'unica cosa bianca che ha addosso.

«E quando morì mio marito Carmelo – lui era pescatore –, restare sarebbe stata condanna. Per me e per lei. E così sono venuta al Nord. Sono arrivata a Campi nel 1960. Sono stata guardata, da molti, come si guardano quelli che vengono da lontano. *Ma lu suduri di 'na gelsominaia vale quantu lu prufumu chi fa.*» Ma il sudore di una gelsominaia vale quanto il profumo che produce.

E tace.

Poi un botto solo. Che diventa applauso. Forte. Parte da i' Pugi e tutti gli vanno dietro.

La Delia sulla soglia guarda Lettèria, che non guarda più in terra. Ma fuori, come Girolama, la sua mamma.

Guardano i gelsomini che fanno il girotondo insieme al vento.

E insegnano l'amore, discreto, senza far rumore.

Proprio come loro.

8
I tè e altri bagnati

Firenze, 1926-1933

Non chiesi alla Maria nulla. Non parlammo mai di quel che accadde a casa sua.

Ma la scrutavo, sempre, per vedere se da qualche parte avesse dei segni, qualche crosta o qualche pesto che le scappava dai vestiti.

Lei lo capiva subito, mi sorrideva e io mi placavo.

La Maria faceva dei gran desinari.

La cucina fiorentina era diversa nella prima metà del Novecento, non c'era la moda della pappa col pomodoro. Si mangiavano i fagioli in tutti modi.

Anche la mamma cucinava, a volte. Era brava a fare anche quello. Dopo però le veniva sempre mal di testa. Aveva paura che al babbo non piacesse ciò che preparava. E allora lei e la Maria avevano un patto: quando cuci-

nava, se il babbo, assaggiando, muoveva i baffi, allora si poteva dire che era stata lei, altrimenti si sarebbe dovuto mantenere il segreto.

Quando li muoveva, e lo faceva sempre, io esplodevo in uno scroscio di adrenalina e battevo le mani. Era uno dei miei momenti preferiti, perché vedevo la mamma sorridere. Anche se solo per il tempo di una cucchiaiata.

La nostra era una buona famiglia. Anche per via del guadagno.

La Maria stava fissa in casa. Avevamo persino una guardarobiera, la Iole, ma veniva solo per i tè.

I tè, fino al 1940, erano incredibili.

Nelle famiglie borghesi di Firenze era un momento di raffinata ritualità, strutturato secondo canoni rigidissimi. Ogni dettaglio rifletteva l'educazione della casa ed era l'occasione per dimostrare eleganza e senso dell'ospitalità.

I tè erano un po' nobili. E molto borghesi.

Vi si riunivano tutte le amiche della mamma.

Io ero l'unica bambina. Era una festa potervi partecipare. Se mi comportavo male non mi ci facevano stare. Quella era la punizione più tremenda. Mi disturbava molto indossare solo calze di cotone e di lana. Quelle di seta non potevo. Il babbo non voleva.

Noi avevamo la Maria, ma nelle altre case c'erano proprio cameriere istruite esclusivamente per la mansione del tè.

Doveva essere servito in salotto, su un vassoio d'argento, poggiato su un tavolo apposito, il tavolo da tè, per l'appunto. La teiera e le tazze di regola di porcellana con dettagli dorati e floreali.

Le nostre erano di Richard Ginori.

Il set aveva la zuccheriera con la piccola pinza per i cubetti di zucchero e la sua lattiera. Tutto sempre accompagnato da fettine di limone tagliate sottili, per chi preferiva un tocco più agrumato.

Le cameriere dovevano essere discrete, eleganti e precisissime, dovevano riscaldare la teiera prima di aggiungere le foglie di tè e l'acqua calda, lasciando in infusione il tempo necessario perché il sapore fosse perfetto. Il tutto era da eseguirsi con movimenti silenziosi, servendo i presenti in ordine di età o di importanza, iniziando dall'ospite d'onore, se presente, o dai padroni di casa.

La cameriera del tè si assicurava di controllare, con occhio da cecchino, il tavolo, riempiendo le tazze asciutte, aggiungendo pasticcini, biscotti, fette di torta e marmellata.

Quanti di quei pettegolezzi si facevano durante i tè! Si imburravano pane e lingua. I tradimenti, le piccinerie erano tutti così sussurrati che quasi non riuscivo a sentirli. All'inizio. Poi mi ci sono abituata. Ero capace persino di leggere il labiale. Una spia in gonnella. E calze di lana. Ahimè.

La moglie del medico, la signora Passigli, una delle mie

invitate preferite, portava sempre la pasticceria. Avevamo già il telefono a muro e il marito la chiamava ogni volta. Lei doveva alzarsi e andare a parlarci. A me sembrava una cosa maleducata, ma le altre donne acconsentivano con gli occhi, la mamma soprattutto, come fosse normale che un momento di svago non potesse essere vissuto con interezza da una donna.

Una volta, durante un tè, ero seduta sul divano – doveva sempre sembrare stessi appartata e fossi là per caso –, avevo in mano Cuore *di De Amicis di cui continuavo a leggere una parola sola, "banco", che giaceva nel mezzo di pagina 45 – ancora me lo ricordo – e le orecchie mi erano diventate come quelle di un elefante. Avevo notato che il ritmo del discorso e, soprattutto il tono dal colloquiale e vivace s'era fatto pettegolo e mormorato. La signora Colucci parlava di un libro. Un libro che nessuna signora rispettabile avrebbe dovuto leggere.*

Dio che voglia di gettarmi sulla teiera infuocata per sentire bene.

*Sussurrando, e guardandosi in giro con circospezione – anche se conosceva tutte al tavolo da tè, ma credo lo facesse per fare scena, e devo dire che ci riusciva benissimo –, aveva sibilato: «Ho sentito dire che nell'*Amante di Lady Chatterley *ci sono scene… be', scene in cui la protagonista si abbandona a un guardiacaccia…». E aveva finito la frase portandosi il fazzoletto ricamato alla bocca: «Una donna nobile, con un povero… Capite?».*

L'aveva detto come fosse la cosa più invitante del mondo. Lo fu per le mie orecchie, ma dal tintinnio anche per quelle da cui penzolavano brillanti.

La signora Mori, con disgusto e curiosità: «Immaginate il disonore. Mio marito me ne aveva parlato» e, scandendo e mostrando i denti, «ha detto che è un libro sovversivo. Scritto per corrompere le menti». Poi, mutando il tono in svolazzante, aveva aggiunto: «Dicono descriva la passione in modo molto esplicito. Molto». In quel "molto" io c'avevo visto le fiamme dell'Inferno e tutti i peccati capitali.

E m'erano garbati assai.

La mamma non amava si toccassero certi argomenti, perché sapeva che ero lì ad ascoltare. Ma non lo faceva perché credeva che leggere quei libri mi avrebbe corrotta, ma perché sperava che non leggerli mi avrebbe salvata. E, così, con elegante fermezza aveva chiosato: «A volte il proibito attira più del dovuto. Alla biblioteca Vieusseux hanno una lista di volumi "non raccomandati". Quindi, anche se si andasse a chiederli, non verrebbero forniti. Ho sentito dire che Lady Chatterley *circola comunque, ma solo in certi ambienti. Illegali». Aveva pronunziato quella parola come se dalla bocca le fosse uscito il ghiaccio.*

La Maria aveva ascoltato con uno sguardo che tradiva tensione e fastidio.

La signora Aglietti, che aveva una faccia tonda e amava particolarmente i panini burro e marmellata d'arancia amara, smettendo di mangiare, dopo essersi rigoverna-

ta il dito pieno di briciole, aveva detto: «E non è solo Lady Chatterley. *Pare che in città si parli anche di… di un'altra storia contenuta in un altro libro sovversivo, qualcosa con "umano" nel titolo che ora non mi sovviene e… insomma… racconta di una coppia cinese…» e si era ingobbita tutta mentre lo diceva. «Insomma… in questo libro vengono descritti momenti, ecco, momenti molto intimi. Cose che non ci appartengono, cose… non cristiane!» aveva concluso ingoiando, infine, un panino intero.*

Tutte erano state percorse da una scossa che aveva fatto trillare anche i lampadari.

La signora Rossi, la moglie del farmacista, cambiando argomento, con tono grave: «Mio marito mi ha detto che il governo ha emanato nuove leggi per controllare le opinioni di chiunque osi dissentire. Pare che persino parlare liberamente, anche tra amici, possa diventare pericoloso…».

La Maria si muoveva in silenzio, ma era come stesse ferma.

Io ero accaldata, affascinata, agitata e confusa al tempo stesso. Parole proibite, libri segreti e passioni. Era tutto sconosciuto e intrigante. Volevo solo leggerli. Tutti! E basta. Volevo leggere le scene sessuali col guardiacaccia di Lady Chatterley e mi martoriavo perché ben sapevo che al Vieusseux non me li avrebbe dati nessuno quei libri proibiti, perché mi conoscevano, perché ero la figliola di Giorgio! Ero tutta paonazza in faccia.

Quando la Maria s'era avviata in cucina, piano piano, io l'avevo seguita.

Aveva posato il vassoio sull'acquaio e stava ferma, dandomi le spalle, immobile.

Quando le avevo detto «Senti, Maria...» era saltata in aria come avessi sparato un colpo di mitraglia. Allora avevo detto subito: «Scusa, non ti volevo spaventare», poi però avevo proseguito col mio ragionamento perché mi interessava troppo: «Ma come mai, ma cosa ci può essere scritto in un libro per averne così paura? Per essere così proibito? Ma cosa pensi di quello che dicono le signore? Di questi libri... di queste idee?».

La Maria con un sorriso amaro, in un sussurro m'aveva risposto: «Certe idee son come semi. Se attecchiscono possono diventare piante forti e alberi robusti, difficili da sradicare. Temono questo, quelli che ci comandano. Temono che la gente cominci a pensare da sé».

E si era rivoltata.

Quando parlava, la Maria riusciva a pacificarmi, o meglio quello che mi diceva sapevo poi mi si sarebbe sbriciolato in testa nei giorni, nelle settimane, nei mesi e anche negli anni avvenire. Germogliando.

Non era colta la Maria. Ma era saggia. E insieme avevamo vissuto tante cose. Soprattutto quel fatto, a casa sua, di cui non si era mai più parlato. Quello che pensavo fosse stato un'avventura, ma che, col tempo invece, capii essere un albero. Robusto.

A me studiare non mi piaceva.

Il babbo e la mamma avevano una cultura molto forte. Quella del babbo era più esibita, quella della mamma più ripiegata.

Io sono andata a scuola in un collegio inglese e un accento così meraviglioso come quello io non l'ho mai più sentito. Ero innamorata della mia sister Mary. Quando si arrabbiava le cadevano gli occhiali sulla cattedra.

Con lei facevamo una specie di gioco. Mi diceva: «Adesso parlo e lei mi ripeta cosa ha sentito e ha capito!». E all'orecchio mi sussurrava delle parole, poi aggiungeva: «Ora mi ripeta e poi mi scriva anche quello che le sembra».

E io ridevo perché mi faceva il solletico all'orecchio. Aveva i baffetti! Non come quelli del babbo, ma quasi. Così imparare l'inglese era bello. Certe risate da far male alla pancia.

Tra amiche parlavamo solo in inglese.

Comunque – a me – studiare non mi piaceva.

Ma amavo leggere.

Mi mettevo seduta sul divano con le ali. Se eravamo sole, la mamma suonava il pianoforte e la Maria rammendava, soprattutto le mie calze, perché Lord Brummel ci si attaccava, rompendomele, mentre ci ruzzolavamo in terra facendo naso-naso.

Il profumo di soffritto e di brodo che danzava dalla cucina mi riempiva di gioia.

Leggevo quello che mi portava il babbo, ma le storie proibite me le nascondeva.

Stavo rannicchiata accanto a una torre di libri.

«Tu sei la principessa del castello!» diceva, mentre li metteva uno sopra l'altro.

Li disponeva in una pila la cui composizione all'inizio pensavo fosse casuale, ma poi capii avesse dietro una filologia, un filo, un arco.

Nella gerarchia della sua mente un romanzo doveva venire prima di un altro e una storia doveva essere raccontata solo dopo. Aveva motivazioni precise quando mi spiegava perché nella torre ci fossero determinati libri, e riguardo ad alcuni, quelli che considerava i suoi capisaldi, ancora ricordo per filo e per segno le spiegazioni che mi diede.

Il primo fu Pinocchio *di Collodi. Me lo donò, tenendolo con tutte e due le mani, come fosse una preghiera. Io ero seduta sul divano e i piedi ancora non toccavano il pavimento. Avevo sette anni. Disse: «Questo è un classico della letteratura italiana: per principiare e assaggiare i valori della disciplina».*

Poi ci fu Cuore *di De Amicis: «Ti insegnerà l'importanza della lealtà, dell'amicizia e del patriottismo».*

Dopo, con mia grande gioia, arrivarono le Piccole donne *di May Alcott. «Ci troverai il valore della famiglia, dell'umiltà e del coraggio. È la storia di quattro sorelle americane e, anche se è un contesto culturale diverso dal nostro, ti piacerà.»*

Poi vennero I promessi sposi*: «Capirai l'idea dell'amore, del dovere e della fede, ma anche le difficoltà della vita».*

Il fu Mattia Pascal *di Pirandello giunse quando avevo diciotto anni: «Ti aiuterà a sviluppare la consapevolezza della complessità della realtà. Pirandello, pur sfidando la morale, rimane inattaccabile sotto molti aspetti».*

Un giorno in fondo alla pila mi ci mise Madame Bovary *di Flaubert. Ne avevo sentito parlare sottovoce dalla mamma e non mi parse il vero! «È un'opera sulla psicologia umana e sulle conseguenze della disillusione romantica.»*

Anche se era stato messo alla base della torre e il babbo mi aveva detto che avrei dovuto leggerlo sotto la sua supervisione – c'era sempre un confine invisibile, un limite che non mi era permesso oltrepassare –, io, senza farmene accorgere, lo presi e lo iniziai subito.

Madame Bovary *all'epoca della sua pubblicazione era stato processato per immoralità, ma oramai, nel 1930, quando lo ebbi tra le mani, veniva considerato un classico della letteratura.*

Flaubert, con la sua Emma parlava delle passioni e della disperazione di una donna intrappolata. Ero arrivata alle pagine cruciali, quelle dell'incontro tra Emma e Rodolphe, della tentazione, del peccato, ed ero al passaggio che diceva: «Le drap de sa robe s'accrochait au velours de l'habit. Elle renversa son cou blanc, qui se gonflait d'un soupir; et, défaillante, tout en pleurs, avec un long frémissement et se cachant la figure, elle s'abandonna», *"Il panno del vestito di Emma aderiva al velluto della giacca di lui. Essa rovesciò il collo bianco, gonfio d'un sospiro, e, disfatta, tutta in lacrime, con un lungo fremito e nascondendo il viso, si abbandonò", quando un urlo squassò l'aria bagnata di zucchero e palpitazione.*

«Delia! Basta. La disobbedienza, di questi tempi, è un lusso che non puoi permetterti.» Il babbo non aveva aggiunto altro. I suoi occhi erano piccoli e mi pungevano il cuore.

Mi sentii sopraffatta, come quando inspiravo troppo. Mi venne da piangere forte. Ebbi la nausea. Mi vergognai come se il babbo mi avesse vista ignuda, come se fossi la figliola più delinquente si potesse avere. Lo avevo deluso.

E deludere chi ami è la peggior forma di tradimento esista.

Per dodici anni fui figlia unica.

Poi arrivò la Gloria.

9
Kaputt

Campi Bisenzio, 28 maggio 1973

I piccoli fiori bianchi si arrampicano lungo le mura del Cantuccio, pare corrano verso il cielo, quasi a proteggerlo, quel luogo che è nido e rifugio per tutti. Angela guarda i gelsomini e torna con la memoria agli alberi di magnolia del suo parco di bambina, Kelly Ingram, in Alabama. Le magnolie e i gelsomini sono diversi, pensa forte, le magnolie hanno fiori grandi e vistosi, i gelsomini piccoli e minuti, entrambi però sono bianchi e con un profumo che ti fa sentire voluta. E chiude gli occhi al sole, come a fargli una smorfia, ed è di nuovo bambina nel parco, con la magnolia nel naso e il sapore del Moon Pie, il suo dolce preferito.

La mamma, da piccola, le aveva raccontato la storia di un minatore del Tennessee che nel 1917 aveva chiesto al panettiere uno snack da mangiare durante le sue lunghe ore di lavoro, uno snack che fosse «grande come la luna»! Da qui il nome Moon Pie. E anche il soprannome di Angela, che fin da bambina, per sé, aveva sempre desiderato che tutto fosse il più grande possibile. Il dolce era fatto da due biscotti morbidi di Graham cracker che abbracciavano uno strato di marshmallow. Tutto era ricoperto da una glassa di cioccolato. Ma poteva essere anche di vaniglia, di banana o di caramello. Costava poco e lo trovavi in ogni negozio di quartiere, nei mercati e sulle bancarelle. Un vero classico della cultura popolare meridionale degli Stati Uniti. Angela lo amava affogato nel caramello.

Col Moon Pie, poi, ci beveva la RC Cola, una bibita gassatissima che le saliva nel naso e la faceva lacrimare. Quanto le piaceva quel frizzio. La combinazione di Moon Pie, RC Cola e profumo di magnolia erano casa. Ovunque fosse. Bastava una sola di quelle tre cose, e lei era in Alabama.

Quella mattina è incredibilmente sola al Cantuccio, e se ne sta seduta su una seggiola di vimini, col sole che illumina il libro aperto che tiene sulle sue ginocchia. Sorride perché le viene in mente quando Lettèria, senza un motivo, le accarezza le mani mentre sta facendo qualcosa ma, soprattutto, mentre legge o studia, dicendole che sono belle quelle dita color caffellatte quando si muovono per girare le pagine o quando, con l'indice, puntano una parola. «Le trovo talmente giuste.»

Sorride e il calore del sole è come raddoppiasse con quel pensiero.

Sta leggendo *Il secondo sesso* di Simone de Beauvoir. Sottolinea i passaggi che la colpiscono di più col lapis che tiene in bocca e li ripete a voce alta: «Non si nasce donna: lo si diventa». La camicia di cotone a righe è sblusata sempre dalla parte sinistra dei jeans a zampa sbiaditi. Intorno al collo, una sciarpa di seta arancione, inverno e estate. È un regalo di sua madre e quindi profuma di lei.

È bella Angela. Come lo sono le ragazze belle. Tutto in lei è una dichiarazione d'indipendenza e di bisogno, di rifiuto di quelle che sono le aspettative che la società ha su come una donna debba apparire ed essere e una sete di venire accolta da quel tutto che combatte.

Alla radio suona *A Change Is Gonna Come* di Sam Cooke. La canticchia. Ama quella canzone per il significato, ma di più perché la mamma gliela fischiava mentre si faceva il bagno dentro la bacinella arancione, anche se ormai era troppo grande per starci dentro. Ma il momento più felice della sua vita era quello in cui quelle mani l'aiutavano ancora a lavarsi di gioia. Sua mamma, Etta Bell, era un'insegnante di scuola elementare e il bagno era la prima cosa che facevano insieme, quando tornava dal lavoro.

«La lotta… sta arrivando» canticchia ancora. Angela si è sempre aggrappata a quelle parole come fossero una promessa. Come fossero quella bacinella arancione.

La mamma, Etta Bell, cresciuta in una famiglia di agricoltori dell'Alabama, era stata una delle prime donne nere a frequentare l'università, e da sempre impegnata nella comunità e nella lotta per l'integrazione razziale. E così Angela era cresciuta in una casa in cui le discussioni sulla giustizia sociale e la politica si inzuppavano nel latte al posto dei biscotti. Etta Bell era persino riuscita a venire in Europa, in Italia, e proprio in Toscana, come volontaria del WAC durante la Seconda guerra mondiale. E in un momento in cui alle donne nere americane – per via delle politiche razziali di segregazione – era negata qualsiasi cosa, Etta Bell era riuscita a far tutto. Perché, come ripeteva alla figlia: «Ricordati, Moon Pie, non basta parlare di cambiamento, bisogna agire per ottenerlo».

Mentre Angela è quasi in Alabama, tre legnate alla porta le fanno cadere il lapis dalla bocca e la riportano a Campi. Scalza, corre ad aprire.

Un uomo in uniforme.

La scruta. È Guido Guidi.

«Buongiorno. Che, c'è la Delia?»

«No. Posso aiutare?»

Guido fa un piccolo grugnito e tira fuori un foglio ripiegato dalla tasca interna della giacca. «Immagino toccherà a te. Questo è l'atto ufficiale. La cara Delia, quella che accoglie chiunque qui dentro e si fa pagare con "le donazioni" senza emettere ricevuta, è nei casini. Non si puole più tollerare questo genere di abuso.»

Angela prende il foglio e lo apre: «Cosa vuol dire?» chiede, fissando il testo.

Guidi si aggiusta la camicia: «In parole povere, significa che avete novanta giorni di tempo per mettervi in regola. Ottenere una licenza di somministrazione di cibi e bevande, iniziare a registrare tutte le entrate e pagare le tasse. Altrimenti, il Cantuccio sarà chiuso. Sprangato. E voi vu andate tutti a spasso, capito? Inoltre, c'è, giustamente, anche una multa di 600.000 lire da pagare per le irregolarità riscontrate finora. Se non saldate, potrete dire addio a questo… chiamiamolo "posto di accoglienza", che a me mi pare più un gran troiaio».

«Delia accoglie chi ha bisogno.»

«Sì, certo» fa Guidi. «La verità è che questa non è carità, l'è evasione! E voi, stranieri, pensate di poter venire qui e ignorare le leggi? Le regole sono uguali per tutti. Anche per lei!»

Angela guarda il foglio. «Cosa dobbiamo fare?» sforzandosi di parlare in modo chiaro.

Guidi sospira, fingendo che spiegare tutto sia un peso insopportabile, ma in verità, rimarcarlo lo fa gonfiare tutto come un canotto: «Prima di tutto, vu dovete pagare la multa di 600.000 lire, entro novanta giorni!». E cantilenando a nenia: «Poi, la Delia dovrà richiedere una licenza commerciale al comune. Una volta ottenuta la licenza commerciale, vu dovrete emettere uno scontrino fiscale per ogni pasto servito, registrando ogni pagamento. Basta donazioni. Fine donazioni. Kaputt! Inoltre, i prezzi dovranno essere esposti e la contabilità in ordine». E poi con un ghigno di esodo: «Non è così facile gestire un ristorante come si crede».

Angela stringe il foglio tra le mani: «Lo riferisco, e vediamo cosa possiamo fare».

«Pagare vu dovete, ecco cosa vu dovete fare! Tanto semplice!»

L'ufficiale fa un cenno di saluto, gira sui tacchi e va via.

Angela chiude la porta e s'appoggia all'inginocchiatoio, fissando il foglio che tiene tra le mani.

Novanta giorni di tempo.

La canzone di Sam Cooke canta ancora *A Change Is Gonna Come* e, mentre piega l'atto, lo posa accanto al suo libro e annusa la sciarpa arancione che profuma di Moon Pie.

10
Cinema e patria

Firenze, 11 novembre 1934

Nel tardo pomeriggio di una domenica d'autunno, il babbo mi portò al cinema. I film nuovi uscivano nei fine settimana e le domeniche erano tutte nostre. La mamma preferiva stare a casa, perché la Gloria era troppo piccola. O così diceva lei. Le proiezioni iniziavano nel tardo pomeriggio, intorno alle 17 o alle 18, poi c'era una seconda proiezione serale alle 21.

Il babbo sceglieva sempre la prima per noi.

«Oggi andiamo a vedere uno di quei film ritenuti giusti» disse.

Secondo i canoni del regime fascista, intendeva.

Il film era Vecchia guardia *di Alessandro Blasetti.*

Raccontava l'ascesa del fascismo, i suoi primi gloriosi militanti, il movimento e i suoi sostenitori. Vecchia guardia *andava a braccetto coi valori retti: Dio, patria e famiglia. Lealtà al Paese e celebrazione del sacrificio per l'amata nazione.*

Il Cinema Odeon abitava nel Palazzo dello Strozzino e se ne stava tutto sussiegoso con la facciata imponente in stile liberty e l'ingresso era come il salone di un ricevimento per principesse.

La sala cinematografica era splendida e l'atmosfera raffinatissima.

Mi girava il capo dall'emozione. Se chiudo gli occhi la sento ancora. E li vedo i sedili imbottiti in velluto rosso, il soffitto decorato con greche in stucco dorato da cui penzolava il lampadario serio di cristallo, che illuminava noi e tutto con la sua luce calda, soffusa e ricca.

Sì, era una luce da ricchi.

Le pareti rivestite in legno scuro, intarsiato in alcuni punti, e le tende pesanti, drappeggiate agli ingressi laterali, pareva ci facessero l'inchino. L'aria profumava di cinematografo e delle fragranze che le signore presenti si erano spruzzate a iosa sopra e sotto i loro abiti signorili, quelli delle occasioni speciali, quelle dove si veniva visti e giudicati.

In fondo alla sala, sopra lo schermo, un orologio ricordava a tutti l'orario della proiezione. Il pubblico, composto di famiglie borghesi e uomini d'affari in compagnia di mogli e figli, scalpitava, ma lo faceva con contegno, cercando di tenera a mente che erano pur sempre ricchi. E fiorentini.

Quando le luci iniziarono a calare, il lampadario centrale venne spento e la sala fu avvolta nel buio, – era stata lasciata accesa solo una piccola luce lieve lungo le pareti per non disorientare del tutto gli spettatori –, subito il mio cuore prese a battere forte e lo stomaco a brontolare dall'euforia.

I personaggi mi sembrarono fin da subito esagerati. E senza cuore. Anche se dicevano continuamente di averne, per quella loro Italia eroica e pura.

Applaudii alla fine, certo, per educazione, ma non rimasi per nulla soddisfatta.

Durante il tragitto verso casa, vidi il babbo che non aspettava altro che chiedermi cosa ne pensassi. Quasi sperasse fossi io la sua voce: «Allora, Delia, cosa ti ha insegnato questo film? Che te ne è parso?».

«Babbo» partii come un fuso «a me m'è sembrato parecchio esagerato… Come a dire che per essere italiani si debba fare tutto quello che ci chiedono i capi. Tutti coraggiosi, tutti pronti a sacrificarsi! Ma possibile sian tutti così perfetti? Io, per esempio, nella mia piccola vita, non mi sento tutta d'un pezzo!»

Il babbo, con le mani giunte dietro la schiena, mi ascoltava pieno di interesse. Anzi. Credo quello fosse il suo momento preferito. Lo vedevo da come muoveva in su e in giù i baffi, solitamente fermi come campanili. Era compiaciuto, quasi assaporasse qualcosa, come se le mie osservazioni fossero il cinematografo più gustoso, interessante a cui potesse assistere.

«E poi?» insistette.

«E poi!? Dicevano che sacrificarsi è la cosa più bella e nobile del mondo... ma davvero si campa solo per questo? Che senso ha far sembrare ogni storia come fosse... di marmo? ERAN FINTI! *E poi perché devono farmi pensare che anch'io debba essere così? Ma essere italiani significa... ubbidire e basta?»*

A quel punto il babbo ebbe un sobbalzo; non disse nulla, ma con gli occhi era come mi supplicasse: "Fai piano, abbassa la voce!". Io però continuai imperterrita perché c'erano delle cose che mi avevano veramente ma veramente infastidita.

«In quella scena in cui il soldato dice: "Morirei cento volte per la mia patria!", mi son dovuta trattenere dal ridere! Ma davvero si può voler morire cento volte? Non ne basta una? E quando il protagonista si inginocchia davanti alla bandiera, con le lacrime agli occhi? Via, babbo, sembrava una statua più che una persona vera! Come se la su' vita fosse servita solo a que' momento perfetto davanti alla bandiera! Ma poi non aveva altro da pensare? Nessuna paura o dubbio?»

Rientrammo a casa. Il babbo si ficcò subito nel suo studio, Lord Brummel mi venne stranamente incontro e io, ormai fomentata dall'attenzione regalata alle mie opinioni, mi fiondai davanti alla Maria e alla mamma, che erano in salotto, per continuare la mia recensione animata del film.

«Mamma, ascoltami, in una scena c'era una donna, l'unica a cui era stato concesso un momento di rilievo, vestita di nero che salutava il figliolo in partenza per il fronte, e aveva uno sguardo tutto orgoglioso e stava lì senza versare una lacrima mai! Ma poi» rivolgendomi alla Maria, «parlava tutta carica di fervore: "Andate e combattete per l'onore della nostra famiglia e del nostro Paese!". Ma era la su' mamma, mica un generale! Sembrava quasi felice di mandarlo via! Come si fa? Non pensava che combattere potesse voler dire che quello moriva? Una mamma non prova a trattenerlo un figliolo?» E facendo la spola col capo: «Maria, era tutto perfetto, stucco, uggioso! Tutti impavidi, tutti eroici, tutti scolpiti! E a me, francamente, non m' hanno convinta PER NULLA!*».*

La Maria sorrise sentendo quell'ultima frase e mi guardò col suo occhio attento e scuro. Annuii solo. Piano.

Io non ero convinta per davvero. Mi sentivo inquieta. Come se sotto la recita di perfezione di quelle persone tutte uguali, piene di luce ma senza l'ombra, si nascondesse qualcosa di fragile ma infido al contempo.

«Mamma» tornai da lei perché nessuna delle due mi rispondeva nulla, e d'un fiato dissi: «Era come volessero farci credere che una madre debba essere felice di mandare il figlio a morire!».

Cercai il suo sguardo, ma lei fissava il tavolo.

«Mamma» insistetti, «non è strano? Sembrava volesse-

ro dire che è bello sacrificare tutto! Come se non si fosse fatti di carne e di paura!»

Lei alzò lo sguardo e rispose con la voce ferma e colma di una tristezza che le colava sul viso: «Forse sì, Delia. Forse è strano. Ma un giorno capirai che, per certe persone, non c'è scelta. Che la vita è fatta di verità e di illusioni». E, guardandosi le mani come fossero un burrone da cui si sporgeva avanti, dopo un tempo, aggiunse: «Tutti sono pronti a difendere la verità, a santificarla, a erigerla come traguardo ultimo di perfezione e, di contro, a concepire le illusioni come insidiose e malefiche. La verità, invece, è che solo l'illusione ti garantisce la felicità. Dovremmo essere grati alle illusioni, e pregare perché esse durino il più a lungo possibile, prima che la verità ci svegli, mostrandoci ciò che dobbiamo essere».

Rimasi in silenzio. Allora non lo capii. Ma adesso sì.

Non capii che bisogna essere più forti per illudersi che per vivere.

11
Irma La Dolce

Campi Bisenzio, 29 maggio 1973

«Accidenti alla budella di so ma' cane, quella sudicia rincincignata, brutti merdaioli, gli pigliasse un córpo, la multa, maledetti, fascisti, ciucciapreti, segaioli, insudiciato del presepe ignudo pe' monti e pe' i campi, bucaioli, farabutti, si pisciassero da i' culo tutte le lacrime!»

Ha saputo.

I' Pugi ha saputo.

Un po' come tutti al Cantuccio.

Alfonso non fa altro che ripetere tirandosi su il cavallo dei pantaloni: «Ci sarà una soluzione pe' questa multa, la c'è sempre, ci sarà una soluzione!».

Gigione, mogio su un panchettino così piccino che pare sia seduto per l'aria, tira su col naso e si avvorticciola al ditone un rosario. La Delia, bicchiere in mano, gira in tondo a i' Pugi e alla Girolama, entrambi piegati sull'inginocchiatoio. Uno con un bicchiere di vino che per l'agitazione pare voglia benedire tutto il Cantuccio, e l'altra con un santino della Madonna che non fa altro che baciare a ripetizione. Angela e Lettèria, zitte, sono sedute a tavola. Lettèria con una zuppiera con dentro pangrattato e ova, e Angela con un piatto con sopra delle cipolle ancora intatte e du' rigagnoli che le escono dagli occhi, mentre continua a dire: «Piango per cipolle, eh...».

«Ma dimmi te, maledetti, ma lo so io, lo so io perché! Perché si fa concorrenza a quei ristoranti di merda, a i' Biondino, a Omero e son gelosi vengan tutti da noi! Ma questa me l'hanno fatta grossa... Oh, cosa si fa ora?!» La Delia, per una volta, appare senza la centratura ricamata di sempre.

Si morde il labbro. E si tocca la collanina a forma di nota musicale.

E poi, rivolta a tutti: «... Io non lo so cosa fare».

Dopo un silenzio irreale.

«La Casa del Popolo.»

Solo questo.

Gigione dice solo questo.

E si ferma.

Lo fa guardando avanti, con quella morbida sicurezza che hanno taluni nell'arrivare diretti al cuore delle persone e dei problemi. Caratteristica che, spesso, si crede risieda nelle anime semplici ma che, invece, è propria di chi sa togliere tutto ciò che è in più. E non intuisce, ma vede. Senza nebbia. In luce.

Poi, soffice, continua: «Si va alla Casa del Popolo e ci si fa aiutare. Son compagni. Quando ci fu da tirarla su, quando fu da lavorarci, lo si fece tutti insieme. Io andai a dare una mano. Se c'era un problema seramo tutti compatti per risolverlo. E qui si deve fare la stessa cosa. I' Cantuccio l'è una casa che ci vogliono porta' via. E noi siamo i' popolo. Quindi bisogna andare da chi gl'è simile a noi. E ci pole capire».

Tutti in silenzio.

E dopo un secondo: «'Un fa una piega». I' Pugi sancisce la bontà dell'operazione. Tutti annuiscono per la lucidità della strategia.

E ancora i' Pugi, con due scoppi delle mani: «Bravo, Gigione. Visto? Un ragionamento così non vi sarebbe mai sbocciato in quelle vostre testoline coltivate, nonostante le siano tanto ben concimate di merda!».

Gigione ride contento, seduto sullo sgabellino, e alzandosi, dall'emozione, quasi casca.

«Hai ragione! È un'ideona!» fa la Delia, con subito Alfonso d'accompagno: «Vengo io con te!».

E di rimando i' Pugi: «No, te tu stai a i' posto tuo perché lo sanno tutti che, in fondo, tu sei un baciapile e... ci credi che non mi sconvolgerei neanche tanto a scoprirti democristiano!? Alla Casa del Popolo ci vanno la Delia e Gigione, nostro stratega sopraffino!».

Ridono tutti perché la proposta di andare dai compagni ha scompigliato ogni cosa con una ventata di felicità.

Si apre la porta. Una ragazza entrando inciampa. Zoppica per i primi due passi, poi si ferma. È come se in un istante tutto lo facesse. Come una fotografia che trovi in un cassetto in cui tutti, fissi, guardano te.

Alta e delicata. Un abito in cotone scuro, svasato, una cintura sottile in vita ne enfatizza la figura esile. Le scarpe basse lustre, la borsa di cuoio completano l'insieme. Come avesse scelto ogni dettaglio con cura. O qualcuno lo avesse fatto per lei. I capelli chiari e lisci cadono sulle spalle, incorniciando un viso pallido e raffinato.

La Delia alza lo sguardo. La ragazza si avvicina stringendo la borsa in modo infantile, come fosse un peluche. Le mani tremano e lo sguardo, fisso in terra, non trova pace. Ma a un tratto, si alza, vola, ed è tutto azzurro.

«Vorrei chiedere se posso restare qui per un po'. Non ho altro posto dove andare.» Parla con voce sottile, di carta velina.

Sono parole di vetro, mostrano quello che c'è dietro senza dirlo.

«Oh, da dove tu sbuchi fuori te, che tu mi pari una libellula!» dice Alfonso che, alla vista di un essere femminile dotato di bellezza, non si regge.

E subito i' Pugi: «Bella signorina, ma certo che la pole rimanere – e mi permetto di rispondere al posto della nostra Bersagliera e padrona Delia –, perché lei è nel posto giusto, perché noi qui, nonostante le grosse problematiche che affliggono sempre i poveri e i migliori, noi qui si accoglie».

Girolama, subito, con fare materno le si avvicina, la piglia per un braccio e la scorta dentro, mentre Gigione, come in una catena di montaggio dell'amore, acchiappa il suo pancchettino e glielo ficca sotto il culo, mentre Angela e Lettèria le vanno vicino come due calamite su un frigo.

La Delia, scossa da quel trambusto, sembra incredibilmente la meno reattiva, come se quella ragazza le avesse toccato un punto antico. Ma poi, riavutasi, le dice: «Certo. Certo che puoi rimanere. Qui dentro non c'è nessuno che non ha bisogno. Come nel mondo».

«Come ti chiami?» le chiede piano Lettèria.

«Irma» fa lei, alzando gli occhi.

«Irma. Per noi sarai "Irma La Dolce"!» chiosa i' Pugi.

12
Gabinetti e barroccini

Firenze, 1925-1934

Il babbo era un uomo elegante, profumato e dai baffi perfetti. Colto e serio. Faceva il bancario. La sera, finito il lavoro, si fermava dai barroccini e tornava a casa con le tasche gonfie di libri. Li portava a casa col sorriso. Libri di ogni tipo.

Diceva che bisognava saper apprezzare il bello perché anche la persona più ignorante lo porta dentro sé.

Era un conservatore che combatteva per perdonarsi di avallare pensieri progressisti.

Frequentava il Gabinetto Vieusseux o il Vieusseux, come bastava dire.

Situato nel Palazzo Strozzi, era luogo di eleganza austera, disegnato da lunghi corridoi, soffitti alti, pavimenti di marmo lucido, gonfio di scaffali di legno zeppi di volumi da ogni dove, «Un rifugio intellettuale in cui il sapere e il confronto sfidano l'oscurità. Uno spazio di resistenza culturale e di libertà di pensiero», così lo definiva lui.

Il Vieusseux se ne stava in una strada vicino alle Giubbe Rosse, il caffè dei poeti. Era un triangolo meraviglioso, quello in cui si aggirava il babbo: il Vieusseux, il caffè delle Giubbe Rosse e il barroccino di Nilo. Tutti vicini.

I barroccini, o barrocciai, erano venditori ambulanti che giravano per le strade con i loro carretti carichi di libri e di giornali, presenze familiari nelle piazze e nelle strade, specialmente quelle vicino alle scuole e alle biblioteche.

Il barrocciaio del babbo si chiamava Nilo. Aveva di tutto – romanzi popolari, classici della letteratura – e, spesso, spacciava anche libri censurati.

Le autorità sorvegliavano questi tipi di "commercio". E facevano bene. I barroccini erano la vera forma di resistenza culturale contro la più bigia repressione. I barroccini erano una boccata d'aria.

Il babbo, grazie a Nilo, riusciva a trovare copie rare o edizioni che circolavano clandestinamente, soprattutto di autori stranieri o pensatori politici non allineati al regime.

Nilo conosceva i gusti e la curiosità rivoluzionaria del babbo che, nonostante il rigore congenito manifestato anche dalla fermezza dei baffi d'acciaio, lo rendeva goloso del mondo.

Era un rapporto di fiducia il loro, chiacchieravano ore,

approfondendo anche tematiche vietate e, a volte, capitava che la pacatezza del babbo andasse a farsi benedire quando, tremendo, Nilo lo pungolava a dovere.

Ricordo un giorno di fine autunno, camminavamo su via del Proconsolo, – la domenica pomeriggio era nostra –, le luci sfumate facevano capolino dalle finestre e le lanterne iniziavano ad accendersi colorando tutto di una meravigliosa malinconia. Passeggiavamo nel cuore di Firenze, vivo, affollato e profumato di foglie bagnate e della cera che era sfuggita dalle chiese vicine. Le facciate dei palazzi, vestiti di Rinascimento, ci scortavano con le loro persiane verdi e i portoni in legno, fin da Nilo, che, col carretto posizionato in un angolo discreto, pareva, sempre, aspettasse noi. Aveva lo sguardo acuto, come il suo naso e, in capo, un cappello sgualcito color castagna che rendeva elegante il suo viso segnato da anni di letture e di strada.

Il babbo, appena lo aveva visto, s'era fatto frenetico come succedeva a me tutte le volte che mi avvicinavo al negozio di biancheria con la mamma, l'aveva salutato e i due si erano subito messi a parlare con quella vivacità seria che hanno i bambini quando giocano.

«Bentrovato, Nilo! Come va? Che si dice?»

«Giorgio, bentrovato! Che dire? L'è sempre la stessa storia: vogliono si legga solo quello che garba a loro. Ma il mondo va avanti! E anche se a certi libri manca l'autorizzazione e 'un si trovano in biblioteca – e nemmeno

al tuo caro Vieusseux –, c'è gente che li legge lo stesso, sai? Sono idee vive, 'un tu le soffochi mica!»

«Lo so, Nilo, lo so... È che talune sembrano fatte apposta per portare guai. Vendere libri con troppa leggerezza può mettere la gente nelle pesti... sai?»

E Nilo, col sorriso furbo: «Ah, ma 'un ti preoccupare per me, caro Giorgio. Queste le non son mica parole su carta; son fatte di libertà, di vite vissute, di gente che ha preso belle bastonate per difendere il proprio credo. E guarda che anche i più conservatori, alla fine, è bene ci capiscano qualcosa, o no?».

Il babbo, sospirando e guardandosi intorno: «Ah, certo. Affascina anche me sapere come pensa chi è contro ciò che ci dicono essere giusto, ma chi ha una posizione come la mia, se scoperto a "informarsi", diciamo, tramite certi autori illegali, potrebbe patirne conseguenze amare. E, poi, certe idee, in fondo, mi fanno anche un po' paura».

«Ma proprio perché le ti fanno paura che bisogna leggerle! Quando c'è buio s'accende la luce, o no? Le idee spaventano chi 'un ha mai provato a capirle davvero. E in certi libri ci trovi tutta la lotta e la miseria di questo mondo. Prendi Malraux o il vecchio Zola: dentro c'è la vita intera con le su' spine e i su' sogni. Magari li troverai un po' sovversivi, ma sai icché penso? Che certe verità non puoi ignorarle. E lo sai anche te, sennò non saresti qui, da Nilo i' barrocciaio, tu saresti a i' gabinetto! O quello del Vieusseux, o quello di casa tua!»

Ed era scoppiato in una risata fragorosa mentre gli aveva messo in mano – con una nonchalance che in vita mia mai più vidi – un libro con un titolo rosso che non riuscii a leggere, ma che mi rimase impresso come una labbrata, perché il babbo, appena ci posò gli occhi sopra, sussultò e se lo ficcò in tasca, strappandosela quasi.

Erano buffi.

Il babbo di più: s'era fermato d'un tratto, colpevole, e stava gobbo come a tenere dentro parole che, invece, volevano solo germogliare.

13
La Casa del Popolo

Campi Bisenzio, 29 maggio 1973

La Delia va che pare un carrarmato, ma scossa.

«Solo le ragazze molto emancipate frequentano la Casa del Popolo. Così si dice in paese» fa Gigione, mentre la guarda sballonzolare contento.

«E io non ti sembro una ragazza emancipata?» risponde lei, camminando sul suo tacco dodici. Le scarpe le fanno male. Ma è sempre di buon auspicio.

La Casa del Popolo di Campi Bisenzio era stata costruita alla fine degli anni Cinquanta e inaugurata nel '67. Dentro eran nati, cresciuti e ingrassati molti dibattiti, molte riunioni; insomma, c'era sempre stato un gran fermento.

Progettata quando aveva appena ventisette anni dall'architetto Marzio Cecchi, figliolo della Giulia Cecchi, una delle più belle donne d'Italia, quando venne tirata su, era stato grazie al volontariato: muratori, idraulici, tutti volontari. Tutti militanti del Partito.

Quando fu aperto, proprio accanto a lei, il Milleluci – locale diventato la culla dello swing italiano, dove avrebbero cantato persino le ugole d'oro di Mina e Peppino di Capri –, anche lì, a occuparsi della sala e a strappare i biglietti, c'erano stati sempre e solo loro: i volontari.

È l'ora di pranzo, intorno a i' tocco. La Casa del Popolo si riempie. A quell'ora è più facile trovare tutti insieme i compagni del Partito comunista, gli operai in pausa e qualche pensionato con il bicchiere di vinello in mano. Alla Casa del Popolo si discute di qualsiasi cosa, ma specialmente di politica e di come il mondo stia cambiando.

La Delia varca la soglia, inalando sigarette, caffè e odor di notte e di nottate. Il brusio delle voci riempie tutto, mischiato al tintinnio di tazzine, bicchieri, palle da biliardo, pensieri e al telegiornale, ovattato, in sottofondo. Un gruppetto che, chiaramente, si capisce stia sempre seduto allo stesso tavolo, in fondo a sinistra, è quello verso il quale la Delia va sparata, ma ancheggiando.

Da destra Sergio Manettini, capo del PCI locale, "duro e puro", segretario sovietico, ideologico. I' Manettini, se avesse dovuto scegliere tra Berlinguer e Stalin, avrebbe scelto Stalin.

Accanto, Michelangelo Bacci. Il fatto più rappresentativo e che meglio racconta chi fosse i' Bacci, ex partigiano ed ex operaio metalmeccanico, è il seguente: un giorno andando a Firenze in motorino, sull'Osmannoro, aveva avuto un incidente, era cascato e s'era rotto un braccio. Dopo poco era arrivata l'ambulanza della Misericordia – la Confraternita del parroco –. Si narra che i' Bacci, nonostante il dolore grande e la bestemmia copiosa, non avesse dato ai volontari nemmeno il tempo di scendere dall'ambulanza. Reggendosi il braccio rotto e berciando come un ossesso per sovrastare la sirena, li aveva guardati e aveva detto: «Con voi non ci monto! Aspetto quelli della Pubblica Assistenza!» (che, invece, era di sinistra e laica). Questo è i' Bacci.

Di fianco, Danilo Rastrelli, il barbiere di Campi. La su' bottega è di fatto la sede della Terza Internazionale. «L'Unità» sotto il braccio, Berlinguer, Gramsci e Togliatti. Non si parlava quasi di altro. La barberia aveva tutte le pareti e il soffitto, – non si vedeva un centimetro uno di muro bianco –, tappezzati di giornali sportivi con le foto di Fausto Coppi. Amatissimo.

Seduto su uno sgabello Amilcare Cecchi, assessore, ex dipendente delle officine Galileo, un culto per il fratello maggiore, partigiano, ancora legatissimo a quelli di Valibona, i "Lupi Neri", una delle prime formazioni partigiane organizzate dal Partito nella provincia di Firenze, che dal 1943 aveva base a Monte Morello.

«Delia! Oh, come mai sei qui?!» fa, alzando il capo con il cicchino in bocca, i' Manettini.

Le discussioni si fermano, gli occhi si posano su di lei. Compagni sì, ma soprattutto omini.

La Delia, passo deciso, con Gigione placido al seguito, si appropinqua, nonostante l'ansia che la divora e il male ai piedi che la consola.

«Delia» fa i' Bacci con un sorriso. «Cosa ti porta qui? Solo le ragazze molto emancipate frequentano la Casa del Popolo, lo sai, no?»

Ride Gigione.

«E allora me lo posso ancora permettere: una ragazza lo ero trent'anni fa, ma emancipata lo sarò fino alla bara.» E con gli occhi dritti in quelli di tutti: «Ho bisogno. M'hanno consegnato un atto ieri mattina: una multa da 600.000 lire e l'obbligo di mettermi in regola entro novanta giorni, altrimenti mi chiudono I' Cantuccio».

Brusio di sconcerto attraversa il tavolo. E moccoli. Parecchi.

I' Manettini, uso a pigliare la parola per primo, con voce catarrosa: «Ci si doveva aspettare, compagni. Si sapeva. Le leggi vengan fatte per difendere i potenti e schiacciare chi prova a fare qualcosa di diverso. Ma» e guarda la Delia intenso «le regole le devono essere rispettate se si vole sopravvivere in questa società... anche se l'è marcia».

«Non si pole lasciarla sola» fa i' Rastrelli. «La Casa del Popolo ha sempre aiutato chi lotta. Ma, di certo, si deve trovare un modo...»

E Gigione: «Bisogna raccattare i dindi».

«Eh, tu dici bene, ma 600.000 'un son mica acqua da occhi!» i' Bacci.

«Se si riuscisse a raccogliere i soldi per la multa, poi io metterei a norma ogni cosa, piglierei la licenza e farei tutto a modino. Ma da sola non ce la fo» la Delia, sfiatata.

Dopo un silenzio pieno come un ovo sodo torna 'i Bacci: «M'è venuta in mente un'idea» parla tamburellando sul tavolo con le dita smangiucchiate e torte per via della fabbrica che gliele aveva mozzate da giovanotto. «Tra due mesi e mezzo c'è il Fierone. Si potrebbe organizzare una cena qui alla Casa del Popolo. Te Delia tu cucineresti, noi ti s'aiuterebbe a fa' l'evento e i soldi raccolti andrebbero a pagare la multa e a mettere tutto a posto. A i' Fierone ci son le giostre, le bancarelle, viene un monte di gente. L'è una festa parecchio sentita!»

I' Manettini annuisce e poi, severo, aggiunge: «Delia questo l'è solo l'inizio, lo sai, vero? Anche se si riuscirà – e ci si riuscirà Dio bono – a pagalla questa multa e a ottenere la licenza, da quel momento tu dovrai rispettare le regole: emettere ricevute, pagare le tasse. Non ci si pole permettere di creare precedenti pericolosi».

«Lo so» con un fremito in corpo, «ma i' Cantuccio deve continuare a esistere. Bisogna continuare ad aiutare.»

«Aiutare, sì, tu dici bene» interviene i' Fabbrini, compagno che lavora in banca, avvicinatosi quatto quatto. «Ma il mondo l'è pieno di contraddizioni! Guardate Berlinguer che parla con Moro, il PCI e la DC che cercano un compromesso per creare una democrazia e non si contrappongono più! Si deve trovare il nostro modo di essere comunisti qui, ma senza perdere i principi!»

«Eccolo i' punto!» sbotta i' Manettini, che non si tiene quando si nomina la DC. «La discussione all'interno del Partito su come bisogna essere comunisti noi e come lo sono i sovietici, l'è vitale! BISOGNA rimanere fermi! Non si pole scendere a patti su tutto!»

Nel frattempo, il Mago Cristal, con l'inseparabile cappello da cowboy e gli occhiali scuri che non si leva neanche di sera, da un angolo, si rizza e s'avvicina al gruppo.

Franco Bettazzi, in arte Mago Cristal era un personaggione. A Campi lo conoscevano tutti. Fin da piccino aveva avuto una passione per i giochi di prestigio e gli animali. Si esibiva alle feste dell'Unità e nelle parrocchie. Il suo sogno era quello di andare a Las Vegas e il suo idolo era Houdini. Bramava di farsi incatenare, chiudere in un baule, calare in Arno e poi riemergere. Una volta si era presentato in centro a Campi con un *pardoleo* al guinzaglio, un incrocio tra un leopardo e una tigre. Per vivere vendeva nei mercati di tutta la provincia e per sognare saliva sul palcoscenico di teatri, discoteche e feste di piazza. Il suo pezzo forte consisteva nel far sparire e riapparire i suoi animali, Cristal vestito tutto in pelle sul cavallo con accanto Yara, la sua tigre preferita. Si era addirittura costruito, a cinquecento metri da casa, uno zoo personale, un pezzo di campagna sotto l'argine del fiume Bisenzio in cui ci vivevano pitoni, gufi, cavalli e un gattopardo. Animali che teneva con cura e faceva esibire durante gli spettacoli. Cristal aveva la sua giungla personale sotto casa.

«Ragazzi» dice col sorriso da Mago, «propongo: cena alla Casa del Popolo e poi festone al Milleluci. Si raccoglie i fondi ma si fa anche rumore in paese. Io organizzo lo spettacolo di magia… uno show di nulla! Farò sparire le 600.000 lire e le farò riapparire in bocca a una tigre, vu vedrete!».

Tutti ridono. Sanno che dice il vero.

«Ha ragione Cristal» rincara i' Bacci: «Una festa potrebbe attirare ancora più gente pe' aiutare la Delia. Il Milleluci è il posto perfetto. S'ha due mesi di tempo per organizzarci e far sì che il Fierone diventi il punto di svolta».

La Delia annuisce, con la speranza fiorita in petto. «Grazie. Grazie, compagni!»

«Allora è deciso» chiude i' Manettini, picchiando il

pugno sul tavolo: «La Casa del Popolo ti aiuterà con l'organizzazione. E tu, Delia, inizia subito a prepararti per mettere tutto a norma con le scartoffie burocratiche che sai arriveranno».

«Non vu capite» di botto i' Bacci, come a ritornare al lavoro vero dopo quel disviare seppur sacrosanto, «c'è il terrorismo nero e il terrorismo rosso! Per questo c'è un avvicinamento tra il PCI e la DC! Per provare a creare una democrazia e non una contrapposizione che non faccia sfociare tutto in merda e non ci siano morti ammazzati!»

«Berlinguer che parla con Moro, io 'un me ne capacito» dice ficcandosi i' cicchino in bocca i' Manettini.

E poi, come un prete a fine omelia, Amilcare Cecchi alza il bicchiere vuoto: «In un paese di piccola borghesia come l'Italia, dove l'ideologia piccolo borghese è andata contagiando anche le classi popolari cittadine, è probabile, purtroppo, che le istituzioni che seguiranno al fascismo, ma anche le più estreme e apparentemente rivoluzionarie, o per evoluzione lenta o per opera di violenza, finiranno col riprodurre le stesse ideologie piccolo borghesi, perpetuando e, magari, peggiorando, sotto nuovi nomi e nuove bandiere, l'eterno fascismo italiano».

«Amen» tutti in coro.

Anche le seggiole.

La Delia e Gigione son bell'e di culo, verso il Cantuccio, pregni di buone nove.

14
La Condizione Umana

Firenze, 1934

Il babbo era apparentemente tutto d'un pezzo. In realtà era creatura combattuta e scissa: la sua educazione, la sua assennatezza, il suo rispetto del rigore, dei numeri, lo portavano alla prudenza, all'ubbidienza delle regole, dei dettami calati dall'alto. Veniva da un immobilismo sociale che, anche per una mente fertile, era arduo scardinare. Le letture, la sua naturale apertura all'uso dello spirito critico, la sua curiosità, però, lo rimpiattavano spessissimo nello studio a leggere. Anche ciò che non si poteva.

Un giorno, entrando, lo trovai con gli occhi ficcati in un libro che teneva quasi impugnandolo. Non mi vide. Leggeva con una tale avidità da non accorgersi di quel titolo rosso vivo che spiccava come una ferita sul fondo della copertina color crema. La condizione umana.

"ECCOLO!" Lo riconobbi subito. Era quello che gli aveva dato Nilo il barrocciaio. "Chiaramente un libro proibito" pensai con un sussulto, ed ebbi un misto di eccitazione e forse un briciolo di delusione, perché le cose illegali il babbo non le poteva fare. Ritenni immediatamente che lì dentro ci fossero verità nascoste e segreti potentissimi.

Non avendomi visto entrare, il giorno dopo, mentre lui era al lavoro – la Maria e la mamma erano uscite con la Gloria –, tornai con agio nello studio per vedere di cosa si trattasse. Il libro era lì, un po' mimetizzato, ma conoscendo il titolo lo individuai velocemente dalla costola. Lo aprii come si fa con qualcosa che può darti la scossa o salvarti. E spesso le due cose coesistono.

Il babbo aveva sottolineato due frasi e le aveva tradotte su un foglio che, forse, usava anche come segnalibro. Lo teneva piegato a pagina 20.

«La libertà che mi riconosci è uguale alla tua. La libertà di poter fare o non fare quello che ti pare e piace. La libertà non è uno scambio, è la libertà.»

«L'uomo non vuole governare: vuole costringere. Diceva lei. Vuole essere più che un uomo in un mondo di uomini. Vuole sfuggire alla condizione umana, le dicevo. Vuole essere non potente: onnipotente. Ogni uomo sogna di essere dio.»

Rimasi profondamente colpita, soprattutto – non avendo ancora avuto il tempo di leggere il libro – dalla scelta delle frasi. Era come se per il babbo quelle parole fossero un sussidiario, potessero aiutarlo a organizzare i suoi pensieri, educarlo, gli potessero mostrare ciò che esisteva nel mondo e che lui ancora ignorava, potessero fargli comprendere il significato delle imposizioni del proprio tempo, e, forse, spiegargli il proprio tempo, tutto.

Come fece con me quando lo lessi.

La condition humaine *di André Malraux era stato pubblicato nel 1933 in Francia e raccontava della rivoluzione comunista del 1927 a Shanghai. Trattava temi come la lotta di classe, il sacrificio, il senso di alienazione e disillusione esistenziale e li affrontava attraverso una riflessione sulla natura umana e sul significato dell'impegno politico e della violenza. Un romanzo illeggibile e censuratissimo in Italia perché straniero ma, soprattutto, perché ritenuto sovversivo per il credo del regime. Malraux era poi intellettuale dichiaratamente antifascista e simpatizzante dei movimenti rivoluzionari, il che lo rendeva ancor più inviso agli occhi di Mussolini.*

Tutti i libri e i film proibiti in Italia cominciavano a essere elencati nei bollettini ufficiali del Ministero della Cultura Popolare e poi comunicati ai prefetti col compito di vigilare sull'applicazione dei divieti. Anche la Chiesa diceva la sua tramite l'Indice dei libri proibiti (Index librorum prohibitorum)*, allertando i fedeli su ciò che doveva essere evitato per non bruciare all'Inferno.*

Iniziai immediatamente. In fondo su quel libro il babbo non aveva messo nessun divieto, mi raccontavo sotto ai baffi.

Mi misi seduta in terra piazzandomi vicino alla porta dello studio. Tipo sentinella, pronta a scattare se il babbo fosse tornato.

Cosa fu quel tempo.

Quello stipite non resse solo la mia schiena. Avrebbe sostenuto tutti i miei anni a venire. C'erano in quel libro cose, fin dalle prime pagine, che io non avevo mai saputo. E che i miei occhi non potevano credere esistessero. Gonfiavo a ogni parola. Volavo.

Ero, pian piano, anch'io nell'insurrezione, là, nella Shanghai sbranata dalla guerra civile del 1927, con Ch'en, il rivoluzionario disposto a sacrificare tutto per il proprio ideale, che prepara omicidi ma gocciola angoscia. Non un eroe senza macchia come quelli che avevo visto nel film, ma un uomo che sentiva la paura e sceglieva di continuare. C'era May, bella e triste, il lato umano e compassionevole della rivoluzione.

Leggevo rimpiattata, sempre più raggomitolata.

May e Ch'en tratteggiavano i due volti della stessa battaglia: uno pronto a distruggere pur di ricostruire, e l'altro incapace di smettere di cercare un significato anche in una realtà dominata dalla violenza. C'erano Kyo Gisors, sempre in equilibrio tra impegno e rispetto per la vita; Katow, ex partigiano russo che si sacrificava per gli altri, modello di integrità nel movimento; infine c'era Gisors, padre di Kyo, professore e filosofo, gran consumatore di oppio, che guardava ogni cosa con disincanto e con una lucidità quasi crudele. Che amava ma non si illudeva.

Attraverso di loro – May, Ch'en, Kyo, Gisors e Katow –, anche io diventavo parte di quella società in cui tutti lottavano col proprio senso di umanità, in cui non c'erano guerrieri o vittime, ma uomini e donne imperfetti, segnati dalle loro scelte e dai loro limiti, fatti di forza, ma anche della loro vulnerabilità. Mi sembrava di toccarli e, in un certo senso, tramite loro, di avvicinarmi al mistero dell'esistenza.

Quelli che, però, più di tutti mi sconquassarono furono: Kyo e May. Perché si amavano. Di quell'amore che è rifugio e sostegno, perché erano coinvolti in una lotta continua che li cementava ma li allontanava da una vita insieme. Perché erano consapevoli di non potersi fermare, di non poter scegliere la loro felicità, perché ogni attimo insieme era rubato a un mondo che li avrebbe separati di nuovo. C'erano istanti, coriandoli di tempo tra loro, in cui quell'amore era reale, più vero di qualsiasi ideale fatto di sogni e consunto di lotta. Mi straziava quel sentimento costantemente minato dalla violenza, dall'impossibilità di trovare un momento di pace, di intimità vera. Erano due esseri che si cercavano, ma che il mondo intorno costringeva a trasformarsi in strumenti della rivoluzione, incapaci di rinvenire il loro cantuccio di felicità individuale.

Così quando, a pagina 75, lessi che finalmente erano rimasti soli – finalmente –, abbracciati, in silenzio, nella notte (lì ebbi un'illuminazione e capii, con un misto di orgoglio e consapevolezza che il libro di cui parlava la signora Aglietti – l'amica grassa della mamma, durante quel tè imburrato – quello "della coppia cinese", era proprio quello che tenevo in mano), il cuore iniziò a sballonzolarmi come le poppe quando correvo.

Kyo spezzato, aveva abbassato le difese, May l'aveva avvicinato, gli aveva sfiorato il viso come a lenirlo e, FINALMENTE, *lui l'aveva fatta entrare. Le aveva detto di sentirsi perduto in quella vita che lo separava da lei a ogni passo, col peso della guerra, dell'odio e delle sue scelte che gli crollavano addosso. May era rimasta ferma. Non aveva risposto nulla. Non aveva detto nulla. L'aveva guardato, per un tempo che a me parve infinito, l'aveva tirato a sé, stringendolo, e poi…*

«Sono qui!»

Il babbo era tornato.

Non mi ero accorta del tempo.

Dalla paura, nell'alzarmi battei il mignolino del piede contro uno spigolo, ma quasi non sentii il dolore, tanto il cuore mi faceva male. Sudando pensai: "Rimettilo dove l'hai preso e non ti succederà nulla". Ero accaldata perché volevo sapere che cosa avrebbero fatto Kyo e May dopo che lei l'aveva stretto a sé, avrei voluto che il babbo non tornasse mai più dal lavoro, mi andava bene anche gli succedesse qualcosa di molto grave che lo trattenesse fuori dal suo studio. Per sempre.

In un momento di lucidità mi ricordai dove l'avessi preso, allora lo rimisi al suo posto sulla scrivania e urlai: «Brummel, dove sei?!». fingendomi disperata. Ovviamente quel felino sapiente dormiva sul divano, ma riuscii ad arrivare prima del babbo in salotto e a prenderlo in braccio, svegliandolo. Lui mi guardò negli occhi e capì che avevo fatto qualcosa di sbagliato. Lord Brummel mi conosceva nel profondo, più che un gatto era la mia coscienza. O, forse, i gatti sono la coscienza di tutti quando ci guardano negli occhi.

Mi ero salvata, ma non ero salva, perché dovevo leggere il resto. Volevo sapere cosa significasse quel mal di pancia che sentivo. Cosa accadeva quando due si guardavano e toccavano, così. Cosa?

Dopo una notte insonne, per via anche delle adenoidi della Gloria che mi tenevano sveglia come se un trattore pascolasse in camera, il giorno dopo, non riuscii a smettere di pensare a loro, Kyo e May. Tornai nello studio appena mi fu possibile, quatta quatta, assaporando il mio futuro. Agguantai il libro e corsi a pagina 75.

Ma lei non c'era più.

Era stata strappata.

Insieme a tante altre sue sorelle.

Sentii una cascata, un precipizio, un buco di piombo in pancia come quando ti arriva una brutta notizia. Era una sensazione che col tempo avrei imparato a conoscere. L'assenza di gioia.

Ma quella, per me, fu la prima volta.

Verso le donne della sua vita – mia madre, poi me e mia sorella – il babbo era devoto, eppure mai innocuo.

Il suo amore si faceva a volte furia, a volte sospetto.

Ho sempre pensato che il sentimento che lui provava per la mamma vivesse della stessa scissione che gli tremava dentro.

L'aveva conosciuta pianista, ma dopo la mia nascita lei aveva smesso di esserlo.

Si era sposata e aveva avuto me. Non era stato un divieto netto, un ordine come quelli che aveva ricevuto dal padre, Ottone. Era stato peggio. Aveva dovuto fingere di scegliere.

Quella proibizione muta suonava in maniera perfetta col senso di colpa che galoppa in ogni donna, ma che nella mia mamma avrebbe prodotto solchi non dissetabili.

Una donna sposata, una madre, è naturale e giusto abbia solo una grande passione: l'essere sposa e madre.

I primi tempi il babbo l'aveva accompagnata ai concerti, ma questo l'aveva fatta sentire ancora più sbagliata e, così, un giorno, con la grande capacità che hanno le donne infelici di armonizzarsi alla menzogna, aveva detto di non sentirsi bene, di non voler uscire, di essere stanca e che, in fondo, non le interessava rinunziare a qualcosa che non era naturale.

Cominciò a dare lezioni a casa.

E non suonò mai più.

La sua musica fu lo star dietro al «buon vivere che abbiamo», come diceva mio padre quando voleva rassicurarla su quanto tutti noi ma, soprattutto lei, fossimo fortunati.

Non seppi mai come fece il babbo ad accorgersi che avevo letto il libro. E come capì fossi arrivata proprio a pagina 75.

Forse perché anche lui si era emozionato nello stesso punto?

Quel libro sdentato mi tremava in mano, poverino. Piansi goccioloni di mare sui fogli di crema sopravvissuti o solo risparmiati.

Le parole che avrebbero dovuto dirmi erano andate via. E la loro assenza mi fece compassione.

Ogni foglio mancante divenne un ricordo perduto, non potei leggerlo, ma sentii che una parte di me l'aveva già vissuto e fatto suo.

Quelle ferite di carta furono il suo primo tradimento.

La prima promessa che il babbo non mantenne.

15
Le tre Grazie

Campi Bisenzio, 29 maggio 1973

Sono belline tutte e tre. Angela e Lettèria hanno preso per mano Irma, l'hanno portata in camera e poi, con garbo e risolutezza, l'hanno fatta accomodare sul letto.

Sembrano già amiche, come succede alle ragazze quando si guardano e si capiscono all'istante. Come quando ci si siede a non fare apparentemente niente, a consumar istanti che si pensano insignificanti e che poi, anche se ancora non lo si sa, saranno i ricordi con cui sfamarsi quando non sarà più il tempo di fare la spesa. Quei momenti in cui ti tocchi di parole e di sguardi con chi credevi di non conoscere davvero e che, invece, t'ha già trapassato per l'eternità.

«Grazie siete gentili...» dice Irma, mentre si accomoda con goffaggine aggraziata, non avvezza a star seduta sul letto di qualcuno conosciuto solo cinque minuti prima.

«Sei vestita bella!» fa Angela, e Lettèria rincara: «Sì, davvero! Proprio bella e altolocata con questi capelli sciolti».

«Ma non hai nulla con te? Solo quella borsina?»

Irma è travolta, disabituata a stare al centro dell'attenzione.

Come una bambola dimenticata sullo scaffale più alto, che col tempo ha imparato a voler bene alla polvere.

«Se ti fa piacere si dorme tutte insieme! Il letto è abbastanza grande e tra l'altro si sta anche più calde, perché, pare incredibile, ma qui la sera anche se è maggio – sarà che siamo in campagna –, fa parecchio freschino!»

«Dove hai sentito parlare del Cantuccio? Te hai abitato a Firenze fino a ora?» chiede Angela.

Irma esita, stringendo con le dita sottili il bordo delle lenzuola ruvidone, così diverse da quelle della sua camera.

«Sì… Firenze. Ma non ho mai avuto davvero un posto tutto mio.»

«Ah, ma non ti credere» fa Angela, «anche qui nessuno ha un posto tutto suo o, forse, ora che penso» lo dice con gli occhi al soffitto, «ogni pezzo, ogni boccone del Cantuccio è di tutti. Allora sì» continua risoluta, «sei in posto giusto per posto tutto tuo!»

«Ma te frequenti?»

«No. Non sono fidanzata» dice Irma, abituata a rispondere subito a ciò che le fa male.

Angela scoppia a ridere

Allora Lettèria, come una tazza di camomilla, toccandole la mano: «No, vuole dire se fai l'università!».

«Ah. Sì, ma studio a casa. Mia madre preferisce così. Dice che non è un bell'ambiente, l'università.»

«Come no! Bellissimo!» urla Angela, rizzandosi sulle ginocchia. «È pure pieno di maschi...! Così sappiamo ora che non hai il ragazzo. Ti ci portiamo noi allora!»

«Così magari trovi anche l'amore» dice Lettèria, dolce, per cercare di smussare.

E subito l'Angela: «Ma anche solo per buon sesso, no?» e ride godendo nell'essere felice.

Irma le guarda come una gatta. Attenta e muta.

Le note della *Canzone del sole* di Battisti arrivano dalla radio che sta su un panchetto con un centrino sotto, in un angolo della camera: «Dove sei stata, cosa hai fatto mai? / Una donna, donna, dimmi / cosa vuol dir "Sono una donna ormai"?» le parole fanno il coro ai pensieri di Irma. Tutte e tre canticchiano. Non è abituata.

Angela l'osserva con curiosità, Lettèria annuisce come capisse qualcosa che non è ancora stato detto.

«Come mai sei qui, scappi?» chiede Angela, con la solita franchezza.

Irma abbassa lo sguardo: «... Ho scoperto che... che questo era un posto in cui venire... giusto...».

Le parole le escono lente, pensate. Ma, prima che possa aggiungere altro, dalla sala si sente trambusto.

Girolama sta preparando il desinare, i' Pugi e Alfonso sferragliano, apparecchiando incredibilmente insieme, zitti per l'agitazione, aspettando il responso dei compagni.

Appena varca la porta il tacco dodici, tutti gli occhi son puntati sulla proprietaria della scarpa e su Gigione.

«Allora??? Allora cos'hanno detto i compagni?»

Gigione supera la Delia e agguanta un pezzo di schiacciata sull'acquaio.

«Gigione mangia! Secondo me ci sono BONE notizie!» dice i' Pugi.

Lettèria tende l'orecchio e si scambia un'occhiata con Angela: «Son tornati!!! Andiamo di là!».

Senza dar a Irma il tempo di capire, la prima si alza dal letto come uno scoiattolo e la seconda l'agguanta per un polso strascicandola con una carnalità sconosciuta.

Il Cantuccio, sotto le pentole e nell'aria, è pieno di fuochi che crepitano e portano via ogni pallore. Irma, Angela e Lettèria arrivano in sala di corsa e si fermano, stanno come tre birilli.

Gigione mastica con gusto, s'asciuga la bocca con la manica e guarda tutti con un sorriso pieno di molliche. «Ci danno una mano! Si fa la cena durante il Fierone e poi la festa al Milleluci! E i soldi li danno alla Delia per pagare la multa! La Casa del Popolo ci aiuta!»

Urli.

«Dio bono, ci credo, lo sapevo io!» fa i' Pugi.

La Delia, appoggiata con le mani sul tavolo, immobile, gli occhi fissi davanti a sé. Non si rilassa. Intorno a lei si sbracciano, vociano, ballano.

Irma osserva, cercando di afferrare il senso di quello che dovrebbe esserle estraneo e che invece le pare già casa. Guarda tutto, e la Delia guarda lei.

«Allora, ascoltatemi bene. Dobbiamo organizzarci per la cena. Il menù deve essere semplice ma abbondante e che si possa preparare senza fronzoli. Non ci si pole permettere sprechi, quindi bisogna calcolare con puntiglio le porzioni.»

Irma è incantata. Non è solo la voce né il modo in cui muove le mani per spiegarsi meglio. È lo sguardo. La Delia si gira verso le tre ragazze, le fissa, fermandosi su Irma.

«E non pensate che voi non dovrete aiutare, soprattutto te, ultima arrivata, anche se benvenuta.»

Lo dice come un ordine ma lo porge come un sorriso. Irma sente un brivido. La sua ammirazione è incontrollabile, si chiede se anche lei possa far parte di questo posto di gente che si tiene per mano per non cadere. Il cuore le batte. Angela le sfiora la spalla e lei fa un salto, come chi è disabituato a essere toccato.

«Elettrica!» esclama, e poi: «Ti va di dare mano?» le chiede.

Irma annuisce, come aspettasse un motivo per rendersi utile ed esistere. Lettèria la porta in cucina. La stanza è piena di afa profumata che avvolge le guance.

Girolama è già tornata a cucinare.

«*Tu, picciridda mia, hai mai cucinato qualcuosa?*» domanda senza smettere di impastare.

Lettèria sorride: «Mamma, quando è felice, parla solo in siciliano!».

Irma le risponde di no, scuotendo la testa.

«*Allora ti insegnu io. Li mani in pasta, ca è accussì ca si impara.*»

Irma allora apre le dita come un gatto e affonda. È una sensazione strana, la pasta è umida, morbida, appiccicosa. È qualcosa che vive.

Come il Cantuccio.

La notte, Irma è infilata tra Angela e Lettèria: tra l'America e la Sicilia. E in mezzo, lei. Che ancora non sa dove finisce il mare.

I respiri profondi cullano la stanza. Le lenzuola ruvide, le danno un senso di sicurezza, come un pezzo di pane da mangiare a morsi.

E poi nel buio, a un tratto dice: «Sì, scappo».

E Angela, con un tempo perfetto: «Tutte uguali noi, allora. Molto buffe. Tutte e tre strane. Diverse. Io nera. Lei meridionale. Tu ricca. Prima».

E Irma aggiunge: «E zoppa. Sempre».

Il letto ha un sussulto e trema come una caffettiera efficiente.

Ridono. Tutte e tre. Diverse. Ma parecchio uguali.

E, in quell'attimo, non manca proprio nulla.

16
Tutto Azzurro

Firenze, 9 maggio 1938

Il 9 maggio del 1938 mi facevano parecchio male i piedi. Ma parecchio. Avevo indosso il mio abito preferito: chiaro, di seta che scivolava e cantava con la luce. Mi arrivava appena sopra le caviglie e la gonna m'ondeggiava a ogni passo. Il corpetto era aderente, ma la scollatura era quadrata e quindi discreta. Le maniche corte lasciavano ignude le braccia che potevano essere solletichevoli al sole primaverile. Al collo la collanina che mi aveva dato la mamma e in testa un cappello beige con un fiocco che mi incorniciava il viso. Nella borsetta che tenevo a tracolla, in pendant con le scarpe, l'essenziale.

Un piccolo fazzoletto ricamato, in lino; sempre utile.

Rossetto e cipria compatta con specchietto, per piccoli ritocchi e per controllare l'aspetto; sempre utile.

Guanti da indossare appena ritornavo in casa, perché sennò mi vociavano (mi davano noia, ho sempre voluto le mani libere); sempre utili.

Chiavi di casa con portachiavi semplice e discreto; sempre utili.

Portamonete per denaro o monete in tessuto pregiato; sempre utile.

Biglietti da visita, perché chi apparteneva a una certa cerchia sociale se li scambiava; poco utili.

Fermaglio e forcine per capelli per sistemare velocemente l'acconciatura alla bisogna; sempre utili.

Piccola agenda con matita per annotare appuntamenti o pensieri; sempre utile.

I capelli lunghi e mossi, color tramonto, mi ballavano sciolti intorno alle spalle, insieme alla gonna.

Mi sentivo, comunque e come sempre, fuori posto, soprattutto in mezzo alla folla. Le scarpe, in cuoio chiaro, mi facevano parecchio male.

Firenze, quel 9 maggio del 1938, era il centro d'Italia e forse del mondo. S'era fatta bellissima. La Maria mi aveva lasciato andare sola. Mi sentivo avventurosa, "Ma forse hai sbagliato, Delia" pensavo camminando tra la bolgia.

La città era irriconoscibile, un tripudio di bandiere, simboli fascisti e fiori. Hitler e Mussolini quel giorno avrebbero camminato nella culla del Rinascimento. Ogni strada del centro era piena, le piazze traboccavano di tutto, di cristiani e di entusiasmo. Le facciate degli edifici storici, solitamente silenziose, sembravano soffocare di addobbi: era come se Firenze si fosse messa il vestito per la festa ma ci fosse qualcosa che non le tornava.

I cori, le fanfare e il tintinnio delle medaglie delle divise dei soldati facevano quasi girare il capo. Piazza della Signoria brillava, ma boccheggiava. Palazzo Vecchio, con la sua torre, stava ritto come se osservasse tutto con sdegno severo. Le colline di Fiesole, lontane anni luce, erano come appisolate.

Mi circondavano volti entusiasti, persone che agitavano bandiere e gridavano slogan. Avevo caldo, qualcosa mi opprimeva, e mi facevano parecchio male i piedi, ma forse l'ho già detto.

Arrivata in piazza della Signoria, una donnina magra ed esagitata mi pestò un piede e, mentre caracollavo in terra, rotta dal male, lo vidi.

In mezzo. A tutto. Alla folla, al caldo, alle fanfare.

Lo vidi.

Un'uggia alla pancia, un tepore di quelli simili a quando sei emozionata o ti scappa da andare in bagno – o tutti e due –, o come quello di quando leggevo di May e Kyo, mi avevano presa già solo a intuire il suo profilo, e i suoi pugni in tasca. Mi mancava l'aria, mentre, mimetizzando la caduta, fingevo con naturalezza di raccogliere qualcosa, goffa, con l'alluce martoriato dalla signora magra ma letale che mi pulsava insieme al cuore.

Lui si voltò, come se cercasse qualcosa.

Mi guardò.

E fu tutto azzurro.

Quando si incontrarono, i nostri occhi, capii subito fossimo diversi. E non per i suoi abiti consumati, ma perché apparteneva ad altro, a quell'altro che io non avevo mai avuto nemmeno il permesso di leggere nei romanzi. Lui era tutte le pagine strappate del babbo e le note mai suonate della mamma.

Eppure, c'era qualcosa di simile in noi. La sua camicia scura, stropicciata con le maniche arrotolate, le scarpe robuste e sporche di polvere, avevano cose importanti a cui pensare.

Ma era fuori posto. Come me.

Infastidito, distaccato, crucciato, guardava tutto fisso ma impaziente.

La folla, a un tratto, si strinse attorno a me, e ogni mio singolo respiro fu sovrastato dai suoni ferrosi della banda.

Lui, senza abbassare mai gli occhi e nemmeno addolcirli, aveva continuato a guardarmi. Coi pugni in tasca.

La risacca della folla a un tratto mi accompagnò zoppicante vicino a lui. E allora, facendomi coraggio, sopra il rumore: «Non sembra molto entusiasta di quello che vede».

Lui dopo un attimo, come stesse decidendo se rispondermi o no, mentre i suoi occhi mi abbandonavano facendomi male, disse: «No, non lo sono».

Non proferì altro. Lo guardai. E lui tornò a guardarmi. E io volevo solo morire. Ogni suo singolo muscolo era pronto a scattare.

«E perché sei qui?» chiesi, impavida, dandogli del tu.

E allora gli scappò un sorriso pieno che non aveva messo in conto, stupendosene per primo, ma poi tornando serio: «Bisogna vedere coi propri occhi quello che si combatte».

Rimasi zitta.

E pensai: "Combattere? Contro cosa? Qui tutti sembrano così... contenti".

Lo sguardo torvo.

«Tutto questo che vedi qui... non è reale. È un'illusione. Una marcia verso il nulla. Il potere si nutre della cecità delle persone. E io non son cieco.»

Non riuscivo a smettere di guardarlo. Non riuscivo a smettere. Pensavo che forse lui vedesse qualcosa che non riuscivo a comprendere. Ma io vedevo lui.

«E tu?» improvvisamente mi interrogò. «Che ci fai qui?»

Sentii il calore salirmi alle gote: «Non lo so» ammisi, «credo di voler capire anch'io... ma non so cosa.»

Lui allora mi sorrise e gli occhi grandi divennero due spiragli, due linee blu. «Forse lo capirai» disse, «o forse no.»

Ci continuammo a fissare per un istante lungo un bacio, e poi la folla mi portò via come in una coreografia di Isadora Duncan.

Avevo ventitré anni.

Ed era tutto azzurro.

17
Panini e fucile

Firenze, 15 giugno 1973

La facoltà di Architettura di Firenze abita nel complesso di via Ricasoli. Sede storica e imponente, grandi aule, soffitti alti, finestre che accolgono una luce di primavera e rivoluzione.

Il cortile interno, un tempo pregno di silenzio, ora rimbomba di thermos e dibattiti. Le pareti vestite di manifesti dipinti a mano – tinte accese, caratteri cubitali con falce, martello, barricate, fabbriche, mani alzate, sagome di studenti in corteo, Che Guevara e Mao – sembra facciano il girotondo.

«Occupiamo per liberarci: architettura al servizio del popolo!»

«Potere agli studenti! Fuori la borghesia dall'università!»

I manifesti strappati e sovrapposti sono un mosaico

confuso e vivido. Su alcuni sono scritti gli orari degli scioperi e delle manifestazioni. Sembrano opere di Mimmo Rotella.

«Assemblea generale, 15 giugno, ore 15.00, Aula Magna.»

Sono le quindici. Una vecchia chiesa sconsacrata è stata trasformata in Aula Magna. L'aria è afosa, come quella delle promesse. I più siedono per terra, quaderni aperti sulle ginocchia, sigaretta in bocca, panino a portata di mano. Parlano a voce alta, gesticolano, discutono di politica, architettura, di tutto, tra briciole, jeans sdruciti e magliette usate di gioventù. Molti fumano, altri scarabocchiano. Le ragazze con le gonne lunghe a stampe floreali e i pantaloni a zampa, tengono le camicie colorate di ocra, rosso o marrone infilate dentro. Con cinture intrecciate che segnano la loro vita. I ragazzi con i calzoni di velluto a coste e le giacche di pelle, anche a giugno. Come se non esistessero più le stagioni o, come se, oramai, ne esistesse soltanto una: quella della rivoluzione.

Dagli zaini di tela grezza e dalle borse a tracolla di cuoio, spuntano quaderni, volantini arrotolati, *Il Capitale* di Marx, *Che fare?* di Lenin, libri di Gramsci e Marcuse. Libri di testo. C'è chi mangia i panini preparati a casa, e son fette di pane sciapo da cui fanno capoccella il rosa del salame, il bianco del formaggio, il verde, in tutte le sue tonalità, e il rosso delle verdure.

Alcuni si sono fermati al mercato di Sant'Ambrogio a comprare mele, pere o ciliegie, che quando sono in coppia, gemelle, le ragazze si appoggiano alle orecchie come pendenti. Sembrano quadri di Arcimboldo. Qualcuno ha con sé sacchetti pieni di schiacciata. I thermos di caffè nero, portati da casa, sono onnipresenti. Come le sigarette. MS o Nazionali senza filtro, più economiche e soprattutto più filologiche alla cultura di protesta.

«Compagni e compagne, siamo qui oggi perché il nostro ruolo di studenti va oltre le aule e i banchi della facoltà di Architettura.»

Un silenzio che nemmeno un rettore, Dio o la morte avrebbe ottenuto così vivo.

Irma è seduta su una panca laterale, nascosta, col viso in ombra. È la prima volta che partecipa. Le mani stringono il bordo della sua borsa di panno arancione, regalo di Angela.

Un ragazzo solo, al centro, sotto la vetrata, punta il dito verso la platea. La luce gli illumina la schiena e lascia il volto in penombra. Pare Gesù Cristo nella *Vocazione di san Matteo* di Caravaggio, quando allunga il braccio e indica con la mano l'uomo seduto al tavolo a contar denari.

Alto, magro, le spalle leggermente curve come quelle di chi trascorre ore sui libri o nei laboratori di disegno. Come uno che porta un peso. I capelli scuri, spettinati, nascondono gli occhi quel che basta per sedurre. La camicia bianca arrotolata fino ai gomiti, sgualcita, i jeans logori e le scarpe di cuoio scuro, consunte ma giuste. Le mani bellissime.

«"Quando si tratta di arrivare a discutere, voi comunisti non trovate altro sistema che la fuga!" È questo che ha detto Pucci, redattore capo del "Secolo d'Italia", bibbia del Movimento Sociale, a Berlinguer, che era segretario da nemmeno un mese. Ed Enrico, a costui, ha così risposto: "Sarebbe meglio che i dirigenti del Movimento Sociale, che son gli stessi che hanno avuto responsabilità gravi nei delitti del fascismo, non parlassero di fughe. Perché voi siete stati coraggiosi soltanto quando stavate dietro la protezione delle SS, allora sì, lo siete stati: coraggiosi nel massacro dei giovani, nel massacro dei partigiani. Quando vi siete trovati di fronte – voi fascisti repubblicani – i partigiani, siete sempre scappati. Voi".»

Boato.

«Berlinguer ha un pensiero lungo. Auspica progetti a lunga gittata, capaci di far dialogare passato e presente, auspica una rivoluzione copernicana della politica fatta da giovani, da donne, da chi è sempre stato emarginato, fatta dagli esclusi. Il sistema politico deve essere costruito a partire dal basso, valorizzando la cittadinanza attiva e la promozione di un pensiero universalmente distribuito. Il popolo deve capire e condividere. Partecipazione, spirito critico e sacrificio.

«Pensateci: la caratteristica principale dell'idiota è quella di non sforzarsi. L'idiota non si sacrifica, l'idiota vive in una forma di inerzia, di comodità intellettuale, in un'apatia, in un coma critico senza resurrezione.

«E allora io vi dico, compagni e compagne, in questo momento storico non possiamo limitarci a studiare progetti e piani regolatori con tutto il mondo fuori. Ogni palazzo, ogni piazza che immaginiamo deve rappresentare uno spazio in cui l'uomo si liberi dall'oppressione del capitale e della proprietà privata. Non possiamo chiuderci nei nostri disegni; dobbiamo portare la lotta qui, nella facoltà, nelle città, nelle fabbriche, nei quartieri popolari. La rivoluzione, compagni, non è un pranzo di gala, scrivere un saggio, dipingere un quadro, fare un ricamo; non può essere raffinata né cortese. La rivoluzione è un atto di violenza con cui una classe ne rovescia un'altra. Dobbiamo sporcarci, per pulire. Perché il potere nasce dalla canna del fucile.»

Boato.

«L'architettura è politica. Le nostre città sono disegnate per separare, per isolare le classi. Dobbiamo creare luoghi in cui gli uomini possano incontrarsi, discutere, organizzarsi. Non dobbiamo avere pietà nei confronti di chi si oppone alla lotta. "Colpirne uno, per educarne cento."»

Boato.

«La situazione è drammatica, la crisi economica, la

repressione nelle fabbriche, la guerra in Vietnam. Non si rimane spettatori.

«La rivoluzione non sarà facile, non sarà pulita, ma la costruiremo insieme, giorno dopo giorno. È ora il momento di alzare la testa, prendere posizione, lottare per un futuro diverso. Ricordate: il potere non ci verrà regalato. Dobbiamo prendercelo.»

Boato.

«Grande, Mauro!» col pugno alzato un ragazzo basso, tarchiato con un grosso barbone felice.

«Quanto è bello» si strugge una ragazza mora, accendendosi una sigaretta e passandosi, civetta, senza accorgersene la lingua sulle labbra. Lo dice all'amica, che complice le risponde: «Mauro parla di rivoluzione, del nostro futuro, e tu vedi solo che è fico?».

«Si chiama Mauro» dice sottovoce Irma, come avesse scoperto un segreto da ripetere piano, perché resti tale.

Mentre lui parlava, ha guardato tutto: il movimento delle mani, la camicia tesa sul petto quando alzava la voce, gli occhi.

Irma sente di non aver ascoltato un semplice discorso politico, ma qualcosa di più grande. Qualcosa che l'ha mossa.

Credo di non aver mai desiderato nascondermi per poter guardare senza paura all'infinito qualcosa. Come questo ragazzo, che sta fermo. E travolge tutto ciò che gli sta intorno.

Apre il diario, il suo diario, e lo scrive, attenta a non farsi vedere, arrossendo anche con se stessa. Ma deve farlo. Deve poter rivedere sulla pagina bianca quello che ha provato di fronte a questo Gesù, chiudere gli occhi e avere la possibilità di pregare, anche senza una chiesa.

Non è quello che dice, ma come lo dice.

I ragazzi lo invidiano, le ragazze lo amano. Tutte.

Intorno, chi l'ha ascoltato annuisce, commenta. Folgorati tutti: quelli con i capelli lunghi e le barbone, e quelli più curati che iniziano a sporcarsi ora con la politica.

Mauro, a un tratto, alza lo sguardo verso di lei. Un istante brevissimo. Irma crede di averlo immaginato. Anche se, mentre parlava, le era sembrato che l'intero discorso fosse rivolto a lei. E quando la sala è esplosa in un applauso, si è sentita isolata, ma tutt'altro che sola. Come in una bolla, dove c'erano solo lei e quel ragazzo.

Mi sento strana. Mauro non è solo carismatico. Dà voce a qualcosa che fino a oggi non ho mai saputo di desiderare: un senso di appartenenza, un fuoco, un ideale.

Mi fa male la pancia.

18
Piccioni e Marron glacé

Firenze, 10 maggio 1938

Casa nostra era frequentata da persone strane. Poi, crescendo, ho capito che potevano essere definite colte e interessanti.

Si continuava a prendere molto tè. Anche quando non lo si beveva. O se ne pigliavano giusto due sorsate.

Il giorno dopo l'incontro tra Hitler, Mussolini e la Firenze che provava a splendere all'ombra, Ranuccio Bianchi Bandinelli arrivò puntuale.

Io pensavo ininterrottamente al ragazzo incontrato in piazza e, a tratti, mi annusavo le mani, convinta – pur senza averlo toccato – di averne addosso il profumo.

Ranuccio entrò nello studio proprio quando il sole del tardo pomeriggio, quello arancione, infuocava la stanza dalle grandi finestre.

Il babbo lo aspettava come sempre, con un libro aperto sul tavolino e una tazza di tè diaccia in mano. Impaziente, come la gamba che gli friggeva sulla sedia.

Io, in salotto, ero curiosa di sapere cosa avesse visto Bandinelli da così vicino.

Erano amici, lui e il babbo. Stavano ore e ore a chiacchierare: di arte, letteratura e politica. Almeno una volta a settimana, il mercoledì di solito. Un giorno che stava nel mezzo. Un giorno in cui si poteva raccontare quello che era accaduto a inizio settimana e auspicare quello che sarebbe successo alla fine.

A Ranuccio Bianchi Bandinelli era stato chiesto di fare da guida "turistica" a Hitler e Mussolini, nella culla del nostro Rinascimento, durante la visita del giorno prima. Quando il babbo l'aveva saputo, era divenuto incontenibile: aveva detto a Ranuccio, assai scosso dall'incarico, che lo stare in mezzo, il guardare i due esseri umani più potenti di una fetta – e forse, almeno per quanto riguardava l'austriaco, di tre quarti – della torta della Storia, fosse un evento irrinunciabile, quasi una benedizione.

Ranuccio era andato in ambasce. Il babbo aveva cercato di calmarlo con dialettica e affetto.

Poi erano seguiti giorni di silenzio, in cui probabilmente Bandinelli si era stordito con lo studio e con la consapevolezza che quell'incontro, comunque, gli avrebbe consegnato tra le mani un'esperienza indimenticabile.

Una possibilità mastodontica: quella di vedere coi propri occhi.

Il 10 maggio del 1938 il babbo aspettava Ranuccio a gloria, esattamente come io aspettavo il 20 dicembre, giorno del mio compleanno.

Avevo sempre pensato che essere nata appiccicata a Gesù bambino fosse di buon auspicio. Credevo mi rendesse – come il babbo diceva che Ranuccio avrebbe dovuto sentirsi per l'incarico ricevuto –, fortunata.

Solo che lui, invece che a Gesù bambino, doveva stare appiccicato a Hitler e Mussolini.

Ma, in fondo, senza il diavolo, Dio non avrebbe motivo di esistere.

Il babbo ripeteva che fortuna significava avere la possibilità: di acquisire, di comprendere in toto un fatto, poiché solamente dalla visione quanto più globale e completa poteva nascere la libertà.

In salotto, aspettavo smaniosa l'arrivo di Ranuccio. Anche se per me, ormai, quel 9 maggio del '38, il cuore dell'incontro, aveva assunto altre forme.

E soprattutto un altro colore.

«Ranuccio, siediti, siediti» gli disse il babbo alzandosi e facendo tremare il tè marmato.

«Dunque, brindiamo alla tua sopravvivenza dopo una giornata in cui hai guidato chi ci sta facendo andare a sbattere?»

Ranuccio scosse la testa con un mezzo sorriso e si

accomodò sulla poltrona in un modo spossato ma brutale, non da lui, sempre misurato e compìto.

E, con voce pesa, principiò: «Ieri ho capito che il silenzio è l'arma del potere. Lo si usa per urlare senza parole. O per coprire la paura e l'ignoranza. Ne ho visto l'efficacia. Da molto vicino».

«Racconta, Ranuccio. Raccontami tutto...» disse il babbo, con la gamba che batteva i denti.

Ranuccio si prese ancora qualche secondo. Poi riprincipiò.

«Erano le prime ore del pomeriggio, brillava ogni cosa, come se Firenze volesse mostrarsi bella. Al binario sedici, Mussolini e la sua corte aspettavano il treno di Hitler, tra fiori, fasci littori dorati, bandiere e stemmi sabaudi.

«C'era una banda che suonava il Deutschland über alles, *la* Marcia reale *e* Giovinezza.*»*

E mentre lo diceva, Ranuccio mandò gli occhi al soffitto con uno sbuffo simile a quello che fanno i bambini quando dormono profondamente, e poi continuò: «E nell'istante in cui il treno è arrivato, una squadriglia di caccia ha macchiato il cielo con un rombo, a sottolineare l'importanza del momento. Mi son venuti i brividi.

«C'erano trecentocinquantamila persone, Giorgio. Da tutta la Toscana. La macchina della propaganda ha funzionato a modino.»

«Trecentocinquantamila... Tutti lì per loro, o per paura di non esserci?»

Ranuccio, come se non ascoltasse ormai nulla eccetto il suo ricordo: «Mi sentivo un corpo estraneo.

«Ero lì per fare da guida, per spiegare Firenze. Ma quella Firenze non era la mia.

«Non era la nostra, ieri. Era un teatrino: facciate rifatte, marciapiedi lustri, persino finti arazzi alle finestre.

«Pareva bellissima, ma era una bugia.»

Il babbo si sporse leggermente in avanti, col viso serio, come a sottolineare l'importanza della sua domanda.

«Cosa è successo dopo?»

«Il corteo è partito dalla Palazzina Reale. Io ero seduto su uno degli strapuntini.

«Tra Hitler e Mussolini.

«In mezzo.

«Un'ombra tra due abissi: uno, gonfio di eco; l'altro, di vuoto e buio infinito.

«Stavo lì a tradurre per loro la lingua di un'arte che non avrebbero mai potuto capire. Poi abbiamo attraversato via Panzani, tutta decorata coi gigli rossi di Firenze, e siamo arrivati in via dei Cerretani, che era un grondare di stemmi della Germania nazista.

«Un singhiozzo mostruoso: il simbolo di Firenze accanto a quello di Hitler.

«La folla urlava, e io sentivo silenzio.

«Loro sorridevano, ma non c'era gioia.

«Era propaganda.»

«Hanno fatto visita alle chiese?» lo interrogò il babbo, come a cercare qualcosa di buono almeno nelle domande.

Un lampo d'intensità rianimò Ranuccio.

«Sì. Ci hanno provato. Ma ha sprangato tutto.

«Il cardinale Elia Dalla Costa ha sprangato tutto. Le persiane del palazzo arcivescovile dietro al Battistero, le chiese tutte chiuse, Giorgio. Tutte.

«È stato il momento più potente della giornata.

«Nessuna porta aperta, nessuna accoglienza per Hitler e per il Duce. Nemmeno Santa Maria del Fiore.

«Quando sono arrivati a Santa Croce, sono potuti entrare solo nel sacrario dei martiri, sotto la chiesa. Non dall'ingresso principale. Dalla Costa ha detto no.

«E le porte chiuse di quelle chiese, col loro silenzio – che non era un capo chino, ma un urlo di libertà – sono state le uniche a darmi un minùzzolo di speranza.

«Mostruoso ciò che ho visto.

«Faceva girare il capo il contrasto tra gli addobbi, le svastiche e il palazzo chiuso.»

Il babbo si liberò con un lieve sorriso.

«Il cardinale ha avuto più coraggio di tutti. E agli Uffizi? Com'è stato?»

Ranuccio, rivedendo ogni scena: «Agli Uffizi è stata una delle esperienze più surreali della mia vita. Mi ero preparato, avevo studiato ogni sala, ogni opera, per anticipare ogni domanda possibile. Ma ho capito subito che nessuno fosse lì per sapere o lasciarsi prendere dalla bellezza. Volevano esibirsi, rappresentare se stessi. Sono identici, seppur profondamente diversi».

«Diversi.»

«Mussolini entrava in ogni sala come se fosse lui l'opera d'arte. Si metteva in mostra, faceva battute, catturava tutto. Si fermava davanti ai quadri, leggeva i cartellini, alzava il petto e faceva un commento altisonante, spesso insensato. Eppure, ha qualcosa, Giorgio, non posso negarlo: ha un'energia, una forza, un'ostentazione, una sicurezza che capisco possa placare le menti meno allenate. E forse anche quelle più scaltre. Quella teatralità, quella magniloquenza, si innesta nell'inconscio: tocca il fanciullino che guarda il padre come un gigante giusto; perché lui, ancora, è piccino. Lo vede. Si sente protetto. E lo ama. Perché chi ti sembra grande e dice di volerti salvare, finisci per amarlo. Non so se riesco a spiegarmi...»

«Sì. Forse è per questo che Mussolini ha tanti figli.»

«Quando siamo passati davanti al David *di Michelangelo ha esclamato: "Ecco il simbolo dell'Italia forte e vigorosa!", come se quello fosse un trofeo fascista. Volevo piangere, Giorgio. Il* David*, che è l'emblema della ribellione, della vittoria del debole contro il potente, il vessillo della libertà e della resistenza che trionfa sulla forza bruta. L'opposto di ciò che vede il Duce. Ironico e talmente tragico che l'abbia usato per rappresentare l'Italia fascista.»*

Sobbalzai anch'io e pensai: "È vero! David sconfigge

Golia... non perché è più forte, ma perché è più intelligente".

Bandinelli non si fermava più. Un flusso di coscienza: «A un certo punto mi si è avvicinato un tipo, tale Adolfo Porry-Pastorel. Così si è presentato. Mi ha sorriso. Apparso come per magia, da non so dove. E pareva, nonostante stesse appiccicato àl Duce e a Hitler, che loro ne avessero quasi piacere. Faceva foto. Era assolutamente smaliziato. Senza paura, a differenza di tutti. Oggi mi sono informato. È un fotografo che ha ideato una Leica con un'apertura posteriore per velocizzare l'inserimento della pellicola. Gira con un furgoncino su cui ha montato l'attrezzatura per lo sviluppo immediato dei negativi. Ma, Giorgio, tieniti forte: durante la guerra in Libia ha imparato a servirsi di piccioni viaggiatori per l'invio dei negativi. Una tecnica antichissima, in uso anche fra i soldati nel '15-'18 per la spedizione di messaggi dalla prima linea alle retrovie. Lui inserisce i negativi in piccoli astucci e poi li fissa alle zampe dei volatili. E senti che capolavoro di servizio ha fatto il 5 maggio, quattro giorni prima della visita a Firenze. Ascolta bene: Mussolini e Hitler erano a bordo della corazzata Cavour, in mare aperto, e c'era anche lui che, oltre all'attrezzatura per lo sviluppo, aveva deciso di portare una coppia di piccioni viaggiatori. E così, finite le fotografie, ha legato alle zampe dei pennuti i rotoli dei negativi scattati e sviluppati in mezzo al mare, e quelli son volati verso Roma. La moglie Franca li ha recuperati e portati alla redazione del quotidiano. Immaginati la faccia di Mussolini e Hitler che, sbarcati a Napoli qualche ora dopo, si sono trovati "Il Giornale d'Italia" con le loro fotone sulla nave, di già, in prima pagina! Incredibile.

«A un certo punto questo Adolfo, forse dopo avermi osservato e avendo capito quanto mi trovassi in difficoltà, in un momento in cui non dovevo spiegare nulla a nessuno, mi si è avvicinato e m'ha detto: "Tutti si stupiscono delle mie foto. Ma sai qual è il segreto? Quando vuoi fotografare Mussolini, non devi ritrarlo di faccia, ma di spalle. Quando vuoi fotografare Mussolini, non devi farlo mentre è in posa, ma un attimo dopo, quando la posa l'ha sciolta. Quando vuoi fotografare Mussolini, ogni tanto, fagli una foto istituzionale. Quando vuoi fotografare Mussolini, beccalo in mezzo a tanta gente e chiedigli di fare una posa buffa. Quando è circondato dalle persone, non dice mai di no".»

«Incredibile» disse il babbo. «La storia e la psicologia spiegate per filo e per segno da un fotografo.»

«Sì, Giorgio. È così. Sono stato testimone di una recita. Ogni gesto, ogni parola di quei due è calcolata per impressionare. Eppure...» incicciando le sopracciglia «sotto la superficie di grandezza, c'è qualcosa di profondamente patetico.»

«Com'è Hitler da vicino?» domandò il babbo a bruciapelo. Perché le domande dei grandi, a volte, son le stesse che farebbero i piccini.

Guardando prima davanti a sé e poi diritto il babbo:

«Diverso. Ha una figura sorprendentemente minuta rispetto a ciò che ci si aspetta: spalle strette, capelli lucidi, pettinati col compasso, viso pallido. Cammina piano, passo rigido, mani guantate, in croce, sul basso ventre. Osservava i quadri, ma non li vedeva. O, meglio, non come li vedremmo io e te. Occhi acquosi, grigi».

Poi fece una lunga pausa, con la ruga in mezzo agli occhi che sporgeva.

«Nasconde una profonda amarezza. È un uomo amareggiato.»

«Amareggiato?»

«Sì. È un uomo amareggiato. Per come si è sentito trattato durante la Prima guerra mondiale. Perché ha passato la vita a cercare di essere qualcosa. Quando parla di arte, ha una rabbia sottile, un desiderio di riscatto che sbava su ogni parola.»

«Riscatto?»

«Sì. In gioventù voleva essere un artista, un pittore. Ha tentato per due volte di entrare all'Accademia di Belle Arti di Vienna, ma è stato respinto. Ha sempre creduto di avere talento, e odia in modo incommensurabile che non gli sia stato riconosciuto. Lo sentivo dal modo in cui commentava i quadri, le sculture. Non parlava di tecnica o di bellezza, ma di idee e simboli. Ogni opera l'adattava al suo schema mentale, al suo universo. Vedeva la sua ideologia.

«È un uomo che guarda nell'abisso. E l'abisso è lui.»

Il babbo si passò una mano sul viso.

«Il Reich che ha creato è la vendetta per il rifiuto che il mondo gli ha fatto patire. Ha trasformato la mortificazione nel potere che ora gli dà quella legittimità che l'arte gli ha negato. Il potere è un risarcimento. Hitler ha reso proficua la sua frustrazione. La coltiva, la nutre, ed essa lo rende misterioso e terrificante. È come qualcuno che paga a carissimo prezzo un crocifisso da mettere ai piedi del letto di un moribondo, sperando di comprare un miracolo. Ma il miracolo non arriva mai.

«E così resti lì, in bilico, come sta lui: tra il desiderio di essere riconosciuto come artista e la consapevolezza che è più facile conquistare il mondo che essere visto.»

Poi, dopo un attimo, guardando fuori dalla finestra: «È un sociopatico. È incredibilmente abitudinario, pare faccia le stesse cose ogni giorno: sta nella sua baita, fa la stessa passeggiata, beve il suo tè sempre alla stessa ora e mangia solo i suoi biscotti rinsecchiti. Al piazzale Michelangelo, con Firenze ai piedi, mentre la osservava ha detto: "Finalmente capisco Böcklin e Feuerbach. Se fosse venuto il bolscevismo, tutto questo sarebbe stato distrutto, come in Spagna".

«Era sincero, Giorgio. In quel momento, era semplicemente convinto di essere l'unico a poter salvare l'arte e la cultura europea.

«Mussolini lo seguiva, con quella sua figura imponente, più massiccia di quanto appaia nelle fotografie, le mani

in movimento a modellare l'aria, la faccia larga, carnosa, sempre tesa, costruita per dominare la scena. A un certo punto mi ha chiesto aiuto. Non sapeva cosa dire, temeva di sembrare inferiore.»

«Il Duce che chiede aiuto. È proprio vero: il fascismo si nutre della paura dell'insignificanza» commentò serio il babbo.

«Sì. Annuiva, voleva compiacere Hitler. Parlava in quel suo tedesco romagnolo, con un vocabolario sorprendentemente ampio, ma con l'aria di chi cerca l'applauso. Teatrale ma non vuoto. Giorgio, c'è in lui un intuito contadino per il potere. Una furbizia intarsiata a tratti di intelligenza.»

E dopo una pausa che era un sospiro disse: «Accanto a Hitler mi è sembrato quasi umano».

«Ma è davvero così pauroso il Führer?» sgomento il babbo.

Ranuccio si prese un momento.

«Sì. Ma non come ti aspetteresti. Non urla, non minaccia. Parla con calma, parole fatte di gelo, di quel freddo che senti quando sei in una grotta. Ti guarda e ti trapassa. Ti abusa perché ti entra dentro senza consenso.

«Eppure… c'è anche una fragilità in lui, uno scricchiolio. È proprio questo che lo rende spaventoso. Non si fermerà finché quello scricchiolio continuerà a tormentarlo. Finché non riuscirà ad ammutolirlo. Ma non potrà. Perché lo scricchiolio è lui.»

Il babbo rimase fermo.

E Ranuccio continuò anche senza domande, sapendo di dover dire tutto. Come in una confessione.

«Durante il pranzo c'era una tensione che ammorbava, che non lasciava scampo. La tavola era perfetta, apparecchiata con cura maniacale, le tovaglie di lino bianco, l'argenteria, i piatti decorati, circondati da ogni tipo di dolciumi e prelibatezze. Io ero seduto accanto a Hitler, con Goebbels alla mia destra. Mussolini parlava con Ribbentrop, voleva impressionarlo. Goebbels, maestro della propaganda, ha una capacità retorica pericolosissima. È il burattinaio della menzogna.

«Hitler ha bevuto solo tè e mangiato biscotti secchi che gli erano stati serviti a parte. Piano. Non toccava nulla del banchetto. Era solo. Tutti avevano paura.

«È un pazzo, avvolto da un'apparente sanità. Ma usa psicopatici veri: Himmler, architetto del terrore; Heydrich, direttore dell'Ufficio Centrale della Sicurezza, metodico e inarrestabile – pare sia l'uomo più pericoloso del Reich –; Göring, capo dell'aviazione, a mio avviso simbolo della brutalità nazista, imponente, vanitoso, sempre vestito in uniformi vistose; e Goebbels, ministro e maestro della propaganda.

«Loro sono psicopatici puri.

«Quando ho offerto dei marron glacé a Hitler, passandoglieli, lui ha esitato. Solo Goebbels lo ha convinto a prenderne uno, scherzando sul fatto fossero

i preferiti di Göring. Avevo la sensazione di essere all'Inferno».

Il babbo era sconvolto e affascinato. Come ascoltando chi era tornato da un altro mondo.

«Ranuccio, ma secondo te cos'è che ha fatto svettare Hitler?»

Dopo un lungo silenzio: «È un bravo giocatore. È carismatico. È un attore. Un grande attore.

«Quando ci siamo separati ho provato sollievo. E vergogna, Giorgio. Sollievo perché era finita, vergogna perché c'ero stato. Perché avevo parlato, avevo spiegato Firenze a chi non la meritava. E ho capito che, quando tutto questo sarà giunto al termine, dovremo ricostruire non solo i nostri edifici, ma anche le nostre coscienze.

«Però sai cosa mi consola, Giorgio? Che Firenze, quella vera, non era lì quel giorno. Era nelle chiese chiuse, nei vicoli nascosti, nei cuori di chi non applaudiva.

«Firenze resisterà. Resisterà anche a questo.

«Resisterà fin quando non cadranno».

«E quando cadranno cosa rimarrà?»

«Macerie, Giorgio.»

19
Fiere e Fieroni

Campi Bisenzio, 15 giugno 1973

«È bello. Ha gli occhi a cinguettio.»

«Un uccello?» chiede Angela.

E subito Lettèria: «Ma no! È una metafora! È per dire che ha lo sguardo magnetico!».

«Ah!» fa Angela un po' delusa, ma subito ripartendo: «Irma, sei bella e fortunata! Sei andata una volta in facoltà e ti sei già innamorata» garrula.

Angela e Lettèria sono sdraiate sul letto, le gambe accavallate, tra loro un libro aperto, pretesto per non sentirsi in colpa, e gli occhi al soffitto. Come parlassero sempre tutte con lui.

Irma è seduta lì accanto, le mani intrecciate in grembo, la testa leggermente reclinata.

«Ma vi siete parlati? Cosa ti ha detto?»

«Figuriamoci» fa lei piano, non sconfitta, ma con la calma di chi sa di vivere appartata e mai scorta, «se parla con una come me...»

«Come te, cosa? Bella sei!»

«Sì. Grazie. Voi siete gentili.» E abbassa la testa.

«No, no, io per nulla gentile» fa Angela, «io vera. Ma dici un po', sai il nome?»

Irma, come non aspettasse altro e come se la bellezza di quell'incontro risiedesse anche nella possibilità di condividerlo con le sue amiche: «Mauro! Era lì, nel mezzo dell'aula, e... e parlava di cose... cose vere che fino a ora non avevo mai frequentato». Poi fa un sospirone felice.

«È da meno di un mese che son qui... Mi pare di vivere nel futuro, che è il presente per voi, ma non per la mia vita, che ha sempre avuto i tratti del passato. È tutto strano. Mi sembra, fino a ora, di essere vissuta in un altro tempo, in un altro posto. E adesso... non lo so. Come se fossi sospesa tra qualcosa che non esiste più e qualcosa che non so ancora cos'è.»

«Parli difficile a volte» Lettèria.

«Io invece capito tutto» dice Angela. «E la tua famiglia...?»

Irma abbassa ancora la testa.

«Scusa, se non ne vuoi parlare.»

«No. Mamma è apprensiva. Lo è sempre stata. Per via del mio problema.»

«Che problema?» chiede Lettèria.

E Irma, diventando rossa, ma stavolta senza abbassare lo sguardo: «Che son zoppa».

Diventano rosse tutte e tre.

«Ma non si vede!» esclama Angela.

«Sì, si vede. Ma ormai lo so. Son nata così. Mi ci sono abituata» Irma, quasi parlando a se stessa.

Angela l'ascolta attenta, e dice: «Io so come la gente guarda. Da sempre. Quando sei bambina pensi che il mondo sia buono ma, quando cresci, capisci che non era così e ti senti tradita. I genitori devono dire la verità... Ma la migliore per te, non quella che fa bene a loro».

Irma, con una scioltezza che non aveva mai avuto: «Mia madre ha sempre provato con le parole a dire che andava tutto bene, che io andavo bene, ma lo vedevo dai suoi occhi che era una bugia. Mi ha sempre tenuta come un soprammobile, un soprammobile prezioso, che però non si sposa con l'arredamento, con nulla che lo circonda, che non sai dove mettere e che alla fine ficchi in una vetrinetta. Chiuso a chiave perché non si rompa. Ma lui sta lì, senza senso, perché sta male con tutto il resto e, anche se di bellezza ne ha, non serve... Non so se mi sono spiegata».

«Sì» dice Lettèria, «cresci e scopri che le cose non sono come credevi. O che da bambina erano belle solo perché non sapevi leggere il resto.»

Con la pancia all'aria parlando tutte e tre al soffitto.

Lettèria sfiora una mano di Irma. «E com'era da bambina?»

«Più semplice» sorride lei senza felicità. «Mia madre ogni giorno mi vestiva, mi pettinava, diceva che una signorina deve avere i capelli lisci e in ordine. Che bisogna stare attente a come si appare, perché il mondo guarda e giudica.»

Si ferma un attimo, come se stesse valutando se dire o no quello che ha in testa. Poi si decide: «E alla fine impari a non essere d'intralcio, a non far notare che ci sei».

E Angela: «Così ti senti?».

«Sì.»

Lettèria si volta verso la porta della cucina e incredibilmente urla: «Deliaaaaaa?!».

Irma si scombussola.

Dalla cucina eco di pentole e odore di soffritto. Poi la voce della Delia, ruvida e calda: «Icché c'è?».

«Te te li ricordi i tuoi giorni di bambina?»

Silenzio, il rumore dei tacchi. La Delia compare sulla soglia, grembiule strizzato in vita e cicchino tra le dita. Si appoggia allo stipite della porta.

«Quando si è piccoli si pensa che la vita abbia delle tappe. Che ogni età abbia i suoi colori. E che la morte appartenga al tramonto. A un tratto ti accorgi che non è così. E sono il dolore e la gioia grande che te lo insegnano, che ti insegnano che la vita è una sbavatura, uno spiaccichiccio, una guerra, un pezzo di pane, un muro alla bocca dello stomaco. Lo capisci quando ti rimane solo un "ormai". Lo capisci quando perdi una persona che ha contribuito a farti essere ciò che sei e, d'un tratto, quella parte della vita in cui vi siete incontrati – che, nonostante appartenesse al passato era ancora viva e presente – non esiste più. E allora è come se anche un pezzo di te fosse concluso. Non so dirvi se muoia o no. Ma sparisce. E sai che quello che avrebbe ancora potuto essere non sarà più. Capisci che quelli che hai non sono più ricordi, son diventati memoria. I ricordi possono essere dolci, perché sono vivi. La memoria è sempre severa, perché immutabile.»

Le ragazze restano in silenzio, prese dalla voce, dalle parole, da tutto.

Irma ascolta, osserva il modo in cui si muovono, decidono insieme. È un mondo nuovo. Lontano dal controllo, dall'ambiente borghese. Qui nessuno le chiede di stare zitta, di stare in disparte. Qui si deve disturbare. Come imperativo.

La Delia si raddrizza, spegnendo il cicchino nel posacenere accanto alla porta e, con un cambio repentino: «E ora? S'ha da restare qui a filosofeggiare o qualcuno mi aiuta a preparare i frittini per stasera?».

Come nella commedia dell'arte, i' Pugi da dietro: «A parte profumi e balocchi, bisogna sfamarla la gente, s'ha da pensare a quello di cui c'è bisogno pe' i' Fierone!

O gli si dà da mangiare nastri e fiocchini per i capelli, eh?».

E poi ancora, in processione, il Mago Cristal, col solito mantello impolverato e gli occhi scintillanti di esagerazione teatrale, e Gigione, con un sacchetto di castagne calde che gli scotta tra le mani.

«Ma Gigione, soltanto te tu riesci a mangiare le castagne calde a giugno!» fa i' Pugi, e quello ride: «Me l'ero asserbate dall'inverno!».

«Ovvia, dicci tutto, Cristal, noi siamo qui a preparare il Fierone» fa la Delia col ruzzo, perché sa che il Mago regalerà gioie.

Lui difatti: «Il Fierone sarà il mio grande momento! Il giorno in cui le sorti del nostro rifugio si decideranno!».

Ed ecco arrivare, ovviamente, anche Alfonso: «Sì, certo! Ora è il suo grande momento. L'è una diva anche lui! Qui bisogna lavorare, no sciacquassi i' culo coi discorsi!».

Ridono. Ridono tutti. Ride anche Irma, come fosse la prima merenda della sua vita.

20
Il grido è uno solo e tremendo: vincere! E vinceremo!

Firenze, 1940-1942

Quando ripensavo a quel giorno di maggio e a maggio in generale, o quando arrivava maggio o sapevo che doveva arrivare, quando ripensavo al vestito chiaro che ballava al caldo, alla calca che mi aveva trascinata, io lo vedevo lì, il ragazzo dagli occhi azzurri.

Che non aveva paura, che stava fermo mentre il mondo festeggiava, che in mezzo alla menzogna era tutto vero.

Nulla sapevo di lui. Non il nome, non dove abitasse. Ma sapevo che esisteva.

Firenze continuava a essere la città della mia infanzia, ma ora, era un luogo che non riconoscevo più.

Il silenzio della mamma mi assordava. Era ancora bella e raffinata. Non si esibiva, non si imponeva. Si lasciava guardare.

Passava le giornate a casa, partecipava ai tè, vestiva abiti abbottonati e splendidi, eppure lo sguardo era quello di chi era rimasto indietro. Le sue giornate sbriciolate di dettagli: il modo in cui piegava i guanti, quello in cui si controllava la collana con il ciondolo a forma di nota, il modo in cui si pettinava con movimenti piccoli e precisi.

Un'esistenza di gesti perfetti che non servivano.

A volte penso fosse come quella Firenze. Bella e prigioniera.

La Gloria era arrivata tardi, troppo tardi. Dodici anni dopo di me. Forse per questo non riuscivo a sentirla parte del mio mondo. Non era colpa sua. Era colpa del tempo che ci separava: quel tempo in cui ero stata figlia unica, in cui avevo conosciuto la mamma quando ancora scoppiettava, in cui il babbo mi raccontava le storie della torre di libri. Non il tempo che sarebbe venuto dopo, quello in cui, dentro quella torre, c'era rimasto imprigionato.

Era buona la Gloria. Aveva i capelli scuri come il babbo, ma gli occhi chiari della mamma. Era piena di tutto ciò che a casa nostra si era consunto. Lei non si accorgeva. Non sapeva delle notti in cui quel nostro soffitto veniva scorticato da tanti occhi. Non capiva perché il babbo si chiudesse nel suo studio più del solito. Per lei, il mondo era ancora un posto grande e pieno di promesse.

Io la osservavo e provavo un affetto che non sapevo sempre dimostrare. Forse la invidiavo. Perché era arrivata quando tutto era già stato deciso. Eppure, a volte, mi osservava come se sapesse. Come se, nel suo modo infantile, avesse intuito che qualcosa, dentro ognuno di noi, non fosse più com'era prima.

Quel prima che lei non aveva mai conosciuto.

La Maria era sempre il focolare della casa. Ma nel 1939 era cambiata: lo vedevo nei suoi gesti, nel modo in cui si muoveva, nel modo in cui non diceva. Era sempre stata un muro, ma quel muro, ora, aveva crepe sottili. Credo fosse la paura. La paura per qualcosa che ancora non sapeva. Che è ciò di cui si sfama il terrore.

L'aria di casa era densa, tutto era sospeso. Si parlava sottovoce, si ascoltavano i rumori col respiro trattenuto, la radio veniva abbassata appena qualcuno camminava sotto le finestre.

Il 10 giugno del 1940, ero in casa con la mamma, la Maria e la Gloria. Il babbo non c'era, ma al Gabinetto Vieusseux e nei caffè di via Tornabuoni la notizia era arrivata prima che venisse pronunciata.

«Combattenti di terra, di mare, dell'aria! Camicie nere della rivoluzione e delle legioni! Uomini e donne d'Italia, dell'Impero e del Regno d'Albania! Ascoltate! L'ora segnata dal destino batte nel cielo della nostra Patria. L'ora delle decisioni irrevocabili. La dichiarazione di guerra è già stata consegnata agli ambasciatori di Gran Bretagna e di Francia. Scendiamo in campo contro

le democrazie plutocratiche e reazionarie dell'Occidente, che in ogni tempo hanno ostacolato la marcia e spesso insidiato l'esistenza medesima del popolo italiano. [...] L'Italia proletaria e fascista è per la terza volta in piedi, forte, fiera e compatta come non mai. La parola d'ordine è una sola, categorica e impegnativa per tutti. Essa già trasvola ed accende i cuori dalle Alpi all'Oceano Indiano: VINCERE! E VINCEREMO!»

La folla ubriaca. Urlavano come cani.

Poi, dopo un silenzio senza fine: «Siamo perduti» disse la mamma. Il suo non era sgomento. Era una sentenza.

Le leggi razziali mi eran parse, fino a ora, una minaccia lontana, una incrinatura in una parete, che sai si allargherà, ma non quando.

Con l'entrata in guerra, divenne voragine.

Le persone sparivano. Non di colpo. Ma in silenzio. All'università si sussurrava di professori cacciati, di studenti che non si erano più visti. Firenze era un teatro di delazioni, berci e bisbigli.

La Maria stava zitta. Ma la notte, quando rimaneva a dormire, mi svegliavo e sentivo il rumore dei suoi passi in cucina e pensavo che anche lei fosse spaventata.

Non me lo avrebbe mai detto.

La guerra era lontana, ma vicinissima. Le persone iniziavano a parlare di razionamenti, di liste di nomi, di controlli. Di pericoli che prima non c'erano. Nel 1942, iniziarono le retate. La gente scompariva da un giorno all'altro. Qualcuno veniva arrestato, qualcun altro prendeva un treno e non tornava più.

E la Maria, ogni volta che sentiva bussare alla porta, diventava gesso.

Io fingevo di non vedere. Ma vedevo tutto.

Continuavo a leggere, a cercare risposte nei libri. Davo lezioni private di inglese perché il babbo non era d'accordo lavorassi, né che frequentassi l'università. Leggevo. Ma non mi bastava più. Firenze era piena di segnali, di cose che si capiscono solo se le si vuole vedere. E io le volevo vedere.

Nel frattempo, pensavo a lui e mi chiedevo: perché aveva parlato di combattere quel 9 maggio in cui tutti sembravano felici? Perché lo aveva detto quel giorno davanti alla folla in festa? Cosa sapeva che io ancora ignoravo?

Mi dicevo, spesso, che avrei dovuto dimenticarlo. Che non contava nulla. Ma poi, mentre camminavo in via de' Neri, mentre attraversavo ponte Santa Trinita, lo cercavo. Non volevo trovarlo. Volevo sapere se c'era.

Un giorno, senza preavviso, mentre prendevo una chìcchera per il caffellatte, ebbi l'illuminazione. Capii perché la Maria aveva paura. Mi ricordai di quell'asciughino e di quel dente.

Mi girai di botto: «Maria, cosa farai se...».

Non riuscii a finire la frase.

Lei si fermò, mi guardò e sorrise di nebbia.

«Non ci pensare, Delia. Non succederà nulla.» Lo disse con la voce della menzogna.

Lei lo intese dal mio sguardo che ora sapevo, e aggiunse solo: «Sopravviveremo. Dobbiamo solamente stare attenti».

E io compresi che il tempo della gioia era finito.

In casa c'era ancora un viavai di persone, ma non più come prima. Non c'erano le serate di chiacchiere alte, le discussioni su Leopardi e Goethe davanti a un bicchiere di vino e ai minuzzoli sul tavolo. Si parlava a bassa voce, seduti sul bordo delle sedie, coi pugni nelle tasche e gli occhi fuori. Entravano uomini con lo sguardo in travaglio e le mani che si stringevano tra loro prima di salutare. Venivano la sera, quando Firenze era più silenziosa, quando le finestre si chiudevano. Erano professori, giornalisti, avvocati, persone che avevano smesso di credere nelle promesse del regime e cercavano un modo per resistere. Non pronunziavano mai la parola "Resistenza". Ma si vedeva che la portavano addosso.

Il babbo non diceva niente di esplicito, ma io sapevo. Una sera, sarà stato luglio del 1940, dopo l'annuncio dell'entrata in guerra, col regime pieno d'euforia e la convinzione che la guerra sarebbe stata breve e vittoriosa anche per via della fulminea vittoria della Germania sulla Francia, Ranuccio Bianchi Bandinelli venne a casa nostra. La mamma aveva preparato una cena piccina, perché la guerra chiudeva la bocca anche ai nostri fornelli. Lui aveva mangiato poco. Non si parlò di Hitler e Mussolini con il tono di quel lontano 10 maggio, intarsiato di paura ma anche di curiosità. Era rimasto solo il terrore, che rimbombava di più quando non dicevano nulla.

«A Roma son certi sarà una guerra veloce» masticò il babbo.

«A Roma sono degli sciocchi» aveva risposto Bandinelli.

Guardai la mamma. Non apriva mai bocca, durante quelle cene. Non le piacevano i discorsi sulla politica. O forse non voleva ascoltarli. O forse, ogni volta che sentiva parlare di guerra, si vedeva già morta. Come quando si guardava allo specchio.

La Gloria cresceva. Aveva tredici anni nel '40 e un sorriso bello, ma sempre sul punto di spegnersi. Non capiva tutto, ma capiva abbastanza.

Una volta, mentre eravamo nel cortile, vedemmo la Maria litigare con una donna.

«Tu dovresti ringraziarlo i' Duce!» le disse la signora guardandola con disprezzo.

«Io non ringrazio nessuno. Men che mai un merdaiolo.»

Fu una scena rapida, ma la sua voce aveva un tono diverso. Fu la prima volta che la vidi perdere il controllo, tentennando.

La Gloria la sera mi chiese: «Perché ce l'avevano con la Maria?».

Io non risposi. Dissi che non mi ero accorta di nulla.

I giorni affondavano e le notti erano peste, come se il cielo si fosse chiuso sopra le case e non volesse più farsi vedere. Le vetrine piene di luce erano una memoria, i passi per strada si sentivano netti, perché erano di meno e avevano sempre fretta. La città non diceva più, bisbigliava.

Io parlavo sempre meno col babbo.

Stava chiuso nello studio, fumava e leggeva. Leggeva tutto, come se nei libri potesse trovare la risposta che gli mancava. Ogni tanto mi sedevo accanto a lui, vicino alla pila che aveva costruito per me, e lo guardavo. Lui sfogliava le pagine con la calma di sempre, con il vizio dell'indice che girava sul bordo del foglio prima di voltarlo. Mio padre era colto e razionale, con un ordine mentale che non si permetteva mai di spezzare. Ma non era come prima. C'era qualcosa nei suoi occhi che era trasmutato, un'ombra che vedevo da anni e che aveva sempre avuto, ma che ora s'era fatta tutt'uno col buio.

Si alzava presto e usciva, con la sciarpa stretta intorno al collo e un cappotto che sembrava sempre pesante, anche d'estate. Non diceva dove andava e io non chiedevo. Ogni tanto lo seguivo con lo sguardo fino alla porta, e capivo quando stava andando da Nilo, il barrocciaio.

La mamma in salotto, seduta sul divano con le ali.

Era come se tra loro ci fosse qualcosa che impediva di guardarsi.

Amavo il babbo. Ma amavo anche la mamma. E vederli

così, divisi da un vetro che nessuno di loro avrebbe mai provato a rompere, mi faceva patire.

Lei non aveva più suonato. Qualche volta, quando nessuno la guardava, apriva il pianoforte, ci passava sopra una mano, toccava sempre la stessa nota e poi lo richiudeva. Io la vedevo.

Nilo era sempre lì, a cavallo tra via del Proconsolo e via Martelli, con il suo carretto stracolmo di libri, polverosi ma mai tristi. Per me, ormai adulta, lui era la ciambella zuccherata, morbida e profumata che da bambina, durante le scarpinate, il babbo mi comprava alle pasticcerie o dai venditori ambulanti.

Per il babbo c'erano due modi per leggere un libro: prenderlo in biblioteca e trattarlo come un'ospite educato, oppure comprarlo dal barrocciaio e renderlo proprio per sempre. In realtà erano parole che mi aveva detto anni prima, ma che io conservavo gelosamente, illudendomi potesse ancora ripetermele.

Io andavo meno da Nilo, ma ogni volta che gli passavo accanto rallentavo il passo, per assicurarmi fosse ancora lì.

Una mattina di febbraio del '42, ricordo bene, mi ci fermai.

«Delia! Pensavo il babbo t'avesse messa sottochiave!»

«No, non sono più bambina!»

«Ah, non sei più bambina?» si finse sorpreso. «E allora perché tu hai negli occhi la stessa curiosità di quando venivi a sbirciare i libri di nascosto?» Poi, come a fare un

inchino, si piegò sotto il carretto e tirò fuori un piccolo volume rilegato in tela blu. «Ti servirà.»

Lo presi. Era La condizione umana *di Malraux.*

Quello. Quello con le pagine che il babbo mi aveva rubato.

Lo guardai, lo toccai con tutta la mano. Come faceva il prete con la Bibbia durante la Messa.

«Forse questa volta tu riescirai a leggerlo tutto.»

Lo presi.

Nilo me lo dette perché non lo riportassi più indietro.

E così feci.

21
Glorie e bottoni

Campi Bisenzio, 20 giugno 1973

La porta del Cantuccio si spalanca come una labbrata. È pomeriggio ma c'è quell'arietta del post-prandiale che anche ad agosto, quando c'è il riscontro, fa gelare.

Una donna mora dagli occhi azzurri, il viso contratto come il suo soprabito chiuso fino al collo, quasi a voler creare una barriera tra sé e il mondo, entra.

Irma la vede subito. Si alza di scatto dal tavolo dove è seduta con la Delia.

«Mamma.»

La donna si ferma in mezzo alla stanza, ignorando lo sguardo del Cantuccio.

«Non ti pare di averne fatte abbastanza?» dice, con la voce bassa e tesa.

La Delia non si muove. «Non è più una bambina.»

«Non è nemmeno avvezza al tuo modo di esser donna.»

Irma stringe i pugni.

«Mamma. Non sono scappata, ho scelto io di venir qui.»

«Uguali» la donna fa un sorriso asprigno. «Speravo fossi meglio» guardando il tavolo dove sono sedute entrambe.

Quello "speravo" arriva come un bastone dritto sulla bocca. Le parole di una madre sanno sempre far sanguinare nel punto giusto.

«Non capisci, mamma!»

«Non voglio capire.»

Il silenzio sbrodola sulle seggiole, i tavoli e su ogni cosa viva.

«Va bene. Rimani qui, in questo sudiciumaio.»

Irma guarda la Delia che sta come torre ferma.

La donna le punta, si stringe il collo del soprabito come se una folata di vento l'avesse colpita, si volta ed esce. Irma le corre dietro facendo cascare lo sgabellino in terra, che tonfa con un rumore pauroso.

«Mamma!» le va dietro.

Un suono stridulo, uno scampanellio si avvicina.

Una bicicletta scassata, una Graziella.

È Gigione, cappello calcato in testa, solito giaccone, mani che strozzano il manubrio. Si ferma davanti a Irma, che barcolla, senza nemmeno guardare di sguincio la donna che sta andando via. Scende dalla bici tutta piena di rosari avvorticciolati al manubrio e se ne fa rotolare uno tra le dita.

Poi lo mette al collo a Irma. E lei, mentre gocciola, abbassa lo sguardo sul piccolo crocifisso di legno.

«Non tu devi piangere, Irma» dice lui.

Lei fa per respingerlo. «Lasciami stare, Gigione. Ti prego.»

«No» le dice, con quella voce chiusa, con le parole che faticano a uscire.

Irma rifà no con la testa e guarda quel soprabito che non si volta mai, stringendo il rosario tra le dita.

«No, non ce la fo, lasciami, guarda come sono!» e comincia a correre dalla parte opposta, in mezzo ai campi, con le onde nelle scarpe, in un mare di gelsomini.

Gigione butta la bicicletta in terra e le va dietro.

La Delia, ferma, guarda la scena dalla porta aperta.

Vola Irma e urla col vento che fa da sé: «Un mostro, storpia, zoppa, in questo posto dove non lo so nemmeno io icché son venuta a fare! Preferirei schiantare!».

Gigione la raggiunge e, prima che l'agguanti, lei cade come su una nuvola, e sparisce tra i gelsomini. Lui la segue e fa franare ogni cosa lo circondi, stiacciando mezzo campo fiorito, poi dopo essersi messo a posto il culone buono, la fissa. E scoppia a ridere.

«V'aspetto tutti di là!»

Irma lo guarda.

Gigione si batte il petto con un pugno forte. «Che lo sai che lavoro fo io?»

Irma scuote la testa.

Gigione si fa serio: «I' volontario alla Misericordia, sì, una delle più antiche confraternite di volontariato».

Irma lo fissa, come si fissa qualcuno quando si patisce e si cerca di disviare il male.

«La Misericordia di Campi Bisenzio. La dà assistenza, si portano i malati, si fanno i servizi di ambulanza. E poi...»

Si interrompe un attimo.

«E poi fo le esumazioni. Eh, sì. Quando i' familiari hanno paura di andare a disseppellire i morti...» Gigione fa un gesto ampio con la mano e si ribatte forte il petto: «Vo' io!».

Irma spalanca lo sguardo bello.

«Quando una persona sta nella bara, gli si mette la corona di rosario in mano. A omini e donne. Poi, quando ci sono solo le ossa, si leva tutto. Se ci sono rimasti pezzi di vestito, si levano anche quelli.»

Irma rabbrividisce.

Gigione si ribatte il petto. «Le piglio io, le corone. E le attorciglio tutte a i' manubrio della bicicletta. Le porto con me.»

Irma si guarda il rosario che ha al collo.

Gigione lo fissa e la voce si abbassa. «Quando vo per i campi o pe' la strada e qualcuno mi saluta, gli dico sempre: "V'aspetto tutti di là!".»

«Là dove?» domanda pianino Irma.

«Là! A i' cimitero.»

Si sentono solo i gelsomini.

«Ho fatto cinque anni di guerra, io.»

Lo dice senza enfasi, senza orgoglio.

Irma col moccico brillante che sgocciola: «Non lo sapevo».

Gigione continua: «Son stato uno dei pochi scampati dalla nave *Paganini*».

Annuisce. «Sì. La fu silurata nel '40. Eravamo partiti per l'Albania. Più di duecento morti. Ma io nuotai fino a riva. Sì. Nuotai.»

Gli occhi di Irma si sgranano: «Sei sopravvissuto...».

«Eh, sì.»

E dopo un sospiro che sposta il cielo: «Ma mica solo a quello». Poi, carezzando con le manone la testa di un gelsomino: «Dopo l'8 settembre venni preso dai tedeschi. Mi mandarono a Mauthausen». Gigione si ripicchia il petto come se solfeggiasse. «E mi misero a buttare i corpi nei forni crematori.»

La voce piatta, senza emozione.

«Ho visto tutto io. L'ho fatto io.»

Irma si copre la bocca con una mano. «Mi dispiace... Ti faceva effetto?»

Gigione scrolla le spalle. «No. Perché ci parlavo. A ogni morto gli davo un ultimo saluto, una frase, una preghiera. Pe' ognuno. Son l'ultimo che hanno visto.»

Poi guarda lontano, lontano.

«'Un l'ho mai saputo i' nome. Ma ho sempre pensato si chiamasse come la mi' mamma, Lucia. Era una bambina. Magra magra, coi piedi che pareva non toccassero terra.»

Poi, come a ricordare una formula matematica o qualcosa di complicato: «A Mauthausen c'era sempre odor di cenere, di un dolce stucco... Ma la notte i' freddo ti tagliava come i' vetro. Si dormiva sulle assi e ci si svegliava nni fango.

«E urli, sempre urli a tutte l'ore de' giorno e della notte.

«Lei no. Lei non piangeva mai.

«La vedevo in fila, ogni tanto. Sempre a guardassi tra le mani. Lo stesso sassolino liscio, un bottone e un filino rosso legato a i' polso. L'aveva occhi solo per loro.

«Chissà. Chissà... Qualcuno gliel'aveva dati forse o la gl'aveva trovati in terra e se l'era tenuti stretti, come fossero i sua. Come se ci fosse ancora quarcosa di suo.»

Solo gelsomini.

«Poi un giorno fu il suo turno.

«La riconobbi subito. Era lì, davanti a me, con le dita aggrappate a' i' sassolino, a i' bottone e co' i' filino rosso ancora a i' polso. Gli dissi l'ultima parola: "Chissà, forse quando tu guardavi que' bottone, tu t'immaginavi di essere a casa con la mamma che cuciva e, forse, che que' filino rosso fosse la mano di chi 'un tu volevi lasciare.

Lucia, ti chiami, come la luce. Ti ho visto stringere i' tuo sassolino liscio tante volte e ho pensato che forse, chiudendo gli occhi, immaginavi il mare. Ora tu sei lì. Tu sei libera, bambina mia".»

Irma piange con altre lacrime: «E poi?».

«Poi tornai a Campi. E ora son quello che sono.»

Gigione le posa una mano sulla spalla. Irma chiude gli occhi.

«Non tu devi piangere, Irma, perché te tu lo vedi ancora i' mare.»

Lei inspira, piano.

«V'aspetto tutti di là...» vocia Gigione, e si batte forte il petto.

E, per la prima volta dopo tanto tempo, Irma sorride, tra il moccico e il salato.

22
L'impari lotta

Firenze, 8-9 settembre 1943

La notte, quando volevo essere felice, pensavo a lui. Al ragazzo dagli occhi azzurri. Era un pensiero buono, uno scrigno che aprivo e da cui uscivano stelle e fiocchi di neve. Forse, in un altro tempo, in un'altra vita, avrei potuto conoscerlo davvero. Ma quella non era un'altra vita, e l'8 settembre 1943 crollò su tutta quella che avevo.

La voce venne nella sera di un blu livido, senza luci e con l'aria che sapeva d'un'estate consumata di furia. Erano quasi le otto e io ero seduta in salotto, con le mani che abbracciavano la tazza fredda. Avevo ventisette anni e nove mesi e i capelli sciolti. Sentii il babbo rincorrere il suo respiro. Era accanto alla radio, immobile.

Badoglio parlò: «Il Governo italiano, riconosciuta l'impossibilità di continuare l'impari lotta contro la soverchiante potenza avversaria, nell'intento di risparmiare ulteriori e più gravi sciagure alla Nazione, ha chiesto un armistizio al generale Eisenhower, comandante in capo delle forze alleate anglo-americane. La richiesta è stata accolta».

Il silenzio ingollò le parole e si infilò in ogni dove. La mamma chiuse gli occhi. La Gloria, con il quaderno sulle ginocchia, smise di scrivere. La Maria, in piedi, non fece nulla.

«È finita?» chiese mia sorella, con la voce di chi ha ancora il diritto di sperare.

Nessuno rispose.

Il babbo si tolse gli occhiali: «Ora viene il peggio».

Io guardai la Maria. Era una pietra, ma le mani le tremavano.

La mattina del 9 settembre Firenze si svegliò con una febbre che la faceva sragionare. Spersi. I soldati italiani erano ormai senza ordine né meta. Pulcini senza chioccia. Non sapevano dove guardare, cosa fare, con quelle divise che erano diventate sudari. Le camionette erano più leggere, ma non sapevano più chi fosse il nemico, né dove fosse la patria.

Eravamo tutti appestati, senza la ragione, non c'era più un giusto e uno sbagliato. Le uniformi venivano nascoste in casa di chi ancora aveva il coraggio di offrire un rifugio. Si diceva che i tedeschi sarebbero andati via, che la guerra fosse finita. Ma la guerra non finisce mai con le parole.

In poche ore Firenze mutò. I tedeschi non lasciarono la città. Anzi. Arrivarono. Di più. All'inizio disorientati, poi principiarono ad agire con metodo e violenza, come chi sa bene che il potere passa sempre attraverso la paura.

Le botteghe avevano le saracinesche abbassate, le case erano sprangate. Nei quartieri poveri si sussurrava «Rastrellamenti». La guerra era diventata un'altra cosa. Eravamo ufficialmente traditori. E nulla ci avrebbe salvati.

La Maria lo sapeva. Lo vidi nei suoi occhi quando Nilo il barrocciaio venne quella sera a bussare alla porta. Non sapevo si conoscessero.

«Maria, Maria Cassuto. Stanotte partono i rastrellamenti» gli sentii dire senza enfasi, senza fretta, come chi non ha bisogno di aggiungere altro.

La Maria chiuse la porta e si voltò verso di noi.

Non avevo mai saputo il suo cognome. Era sempre stata solo la Maria, per me.

Ci guardò uno a uno con gli occhi di pece e poi, come ci vedesse per la prima volta, prese lo scialle, schiantandoselo sulle spalle, risoluta, come aveva sempre fatto per ogni cosa. Che fossero stati baccelli da sgusciare o lo sgabello da mettersi sotto i' culo.

«Dove vai?» chiese il babbo.

Io non riuscii a dire nulla. Mi tremava il labbro con spasmi controllati dalla disperazione.

«Devo avvertire» disse.

«Non puoi uscire adesso» ribatté lui, flebile, come sapesse che non poteva fermarla.

La Maria sorrise senza dolcezza: «Son di già usciti per prendermi. Solo che ancora non lo sanno».

Si girò e andò.

Mi pisciai addosso. Sentii caldo in mezzo alle gambe. Non capivo nulla. Vedevo il divano, la luce, il profumo di casa che sparivano dalla vista, un male dentro il naso. Pensai non l'avrei più rivista. Pensai che nulla di peggio poteva succedermi.

Non dormii quella notte. Non dormii più.

La Maria tornò la mattina dopo. Ma era come se un mutismo avesse gonfiato le bocche. Nessuno chiese nulla. Nemmeno io. Non lo so perché. Era come se tutto quello che conoscevo fosse stato cancellato e riscritto, ridisegnato, più brutto, estraneo e spaventoso. Ogni rumore era minaccia, ogni passo era il diavolo che ci veniva a prendere. Soffocavo.

Noi, i vicini, gli amici del babbo, tutti, eravamo a un bivio: collaborare o nasconderci, fuggire o combattere.

Spesso pensavo a lui. Al ragazzo dagli occhi azzurri.

Mi chiedevo se fosse rimasto. Se si fosse nascosto o se stesse preparando la fuga.

O la lotta.

23
Dentifricio e mangianastri

Campi Bisenzio, 20 giugno 1973

La Delia blocca Irma in corridoio. In penombra. Col Cantuccio silente. Quasi un agguato. C'è una grande afa.

«È il migliore che c'è qui, un puro, che sa riconoscere i suoi simili.

«I bambini di Campi raccontavano che avevano paura di lui da piccini, perché parlava da solo. Camminava lungo l'argine e parlava da solo. Ma i genitori dicevano che non c'era nulla di male, che era solo strano, che era diverso.

«Grosso. Era più grosso degli altri.

«Lo chiamavano Gigione, all'anagrafe Luigi Gori.

«Correva, saltava, voleva vincere sempre. Se c'era una gara la faceva e la vinceva. Erano gare di paese, ma lui ci metteva tutto: la rabbia, la voglia di restare in piedi. Era bravo anche a fare il pugilato. Ma più che a tirarli, i cazzotti, era bravo a prenderli. Voleva resistere e resisteva. Il fiato non gli mancava. Incassava, incassava bene Gigione e lo ripeteva spesso: "Io sono un incassatore".

«Quando arrivò la guerra quel fisico grosso gli servì. Nuotò Gigione per salvarsi dalla nave Paganini, nuotò con tutta l'aria che aveva in corpo, nuotò finché non vide la salvezza. Poi a Mauthausen lo misero a buttare i corpi nei forni crematori. Quel fisico grosso gli servì ancora una volta per sopravvivere. Ma forse soltanto fuori.

«Perché non si muore subito. Si muore a pezzi.

«Quando tutto finì, tornò a Campi. Iniziò a esumare i morti. Lo faceva lui, perché i parenti non ci volevano andare, piangevano. Ma lui no. A lui non gli faceva effetto più nulla. Quando rimanevano soltanto le ossa stava lì, fermo, e le guardava. Dopo aver levato i brandelli di vestiti, le uniche cose che restavano, erano rosari e collanine, piccole cose senza peso, ma con tanta storia. Perché qualcuno le aveva portate con sé. Le aveva strette in mano, le aveva tenute in tasca, sotto la giacca. Come se potessero servire ancora.

«Lui le prendeva tutte e le avvolgeva al manubrio della bicicletta, le portava con sé. Perché rimanessero. Perché potessero rivedere la luce.»

Si ferma di botto la Delia, come per pigliare la rincorsa.

«Per questo dice sempre a chiunque incroci – che siano giovani, uomini, donne, vecchi, poveri o signore impellicciate –: "Tanto v'aspetto tutti di là". Tutti laggiù. Al cimitero. Perché sa che si finisce tutti lì. Uguali.»

Respira.

«Della guerra Gigione non ha mai raccontato tanto. Ma sia la guerra sia la su' vita sono sempre state tutte in quella frase lì: "Io sono un incassatore. Io sono bravo a incassare". È vero. Lo è sempre stato.»

Ora si sentono forti le cicale.

Irma, dopo essersi lavata i denti, uscita dal bagno, se l'è trovata davanti, col diario in mano e una sottoveste dai ricami d'oro. Come se la Delia l'avesse aspettata o fosse capitata lì, in quell'istante. Quello giusto.

Son quei momenti che ti fanno capire come nella vita nulla accada per caso e come, sovente, quello che avviene, conviene.

Irma la guarda con confidenza nuova.

«Non sapevo di Gigione... E non m'aspettavo che la mamma venisse. Non s'è nemmeno rigirata a salutarmi.»

Lo dice con una franchezza dolce che spezza.

«Alla fine, credo sia contenta me ne sia andata.

«Non sono mai stata una figlia difficile. Ma nemmeno quella giusta.

«E quando non sei né un dolore né un orgoglio, ti lasciano in mezzo, dove non si guarda.»

La Delia piglia uno sgabello e s'accende una sigaretta

con le unghie di smalto rosse. Il fiammifero le trema appena tra le dita.

«Irma, una vita felice significa aver combattuto.

«Si sente e si prova continuamente insoddisfazione, perché è faticoso dover riparare qualcosa, come un vecchio mangianastri. Richiede sforzo, tempo. Certo, si potrebbe buttarlo e pigliarne un altro. Ma che questo sia un ragionamento sbagliato te lo dimostra la vita stessa. Anche se si casca, se si ha fame e sete, anche se ci si sente vinti, sfortunati, non voluti, anche se si arriva a disprezzarla, bisogna accettare che è proprio così che deve essere, la vita. Qualsiasi esistenza ci si trovi tra le mani, per via del destino, o della storia, si ha il dovere di seguirla, di provare a ripararla, perché non se ne può scegliere un'altra. E l'amore verso qualsiasi cosa, uomini e bestie, funziona esattamente nella medesima maniera.

«L'amore non è un oggetto che si trova, ma qualcosa che si produce e che deve essere riprodotto ogni giorno, dall'inizio. L'amore non è la ricetta per una gioia continua, ma quella per cucinare desinari che rendano la giornata più buona. Ed è anche questo parte del suo sapore. Le toppe di piacere sono l'unico ingrediente di una vita felice.»

Glielo dice davanti al gabinetto.

Poi, terminato il discorso, squadra Irma muta, ancora con lo spazzolino in mano, e le dice: «Ti sei insudiciata tutta di dentifricio. Ce l'hai anche nei capelli, e in ogni dove. Vai a sciacquarti». Volta il culo e parte per camera sua, sprangandosi la porta alle spalle.

E lasciando dietro di sé un profumo buonissimo.

Bianco.

Come il dentifricio.

24
Gino e il mare che non affoga

Firenze, sabato 25 settembre 1943

Quella notte il cielo di Firenze cadde. Le sirene e tutto il creato urlavano, i vetri tremavano come capelli.

La mia immagine sono i lampi ruzzolati dal cielo.

Buttarono giù Gino, il mio albero. Passarono sopra ogni cosa. La natura e la Vita.

Erano scoppi di luce, coriandoli di luce, erano stelle cadenti. Ma a cadere non erano mai le stelle.

La polvere, l'aria, le case, i cieli, tutte le cose belle della natura erano diventate cattive. Esplodevano, si facevano nuvole che strozzavano il cielo.

In un secondo, nulla era più della domestica quiete, della dolce melanconia di un paesaggio che era sempre stato caro a se stesso.

Per me, ragazza, guardare Gino, il mio albero davanti

casa, con quella piccola curva dinoccolata su cui passavo con gli occhi, era come guardare la mia mano. E quel sabato mattina andò giù pianino pianino, scrocchiando come una crosta di pane troppo cotta.

Quel giorno la sottana mi si gonfiò, non perché ero una principessa, né perché ci fosse vento.

Non si vedeva nulla e la notte sembrava un susseguirsi di fermi immagine muti e di fotografie. E i momenti di buio che li precedevano, in cui aspettavi che la luce delle bombe e dei fuochi diacci della battaglia ti mostrassero cosa c'era, sono, ancora oggi, la cosa più spaventosa che mai vedrò.

Perché la paura è più sdentata e pelosa della morte.

Guardavo quel marciapiede, quello dove stavo seduta a mangiare il panino con la bologna in quei pomeriggi che mi parevano così banali, e che non sapevano si stavano preparando a essere ricordi. I più belli che mi sarebbero mai galleggiati negli occhi.

C'era Piero, con la sua giacca e la cravatta, che pareva sempre uscito dalla Messa della domenica, con il giornale sotto il braccio e gli zigomi appuntiti e lustri come i capelli, ma senza la brillantina. E stava là seduto. Con il ciuffo su un occhio. E una lacrima di sangue che riusciva a non sfigurare con la pelle. Gli occhi erano diventati enormi, non c'era più nemmeno un filo di bianco, eran solo pupille, come pozzi neri senza eco. Stava seduto con l'impermeabile ancora adagiato sul ginocchio, Piero… ed era come un bambino. Cercava di acchiappare con una mano qualcosa con una lentezza che si sarebbe potuta dire aggraziata… ma che era solo terrore.

I morti erano quasi sempre con la faccia verso terra. Soprattutto i bambini.

Ho sempre pensato fosse l'ultima carezza che Dio poteva permettersi.

Il non vederli.

Era un mare di macerie. Ma non andavi giù, crepavi senza affogare.

Ho visto i morti.

E, forse, se ci penso bene, è così che sono diventata partigiana.

25
Il sentiero Ho Chi Minh

Firenze, 25 giugno 1973

«Prendi il sentiero Ho Chi Minh: Mauro lo trovi lì, se ho capito il tipo.»

Lo ha detto Angela. E Angela non sbaglia mai. Irma lo ha imparato in fretta.

Il "sentiero Ho Chi Minh" attraversa il giardino alla fine dell'orto botanico e porta a Lettere e Filosofia. È pratica comune dei gruppi studenteschi dare nomi simbolici e politici ai loro luoghi.

Irma cammina come se stesse imparando. La camicia è troppo grande, di cotone leggero, stinto, l'orlo sfilacciato, di Angela. O meglio, lo era, perché le ha detto: «Ora è tua. Io ci ho vissuto abbastanza». Pantaloni a zampa di tela grezza, della Lettèria. Non le stanno né larghi né stretti né male, le stanno e basta. I sandali di cuoio, duri come pietra, li ha presi al mercato di San Lorenzo e ancora le segano la pelle. Non è più la ragazza strozzata da un filo di perle. Ora è quella con le stimmate ai piedi.

Firenze, a giugno, sa di polvere e di benzina. L'asfalto boccheggia. Un gruppo di studenti con le chitarre è a strasciconi sotto i portici, alcuni cantano *Contessa* di Paolo Pietrangeli, mentre fumano Nazionali senza filtro. Una Vespa che viaggia a velocità croccante li sfiora, ma loro non se ne accorgono e non fanno una piega. Il ragazzo seduto dietro, con gli infradito e i capelli fino al culo, tiene in mano un ciclostilato con la scritta rossa: IL SESSO È POLITICO. L'UTERO È MIO. I giovani, da terra, ringraziano quasi dell'investimento col pugno sinistro alzato. Anche i non possidenti utero.

L'edicola accanto, mostra la gigantografia dell'ultimo numero di «Ciao 2001» con Johnny Winter in copertina, ma soprattutto quella della prima pagina dell'«Unità»: «A VENEZIA UNA FOLLA MAI VISTA, oltre duecentomila da tutta Italia alla indimenticabile manifestazione di chiusura del Festival dell'Unità. Berlinguer: "Battersi per una politica antifascista e di pace per stroncare il carovita e dare sviluppo all'occupazione"».

Irma svolta in via degli Alfani. "Il 'sentiero Ho Chi Minh' lo piglio un'altra volta" pensa, "oggi ho troppo male ai piedi."

La facoltà di Lettere e Filosofia è peculiare, perché

vive tra edifici del centro che portano addosso i segni del cuscino della storia. Un complesso che racchiude in sé strutture antiche collegate tra loro, un tempo monastiche, un tempo piene di inginocchiatoi e acquasantiere. Bizzarro, per un posto in cui, nel 1973, i giovani, invece, vogliono solo stare in piedi.

Una parte della facoltà è ospitata anche nei pressi della Santissima Annunziata, dove c'è il chiostro del Nigetti: uno spazio barocco con colonne tuscaniche, in cui si studia e si discute con agio e struggimento per gli occhi. Loco suggestivo per assemblee e amore, quelle sì, a cui ci si inginocchia. Ma rimanendo in piedi. Come è uso fare il popolo toscano.

Il portone di via degli Alfani è di legno massiccio, scuro, con borchie grosse e grossolane. Il pavimento in pietra serena – consunta dal passaggio di generazioni di studenti – è, difatti, un gran chiacchierone. I corridoi lunghi dai soffitti a volta. I laboratori polverosi, inzuppati di odore di colla e legno, carichi di modellini architettonici. Le finestre con gli infissi in ferro battuto si aprono su vicoli o piccoli cortili interni che non son veri e propri chiostri, ma spazi aperti con loggiati pullulanti di studenti e segreti. Lettere e Filosofia vive di sacro e profano, intinta nella solennità della Firenze rinascimentale e macchiata della turbolenza di questi anni Settanta. L'odore che ti stordisce è di gioventù: un misto di umidità, carta, inchiostro e sigaretta, perché i ragazzi fumano ovunque.

Irma entra e attraversa il corridoio fresco, con l'eco dei passi sulle lastre di pietra e le voci che, tra discussioni politiche e accademiche, rimbalzano tra le volte.

Entra nel cortile. Una sensazione di indipendenza, potere e libertà. Ciabatta più forte, per sentire il rumore del cuoio sul pavimento. Per esserci. Non lo fa con tutti i passi, non lo fa nel cortile che, dopo i corridoi interni e ombrosi, le si apre come uno stadio assolato durante i Mondiali. Una moltitudine di teste, borse, verde e marrone e musica: chi litiga su un volantino, chi vola su un lenzuolo.

Mauro.

Eccolo.

Lo riconosce dalla nuca. Le viene voglia di andare al gabinetto.

Sta parlando, e mentre lo fa si muove poco, non alza la voce. Ma intorno lo ascoltano. Tutti. Paiono discepoli.

Irma si ferma, si morde il labbro. Vuole essere lì. Ma si sente stonata.

Poi Mauro si gira, la vede. E torna a parlare.

Dopo un attimo la guarda ancora. Le sorride con gli occhi, le fa un cenno del capo e, senza vergogna, lancia: «Eri all'assemblea venerdì?».

Irma sente un piccolo scarto dentro, come una crosta che si stacca, qualcosa che le fa perdere l'equilibrio per un secondo. Annuisce.

E si avvicina quasi strisciando i piedi, per non far vedere che zoppica.

È terrorizzata che qualcuno ascolti ciò che lui le sta dicendo, assai di più che, nel camminare sia evidente il suo difetto. Difatti, gli si fa incontro più veloce che può.

Ora è a un metro da lui.

«È giusto quello che è stato detto in Aula Magna, secondo te?»

Tutti i ragazzi e soprattutto le ragazze che fanno da corolla a Mauro si voltano a guardarla, come in un incubo.

Ora, da vicino, sente quasi il profumo. Vede i capelli e il naso. E le mani. Gli vede pure una macchia di caffè sulla camicia bianca, che le pare la stessa della prima volta in cui l'ha guardato. Sente il cuore sulle corde vocali e crede non riuscirà a parlare. Si maledice.

Mentre un fischio le invade cervello e orecchie, risponde: «Quello che è stato detto era diverso. Diverso, da tutto quello che ho sentito finora».

Spera di capire cosa Mauro le risponderà, e guarda la sua bocca per leggere il labiale. Ma questo la disorienta ancora di più.

Lui la scruta per un attimo e si gira di nuovo verso il suo gruppo.

Irma rimane impalata. Si volta dopo un attimo sgomenta, per andare via, a morire.

Poi, di nuovo, lui, rivoltandosi: «Giusto. È diverso.

Allora torna. C'è bisogno di tutti. Diamo sempre il benvenuto a chi vuole capire».

Qualcuno lo chiama da lontano. Lui alza una mano per salutare, poi torna a guardarla: «Ci vediamo, allora. Tu sei?».

«Irma» piano, ma subito.

«Mauro.» E le regala la sua mano come una donazione.

La guarda davvero. Non con superficialità, non con curiosità forzata. Semplicemente, la vede.

Irma, per un secondo, pensa di non essere più invisibile.

Poi abbassa gli occhi e si sente poverina; quell'attimo l'ha esposta più di quanto sia capace a sopportare. In terra vede i passi di Mauro allontanarsi. Alza gli occhi, e non la guarda più nessuno, né i ragazzi né le ragazze che a quel Cristo facevano il girotondo. Perché non c'è più nessuno. Sono andati via. Con lui. Dietro a lui.

Allora Irma si muove. Può zoppicare senza che lui la veda, unico piccolo sollievo. Gira l'angolo e si appoggia contro la parete scrostata del corridoio. È un'estranea in quel posto, anche se Angela le ha spiegato tutto, anche se Lettèria le ha detto di lasciarsi andare.

Ancora un passo. Poi un altro. Poi un altro ancora. Anche se sbagliati e monchi come i suoi. Ce la deve fare. Si alza ed entra in un'aula dove un gruppetto discute e gesticola, sfogliando giornali, battendo pugni sul tavolo.

Uno di loro legge ad alta voce «l'Unità», scandendo le parole come se ogni frase fosse un editto. Irma si appoggia sul bordo di un termosifone, in convalescenza. Qualcuno la nota, ma nessuno le dice nulla. Si sente meno a disagio.

D'improvviso, preceduto da un vocìo da rockstar, di nuovo Mauro.

Entra ed è come se il tempo si piegasse attorno a lui, come se lo spazio si ridesse forma per accoglierlo. Cammina come chi viene ascoltato. Parla con qualcuno, poi si ferma, scansiona la stanza. La rivede.

E la riguarda.

«Irma, quanto tempo!» lo dice serio, con la confidenza che non riserva alle ragazze che gli si spiaccicano addosso, le compagne che lo seguono in ogni discussione, nei cortei, nelle riunioni e in camera.

Lei sente il calore salire dal petto al collo.

«Mauro.» Il suo nome le esplode in bocca.

«Vieni» le dice.

Non chiede. Nella voce di lui non è contemplata la possibilità di scelta, è un invito sottile ma imperativo. Irma si alza. Lui è già girato, esce dall'aula senza aspettare che lei lo segua.

Fuori, nel corridoio, il brusio, le voci fanno a cazzotti. Mauro si muove sicuro tra le persone. Qualcuno ride, una ragazza gli sfiora il braccio mentre gli dice qualcosa. Lui le risponde con un sorriso distratto. Poi si gira di nuovo verso Irma.

«Sai già dove stai andando?»

Lei esita.

«Non lo so.»

«Bene» Mauro annuisce, «allora stai andando nel posto giusto.» E ride, con quella sua risata che si apre di colpo, accogliente. Poi le si avvicina ancora e abbassa la voce: «C'è un'assemblea fra poco. Vieni con me?».

E profuma. La camicia è sempre la stessa ma profuma. D'assenzio.

Irma fa sì con la testa. È frastornata, una parte di lei vorrebbe essere a casa con le ciabatte. Ma Mauro la guarda come se il mondo potesse essere riscritto daccapo.

Entrano e la porta di un'aula si chiude dietro di loro. E, per la prima volta da quando è arrivata, Irma si sente nel posto giusto.

Durante l'assemblea, il dibattito è sudato e caldo. Si parla della lotta di classe, dell'organizzazione del Partito comunista. Irma ascolta, sente le parole e cerca di afferrarle.

Michelangelo, uno degli studenti più intransigenti: «Lenin diceva che bisogna aspirare alla dittatura del Partito comunista e non a quella della classe proletaria. Il partito dei capi agisce dall'alto e il partito delle masse aspetta l'ascesa della lotta dal basso. Se si rinunzia al dominio del Partito si rinunzia alla dittatura del proletariato e alla rivoluzione. La dittatura deve essere del Partito e, in casi estremi, di dati uomini del Partito».

Gigi scuote la testa: «La rivoluzione di classe è una guerra civile».

Vanni annuisce, rincara: «La dittatura del proletariato è una lotta tenace, cruenta, economica, pedagogica e amministrativa contro la vecchia società. La potenza dell'abitudine di milioni e decine di milioni di uomini è la più terribile delle forze».

Mauro, rimasto finora in silenzio, si sporge in avanti, con un sorriso che accresce il suo potere: «Senza una lotta continua, senza una parte che goda della fiducia delle masse, che sappia osservarle e influenzarle – e mai subirle –, non si fa la rivoluzione». Si ferma un attimo, poi aggiunge, quasi a bassa voce: «Una rivoluzione è il fatto più autoritario che ci sia».

Ha una sicurezza che la disarma. Lo osserva, cattura ogni parola, ogni interruzione. Ed è così che lo nota. Una deviazione appena percettibile, lo sguardo di Mauro cambia, la sua traiettoria si sposta appena, ma porta altrove. Irma la segue. Mauro fissa qualcuno in fondo alla sala. C'è un ragazzo scuro, più grande, appoggiato al muro, immobile. Come se fosse sempre stato lì. Uno scambio silenzioso, Irma lo percepisce prima ancora di vederlo.

Ma è un attimo.

La discussione continua, si allarga. Irma si sente un'altra volta profuga in mezzo a gente che non capisce, straniera, impenetrabile.

Poi, per un istante, Mauro la guarda.

E il mondo si inclina.

26
Patate e azzurro

Firenze-San Domenico, settembre-novembre 1943

Quel 25 settembre, dopo il primo bombardamento a Firenze, il babbo ci trascinò in cantina, la mamma stringeva la Gloria, la Maria aveva perso tutte e due le scarpe nella corsa e s'era tagliata un piede. Sanguinava ma non se n'era accorta. Non sentiva male. Io credo. Perché non disse nulla.

Non eravamo più spettatori.

Era l'inizio di non essere più al sicuro in città.

«Hanno distrutto Campo di Marte. La prossima volta tocca a noi» disse il babbo.

E decise che era tempo di andare.

E andare significava scappare. E scappa chi è in pericolo.

Sfollammo a San Domenico.

Prima di salire in macchina, quel giorno, posai lo

sguardo, come sempre facevo quando uscivo, su Gino. Ma non c'era più. Era andato per sempre. Mi venne voglia di vomitare. Non l'avevo potuto salutare.

Quando fummo in alto, sul viale verso Fiesole, guardai giù, Firenze tutta.

E pensai a lui. Al ragazzo con gli occhi azzurri.

Forse perché, nelle mie fughe, lui era sempre stato il mio unico approdo.

San Domenico era un angolo sospeso tra Firenze e Fiesole, un luogo che non apparteneva del tutto né alla città né alla collina. Da casa nostra, in viale Volta, per arrivare ci volevano circa quindici minuti. San Domenico era fatto da villette che s'affacciavano, a metà della salita, sulla strada che da Campo di Marte sale per andare su a Fiesole.

La nostra non era una casa di lusso, ma era impreziosita dalla campagna che l'abbracciava. Aveva mura ocra, un giardino stretto e lungo scortato da alberi di alloro, qualche cipresso e un glicine che si arrampicava testone su una pergola. Le stanze alte, i soffitti a travi e la biblioteca ordinata e luminosa. Il salotto con le poltrone di velluto verde, ormai un po' sbiadito, conservava il profumo di cera e delle tazze di tè che la Maria serviva nei pomeriggi d'inverno. Quando entrammo, mi sembrò tutto color seppia. Pensai fosse la polvere che avevo ancora negli occhi.

La nostra casa poggiava sul fianco della collina. Avvolta da campi di patate. Mangiavamo solo quelle. La mamma non aveva più il divano con le ali, né il pianoforte da guardare e quell'unica nota da suonare. Stava seduta tutto il giorno in punta di seggiola, alla finestra. Come di stucco.

A Firenze avevamo lasciato tanti amici. Tanto di tutto. Spesso con la bicicletta portavo in città un po' di patate, per aiutare chi non era sfollato ed era rimasto, vicino, ma così lontano.

Il 14 novembre del 1943 il vento pattinava sulla collina di San Domenico e portava con sé l'odore della terra bagnata e della guerra che infagottava Firenze. Io stringevo il manubrio della bicicletta e le mani mi facevano male dal freddo. Lasciavo che la strada in discesa mi portasse giù, verso la città, facendomi stancare meno le gambe.

All'angolo con la traversa di viale Volta, praticamente sotto casa, vidi due soldati tedeschi. Il cuore mi singhiozzò sullo sterno e istintivamente feci una manovra brusca, troppo brusca.

Il peso delle patate sul portapacchi piegò la bicicletta.

Provai a raddrizzarla, ma non ci riuscii. Caddi sull'asfalto bagnato. Le ginocchia mi frizzarono subito, l'aria densa come pommarola, il respiro si mozzò all'idea di quello che mi sarebbe potuto capitare. Per ciò che mi avrebbero potuto fare certe mani cattive.

Il sacco si era rotto, le patate erano ruzzolate dappertutto. Come bambini a ricreazione.

Avvertii prima un soffio dietro il collo e poi una mano

m'afferrò il polso. Ferma. Forte. Mi sentii mancare e capii fosse finita. Che la guerra era toccata anche a me.

Abbassai la testa. Lasciai il braccio molle e sconfitto.

«Ti sei fatta male?»

Tutto azzurro.

Smisi.

Anche di respirare.

Lui.

Il ragazzo dagli occhi azzurri.

Quello del 9 maggio 1938, quello che stava fermo tra la folla che danzava con Mussolini e Hitler. Erano quegli occhi. Più scavati, come avessero attraversato quei cinque anni che ci avevano separati, a piedi. Ma erano sempre quegli occhi.

Mi passai una mano sulla fronte. «No. Nulla. Nulla di rotto» dissi, «solo l'orgoglio... e il sacco.»

Lui abbassò lo sguardo sulle patate in gita.

«Non è un buon momento per sprecarle.»

«Lo so» risposi, e mi sembrò avesse detto la cosa più intelligente del mondo.

Si chinò e si mise a raccattarle. Il sacco lacerato lo stringevo tra le braccia.

Poi mi guardò le ginocchia.

«Ti sei sbucciata. Ti sorte i' sangue, ti fa male?»

Osservai il taglio sotto la calza strappata. Ma mi bruciavano solo il petto e gli occhi.

«No, no» dissi veloce.

«Hai spirito, ma fai fatica a stare in piedi.» Esitò, poi fece un piccolo cenno con la testa: «Abiti qui?».

Annuii.

«Sì. Qui, proprio qui» e indicai la porta con l'indice, come una bambina di fronte alla vetrina delle chicche. Poi aggiunsi: «Ma ora siam sfollati a San Domenico».

«Ah» disse lui. E, come fanno i prìncipi con le principesse nelle favole, mi ficcò una mano sotto le ginocchia, una intorno alla vita e mi elevò come lo Spirito Santo.

Credetti di svenire.

Mi chiese: «In casa non c'è nessuno? Hai da medicarti?».

«Porto le patate» risposi.

«Sì, l'ho capito che porti le patate, ma ce l'hai qualcosa per medicarti?»

Feci solo un cenno col capo.

Non potevo pensare di entrare in casa, in casa mia, in quella casa che per cinque anni era stata piena zeppa di quegli occhi azzurri. E che ora, proprio loro, l'avrebbero guardata.

In braccio a lui, parevo un cencio senza bocca, più che una principessa svenuta.

Mi ricordai che il babbo aveva nascosto la chiave sotto una mattonella ballerina, gliela indicai con un indice sfiatato e lui, incredibilmente, capì.

E anche se mi teneva in collo, si inginocchiò con agio,

quasi raccogliesse un fiore e poi, come in una coreografia provata mille volte, io presi la chiave, la infilai nella toppa, ed entrammo.

Essere nel nostro salotto vuoto, senza il babbo, insieme a lui che mi teneva come un sacco di patate pieno, mi sembrò un sogno. E tra il freddo, la paura, il frizzio del ginocchio, la guerra e quegli occhi non credevo avrei scavallato la giornata.

Mi posò sul divano con le ali, poi si voltò per guardarsi intorno. Il naso mi gocciolava e, quando non mi vedeva, mi asciugavo il moccico con la manica.

Dentro casa, silenzio.

L'aria era calda. Odore di legno, stoffa umida, polvere.

Rimase in piedi accanto alla porta, in attesa dicessi qualcosa.

Mi resi conto. E mi rizzai di botto.

«Vo in bagno.»

«Ah! Allora non ti faceva tanto male la gamba. Non c'era neanche bisogno ti prendessi in collo…»

Diventai paonazza. Tornai con una bacinella e della tintura di iodio, che però era quasi finita.

«Ce l'hai dell'aceto?»

«L'aceto?»

«Sì, l'aceto. Disinfetta anche quello, ma voi ragazze borghesi, forse, non lo sapete.»

«Non lo so. Credo ci sia.»

«Dov'è la cucina?»

Gliela indicai con gli occhi e la bazza.

«Aspettami su codesto divano con le ali.»

«Come fai a sapere che si chiama "divano con le ali"?» dissi senza pensare, rizzandomi come una mantide.

«Perché c'ho gli occhi. Ha le ali. È un divano con le ali!»

E andò in cucina. Tornò dopo poco con l'aceto e me lo porse.

Io m'arrotolai il calzettone e mi misi a pulire la ferita.

Dopo avermi scrutato dall'alto – era molto alto, sarà stato un metro e novanta e passa –, mi s'accovacciò davanti, come quando ti fanno la proposta di matrimonio.

«Fo io.»

Non protestai.

Bagnò il panno e lo passò con attenzione sulla pelle, con le sopracciglia corrugate e una concentrazione che commuoveva.

Ero paonazza. Il cuore mi batteva come un tamburo.

Non parlammo.

Ci guardammo soltanto.

Ci piacemmo in silenzio.

Ma non era un silenzio normale. Era un silenzio denso, come semolino.

Mi guardava perché voleva capire, non chi fossi, ma come fossi.

«E te? Perché sei ancora qui?»

Era una domanda semplice, ma io ero in brodo di giuggiole.

«Qui dove?»

«A Firenze. A portare patate in bicicletta. Sei una donna fatta.»

Non sapevo cosa rispondere.

Si alzò e si passò una mano tra i capelli. Sembrava quasi irritato.

«Non basta. Lo sai, vero?»

Abbassai lo sguardo. Parlava per editti. Era dolce e poi a tratti si rabbuiava e mi diceva cose tremende come se mi conoscesse da sempre.

Si voltò verso la finestra e, guardando lontano: «Il forte c'ha l'obbligo di proteggere il debole, e se non lo fa, è un codardo che si nasconde dietro alla sua potenza. Ricordati che nessuno ci darà niente. Dobbiamo prendercelo».

Poi guardò me.

«Come torni?»

«Dove?»

«Come dove? A San Domenico!»

«A piedi.»

«A piedi?» e la sua voce non aveva sorpresa. «Fino a San Domenico?»

«Non è lontano» dissi, sperando di non sbagliare risposta o che comunque a lui quella non sembrasse una risposta sbagliata.

«Ci vogliono quaranta minuti a passo svelto.»

«Ce la fo.»

Si passò un'altra volta la mano tra i capelli: «Domani, se vieni in via Martelli, la trovi sistemata, la bicicletta. Alla libreria Monte Latini».

«Ah» dissi frastornata, «perché in libreria?»

«Perché è un posto dove si aggiustano le cose.»

Gli guardai le scarpe e riuscii a dire solo: «Ah».

«Come ti chiami te?»

«Io?»

«E chi sennò, il divano?»

«Delia.»

«Sandro. A domani, Delia.»

«Sì.»

Ascoltare il mio nome che usciva da lui. Non mi ero mai sentita così importante e bella.

Mi lasciò lì sul divano con le ali.

A volare.

27
Lettere e Soviet

Campi Bisenzio, 26 giugno 1973

Irma, Angela, Lettèria, Gigione e Alfonso sono nel cuore del Cantuccio. La Delia è in camera, ma sente ogni cosa. Ormai Irma assomiglia a una ragazza della sua età, moderna, ma ha sempre quelle movenze pulite, nate nell'agio.

«È vero. I' '68 è stato un grande movimento. Culturale, in prìmisse» fa i' Pugi serio, mentre gonfia la ruota della Graziella di Gigione con tutti i crocifissi che smossi, cantano, e prosegue: «E come tutti i movimenti culturali ha provocato e provoca ancora oggi, che siamo nel 1973, una revisione politica e sociale. Che te la posso dire la mia, bella compagna Irma la dolce?».

«Sì, Pugi, certo» subito lei, ormai attentissima a questo tipo di discorsi.

«Anch' io – che son contadino e anarchico – nel '68 sono andato nelle piazze, coi giovani, le donne, i vecchi e gli operai…»

«Ah, ora anche rivoluzionario…» dice Alfonso per protagonistare.

«ZITTO!» scappa a Gigione, che si fa coraggioso quando i' Pugi parla accorato.

E con l'allucione nervoso e le froge del naso di bragia, Carlo seguita: «E sai chi m'ha spiegato perché stavo per la strada a protestare, perché mi sentivo quel malessere che agitava me, la gioventù e tutto il creato?

«È stato Don Milani.

«Tutti eravamo attratti dalle suggestioni che venivano dall'Oriente, da Mao, da Ho Chi Minh. Ma a me questi qui non me lo spiegavano il senso di ingiustizia che mi s'affastellava dentro, che mi si riproponeva come un ovo sodo che 'un va né in su né in giù. Chi me l'ha spiegato è stata la *Lettera a una professoressa*. È stato Don Milani».

«Accidenti, 'un lo conoscevo questo tuo avvicinamento alla Chiesa! Ora mi spiego tante cose.»

«Dio Cristone, Alfonso! 'Unn'è questione di Dio, ma d'omini e di donne.» E trasmuta dolce, tornando sull'Irma: «È stata quella la cosa che ha squarciato il mio cielo. Che m'ha fatto capire le motivazioni vere e profonde di quell'oppressione che vivevamo e si voleva sradicare a mani ignude. Quel libro, quell'omo, m'hanno indicato ciò che portava il cambiamento. Don Milani m'ha spiegato, e parlo di me, il perché ero lì e il perché la società era ed è iniqua».

«Cosa, di Don Milani, ti ha colpito?» chiede la Lettèria, precedendo le altre due che avevano in punta di lingua la stessa domanda.

«Leggete *Lettera a una professoressa*. Leggete ogni cosa abbia scritto.

«Si deve *"dire ai giovani che essi sono tutti sovrani, per cui l'obbedienza non è ormai più una virtù, ma la più subdola delle tentazioni, che non credano mai di potersene far scudo."*

«Don Milani m'ha disvelato la profonda ingiustizia della società.»

Poi si ferma e, piegato su un ginocchio, mette il tappino alla ruota della bicicletta ormai gonfia, e riparte.

«Il '68 è stato uno spartiacque. Quello che c'era prima e quello che c'è stato dopo – anche se, per certi aspetti, nel futuro che verrà sarà una sconfitta in termini politici –, a livello culturale e sociale è stato dirompente, come la guerra. C'è i' prima '68 e i' dopo '68.»

«Come Di Là d'Arno e Di Qua d'Arno» dice tra sé, pianino, la Delia, che ascolta da camera sua.

«Io, Pugi Carlo, ho manifestato, sono andato pe' la strada, ho distribuito i volantini... ma se tu mi domandi se avevo le idee chiare, ti dico di no, perché pochi probabilmente avevano e hanno le idee chiare. Anch'oggi. Si viveva e si vive in uno stato di insoddisfazione, si vede il sopruso, la differenza tra chi ha e chi non ha, nelle scuole, nel lavoro e nella vita. Ma siamo tutti sulla stessa barca: studenti, operai, omini, bestie. Tutti.

«E mi ricordo un fatto» e ride sotto i baffi tutto scompigliato. «Un giorno s'era nel cortile di Chimica e c'era un professore che chiese a uno degli studenti, un mio amico, i' Tòfani: "Ma, insomma, te che cosa vorresti?". E lui diede una risposta che lì per lì mi parve meravigliosa, ma che ora, a distanza di qualche anno, reputo la più stupida e tenera si potesse dare. Gli rispose: "Noi si vuole un soviet degli operai, dei contadini e degli studenti!". I' professore lo guardò e disse solo: "Ah, ho capito". Vortò i' culo e andò via.

«Era una risposta tanto sublime quanto idiota. Nel '68, in Italia, che cazzo era un soviet di operai, di contadini e di studenti? Erano concetti che valevano nella Russia di Lenin ma mica in una società come l'Italia! Dove cazzo sono i contadini, Dio bono, a parte me!?»

Ridono tutti.

Sorride la Delia, piano, da camera sua, perché sa che i' Pugi è politologo di caratura pari a Bobbio, ma con più bestemmie.

28
Libri, passi e macerie

Firenze-San Domenico, novembre 1943

«Se domani vieni in via Martelli, la trovi sistemata. Te la porto io alla libreria Monte Latini… un buon posto per aggiustare le cose.»

Rimasi lì, sul divano con le ali. Non so per quanto.

Poi mi incamminai verso San Domenico.

La pioggia iniziò a cadere a metà tragitto. All'inizio solo qualche goccia, poi un acquazzone improvviso.

Correvo, ridevo senza motivo, i capelli bagnati incollati al viso. Il cuore mi batteva forte per l'emozione, non per la corsa.

A un certo punto mi misi a cantare sottovoce, senza rendermene conto, poi sempre più forte.

«Ma l'amore, no

«L'amore mio non può

«Disperdersi nel vento, con le rose...»

La canzone che canticchiava sempre la mamma.

«Sandro.»

Sussurrai il nome tra la pioggia come una parola segreta.

Era strano. La paura, la fame. Ma io ero felice.

Mi tornò in mente La condizione umana. *Mi tornarono in mente May e Kyo e il loro amore. Ripensai soprattutto a lei, che anche in mezzo alla guerra, non smetteva di cercare un significato, ripensai a quella pagina 75 in cui erano rimasti soli, nel silenzio, e lei l'aveva avvicinato, gli aveva sfiorato il viso e lui l'aveva fatta entrare. Le aveva detto di sentirsi perduto in quella vita che li allontanava, col peso dell'odio e delle sue scelte che gli crollavano addosso. May allora era rimasta ferma. Non aveva detto nulla. L'aveva solamente guardato e tirato a sé, stringendolo.*

In quel momento la capivo, perché nonostante il mondo esplodesse, io ero felice, non mi sentivo in colpa, e quella cosa che avevo in pancia, sotto l'acqua, col ginocchio sbucciato, il fango sulle scarpe, era più forte della guerra.

Ero felice come quando ti guardano degli occhi azzurri.

La mattina del giorno dopo, arrivai in via Martelli col fiatone, bellina ero. Avevo fatto del mio meglio.

L'insegna della libreria era piccina e discreta. Profumo di carta vecchia, polvere e sapere.

Sandro era seduto su un tavolo di legno, con le braccia incrociate.

Mi fucilò con gli occhi appena entrai: «Pensavo non venissi».

«Son qui!» sussurrai in colpa.

Dietro il bancone, Monte Latini, un uomo con i capelli grigi e gli occhiali sottili: «Benvenuta».

Sandro si alzò, si avvicinò alla bicicletta appoggiata a un lato: «Eccola. Pronta per un altro volo».

Sfiorai il manubrio: «Grazie».

Un altro uomo, più giovane, con una sciarpa attorno al collo, mi scrutava: «Chi l'è questa?».

Il più anziano rispose con calma: «Una lettrice».

Il giovane scosse la testa: «O un problema».

«Tutti sono un problema per qualcuno» disse Sandro.

Monte Latini prese un libro e me lo porse.

«Sai cosa leggi?»

Guardai l'autore: Victor Serge.

«Questo parla di rivoluzione» mormorai.

Lui sorrise: «E tu che ne pensi?».

Non sapevo rispondere.

Sandro intervenne: «Pensa che il mondo si aggiusti da solo».

Lo fulminai con lo sguardo. «Non ho mai detto questo.»

Lui sollevò un sopracciglio. «Ah, no?»

«Credo che ci sia una misura per tutto. Che non si possa combattere il fuoco con il fuoco.»

«Il fuoco brucia anche quando chiudi gli occhi» replicò lui.

Ci fissammo.

Monte Latini si schiarì la voce: «Il punto non è se il fuoco debba esistere. Il punto è chi lo controlla».

Il giovane con la sciarpa sibilò: «Ora che ha il suo libro, può uscire».

Sandro mi prese per un braccio, fermo, e disse: «Andiamo».

«Dove?» chiesi io.

«Vieni.»

Lasciai la bicicletta e lo seguii.

Il vento freddo portava odore di cenere.

Camminammo tra le rovine senza parlare.

Ci fermammo davanti a dei crateri.

«Son stati i tedeschi.»

Guardai la ferita: «Ricostruiranno tutto» dissi con la leggerezza di una bambina.

«Chi lo farà?» mi gelò. «E a che prezzo?»

Rimasi in silenzio.

Si voltò verso di me.

«Non si tratta di rimettere insieme i pezzi, Delia. Si tratta di decidere chi li raccoglierà e come.»

Abbassai lo sguardo e gli chiesi: «Ma te hai paura?».

E lui dopo un attimo: «La paura è un privilegio di chi può permettersi di restare a guardare».

Le sue parole mi ignudarono.

«Tu cosa vuoi fare?» chiesi.

Inspirò.

«Lottare per qualcosa che duri più della guerra.»

«E se non basta?» subito io.

Sorrise. Era strano: a tratti appariva scanzonato, come una foglia capace di danzare al vento anche quando il vento non fiatava. Un secondo dopo, quegli occhi azzurri, prima accoglienti, diventavano l'inverno.

«E se non basta, allora si muore sapendo di aver provato.»

Ci vedemmo ogni giorno.

Iniziai a frequentare la libreria. Sandro era sempre lì, e, ogni volta che parlavamo, qualcosa in me cambiava.

Monte Latini mi passava libri. Victor Serge, Gramsci, Malraux.

Un giorno, mentre eravamo seduti su un muretto sbocconcellato, Sandro mi chiese: «Delia, cosa vuoi fare?».

Non risposi subito.

«Non lo so.»

Lui mi guardò a lungo.

«Lo saprai.»

Lo capii dal modo in cui camminava tra le rovine

senza abbassare lo sguardo. Lo capii dal modo in cui mi parlava, mai per convincermi, ma solo per mostrarmi che esistevano scelte.

Capii chi era.

Una sera mi diede una busta e disse: «Leggila quando sarai sola».

Cara Delia,

non smetto di pensare a quella nostra prima passeggiata tra le macerie di Firenze. Ogni passo di polvere e muri crollati mi ricorda perché combattiamo. La città è ferita, il mondo è ferito come lo siamo noi, ma non siamo disposti a piegarci. Camminare con te in quel silenzio rotto solo dalle nostre scarpe sulle pietre mi ha dato una forza nuova. Tu sei lì, accanto a me, e sento che questa lotta non è solo mia, ma anche tua.

Non siamo spettatori di questo crollo. Siamo la Resistenza. Quegli occhi azzurri che ho visto la prima volta nel '38 mi hanno mostrato che c'è ancora qualcosa per cui vale la pena lottare. E non parlo solo della libertà del nostro Paese. Parlo di te, di noi. Non siamo più soli, non lo saremo mai. Nemmeno quando il mondo pare sbriciolarcisi addosso.

«Odio gli indifferenti. Credo che vivere voglia dire essere partigiani.»

Le parole di Gramsci mi tornano in mente, e, con te accanto, so che sarà vita.

Tuo, Sandro

29
Come tu mi vuoi

Firenze, 27 giugno 1973

La stanza è essenziale: un tavolo di legno grezzo, una sedia scompagnata, una libreria fatta di assi e mattoni.

Sul muro, un manifesto della rivoluzione cubana, accanto a una cartina geografica con annotazioni a matita. Sul tavolo, «Potere Operaio», qualche libro di Marx e Fanon, una tazzina di caffè col culo segnato e freddo, e «Lotta Continua», sotto il cui titolo, "Milano, I FASCISTI TENTANO DI NUOVO LA STRAGE: TERRIBILE ROGO IN UNA CASA POPOLARE", c'è scritto a penna: «Un magistrato con le mani pulite è un magistrato incapace».

La finestra aperta fa entrare il caldo di un giugno morente.

Mauro è seduto, sigaretta tra le dita, jeans scoloriti e camicia a righe sbottonata.

Carlo è moro, barba, in piedi, indossa una giacca leggera scura, troppo formale, ma che lo fa sembrare un'ombra.

Fissa un punto imprecisato oltre la finestra: «Da stasera non torno».

Mauro alza lo sguardo: «Lo so». Poi trattiene il fumo per un attimo: «Che devo dire alla mamma?».

Silenzio.

Carlo prende il pacchetto di sigarette: «Nulla. Dille che avevo fretta di andare».

Mauro annuisce piano: «E se chiede dove?».

Carlo accende una sigaretta, la prima boccata è lenta.

«Troverà qualcosa da raccontarsi.»

Mauro spegne la sua nel posacenere e poi: «E se volesse crederci?».

Carlo dà un tiro più profondo: «Allora sarà più semplice».

Prende i giornali e va alla porta. La apre. E se la richiude dietro.

Mauro non si muove. Sta. Tra il fumo e la finestra.

30
Sol… e

San Domenico, 15 dicembre 1943

Quel pomeriggio la mamma era sovrappensiero più di sempre, guardava il fuoco come se fosse andata via. Teneva in mano il ciondolo della collanina e lo toccava come si fa con una lampada magica per esprimere un desiderio. Io ero distrutta, scissa. Mi sentivo un tramonto che nessuna alba avrebbe raccolto.

«Mamma, il ciondolo è a forma di nota musicale?» le chiesi d'un tratto e lei, quasi aspettasse quella domanda da una vita, risvegliandosi mi rispose: «Sì! Le note sono l'alfabeto con cui ho sempre parlato. Sono un ponte, Delia, che trasborda le mie pozze, i fuochi, le minuzie e i colori verso l'esterno, verso il fuori. Questo fa la musica. Parla per te. E ogni nota ha un significato: il Do è la stabilità e l'inizio, la base e il ritorno alla sicurezza. È la nota delle radici e della terra.

«Il Re è movimento, scoperta, segue il Do e porta progresso, curiosità e avventura.

«Il Mi è equilibrio e connessione. È il punto di passaggio che reca armonia, il legame tra mondi diversi, tra personale e universale.

«Il Fa è forza e volontà, decisione e coraggio. È sostegno, perché collega due parti della scala.

«Il Sol è luce e gioia. È la nota solare, radiante, portatrice di serenità e apertura. È legato alla generosità, all'altruismo, al desiderio di elevare lo spirito.

«Il La è introspezione. È sensibilità emotiva, pensiero interiore. Rappresenta la profondità e la voglia di comprendere se stessi.

«Il Si è tensione verso il ritorno al Do. È la nota della transizione e della chiusura, associata alla preparazione di un nuovo ciclo».

Poi smise di toccare il ciondolo e, guardandomi negli occhi, aggiunse: «Io sono sempre stata un La. E tu, invece, Delia sei un Sol. Il mio Sol… e!».

Aveva aggiunto una "e" alla fine, un sole! E poi aveva tintinnato con la voce come una manciata di riso crudo che si tira a un matrimonio, o che scroscia in una zuppiera. Era felice di aver fatto quel gioco di parole.

Era felice di avermelo detto.

31
Mordi e fuggi!

Firenze-Milano-Arese, 28 giugno 1973

Carlo non ha dormito. Non come si intende il sonno. Ha chiuso gli occhi, sì, ma ogni tanto qualcosa nella stanza faceva rumore: la finestra, il frigorifero, il pensiero. Alle 5.20 si alza. Si lava la faccia con l'acqua fredda. Guarda il lavandino come lo guardava da bambino, quelle mattine in cui la madre lo mandava a scuola, prima del manicomio.

Si veste. Sempre gli stessi abiti: pantaloni grigi, camicia bianca col colletto rigido, giacca scura che sembra rubata a un altro secolo.

Il 28 giugno è un giorno qualunque. Non per lui. È il primo giorno *dopo*.

L'appartamento in via Maragliano è silenzioso.

Gatti lo aspetta in fondo alle scale. Non si salutano.

Escono, chiudono la porta senza rumore. In tasca, una mappa piegata in quattro. Spillata su un cartoncino rigido, la foto dell'ingegner Michele Mincuzzi. Vicedirettore dell'Alfa Romeo. Cinquantun anni. Uomo d'azienda, uomo d'ordine.

Ieri notte hanno preparato tutto: l'auto rubata, la sequenza, i tempi. Sanno che alle 19 esce sempre dall'ufficio, si ferma a prendere la moglie dal suocero, poi insieme rientrano in via Faruffini, civico 8. È sempre lui a parcheggiare. È sempre lei a salire per prima.

I rapitori sono quattro. Due armati di pistola, uno ha un martello pesante. Il quarto è al volante del furgone FIAT 850.

Mincuzzi cerca di evitarli. Accelera. Ma il cortile non ha uscite. Lo chiudono, lo tirano fuori dall'Alfetta color senape. Lo colpiscono alla testa. Lo trascinano fuori, sul marciapiede.

Gatti prende il polso. Carlo osserva solo. I gesti sono precisi, addestrati. Nessuno urla. Nessun errore.

Il furgone è pronto. La borsa di Mincuzzi resta a terra. Gli occhiali sul tappetino dell'auto. Una chiazza scura si allarga sul selciato accanto al box.

Salgono e spariscono.

Lo portano in periferia. Carlo non dice nulla. Tiene sulle ginocchia una borsa con dentro il comunicato. C'è scritto che Mincuzzi è stato «interrogato, processato e condannato» dalle Brigate Rosse. C'è scritto il suo nome. C'è scritto: «28 giugno 1973».

Lo lasciano legato in un prato, ad Arese. Cappuccio in testa. Cartello sul petto. Davanti alla fabbrica dove è vicedirettore.

Sul posto i volantini. Le firme. I nomi. Gli slogan.

Carlo non guarda mai in faccia la vittima. Ma quando si chiude la portiera, sente qualcosa, qualcosa che non è rabbia. O ideologia.

È qualcos'altro. Forse paura. Forse vergogna.

Quando tutto è finito, si toglie un bottone dalla camicia. Lo infila in tasca.

Come per ricordarsi che, da quel giorno, ogni gesto sarà una crepa.

32
Non sarà sprecata

San Domenico, 19 dicembre 1943

Lo trovai nel suo studio, in piedi. Aveva un libro in mano. Il libro.

La condizione umana *di Malraux.*

Le dita crivellavano la copertina.

Poi, con un gesto lento, fece scivolare un foglio sul tavolo.

Mi gelai.

Lo riconobbi.

La lettera di Sandro.

La lasciò lì, senza guardarmi. Poi aprì il libro e lo voltò verso di me.

La pagina era sottolineata, la grafia con cui aveva scritto la traduzione a lato sottile e precisa.

«Kyo scelse l'azione. E non fu una scelta d'impeto. Aveva scelto l'azione come altri scelgono l'esercito o il mare.»

Non alzò lo sguardo.

«Dovevi nasconderla meglio.»

«Non dovevo nasconderla affatto» mi uscì come l'olio.

Un sorriso asprigno gli sfiorò le labbra. «Ecco, Delia.»

«Cosa?» dissi veloce.

«Fai sempre come ti pare.»

La voce era stanca. Non era più dura come un tempo.

Poi sollevò il viso e mi guardò negli occhi. «Ma questa volta no.»

Non c'era più rabbia. Solo un'enorme fatica.

«Sandro è un partigiano.»

«Lo so.»

«E tu cosa sei?»

Non risposi subito.

Poi sussurrai: «Una donna che ha scelto».

«Hai ventotto anni, non ti sei sposata, non hai figlioli, ti sei messa in testa di lavorare e, ora, questa follia co' un partigiano!»

Una legnata di dolore mi si schiantò alla bocca dello stomaco.

Il babbo si lasciò cadere sulla sedia. Si passò una mano tra i capelli, poi sulle labbra, come per trattenere qualcosa.

«Perché non diventi una donna come tua madre? Che è perfetta. Io non voglio che tu finisca dentro questa guerra.» Si fermò un attimo, poi bisbigliò: «Non voglio vederti fucilata a un muro».

Quelle parole mi informicolarono la testa.

«Non voglio vederti diventare un nome su un pezzo di carta» continuò, «una vita sprecata.»

«Non sarà sprecata.»

Lui si voltò di scatto: «Non capisci!».

Mi alzai piano. «E tu, babbo, capisci?»

Glielo dissi come un addio.

La sua espressione cambiò. Si passò una mano sul viso: «No».

Non lo aveva mai ammesso prima. Poi chiuse il libro e lo gettò sulla scrivania.

«Io non voglio sapere niente» sconfitto.

Mi voltai per andarmene.

«Delia» disse, la voce era bassa, fragile, «non voglio perderti.»

Strinsi i pugni.

«Mi hai già persa.»

Uscii, senza voltarmi. L'aria era fredda.

I campi immobili sotto il cielo mi carezzarono pesanti. Feci pochi passi, poi mi fermai.

Il petto mi boccheggiò. Mi toccai il viso, mi accorsi che stavo tremando. Poi vennero le lacrime.

Non singhiozzai, solo un silenzioso scivolare d'acqua sulle guance.

Inspirai forte.

Le parole di mio padre continuavano a rimbombarmi in testa: "Non voglio vederti fucilata a un muro", "Non voglio perderti".

Eppure.

Mi sedetti sui gradini di pietra, accanto alla porta, stringendomi le braccia intorno al corpo.

Cosa stavo facendo?

Avrei potuto rientrare, chiedere scusa, fingere che quella lettera non esistesse.

Avrei potuto dire che Sandro era stato solo un momento, una parentesi in una vita che doveva scorrere come sempre.

Ma sarebbe stata una menzogna.

Mi sentivo smarrita. In una Firenze che cadeva a pezzi, in una casa che non era più mia, con un padre che non riusciva più a capirmi.

Le lacrime ruzzolavano. Chiusi gli occhi, il respiro irregolare.

Dovevo andare.

Ma non sapevo ancora dove.

Dovevo decidere.

Ma, forse, lo avevo già fatto.

Rientrai, volevo parlare con la mamma, ma la Gloria mi disse che dormiva.

33
Chiostri e sparizioni

Firenze, 29 giugno 1973

Afa fa.

Firenze è immersa nella festa dei rumori estivi, giovani e vivi, e anche la notte, d'estate, è più chiara. Irma, Angela e Lettèria camminano esaltate, dopo la manifestazione che è nata a piazza San Marco, ha marciato lungo via Cavour, ha attraversato piazza del Duomo e si è fermata a piazza della Signoria.

Quella del 29 giugno '73 è la prima a cui Irma partecipa. Il corteo ha unito studenti e operai contro la repressione della lotta in fabbrica, contro il licenziamento dei lavoratori della Galileo accusati di attività sindacale e politica.

E ora, nella dolcezza sfocata della sera, amiche, passeggiano con le voci arrochite e gli occhi brilli di stanchezza. Gli slogan urlano ancora nelle loro teste: «Studenti e operai, non ci fermerete mai!». Li hanno ripetuti con la forza di chi crede in una possibilità.

Angela è scatenata, trascinante: «Andiamo verso facoltà, secondo me sono tutti là…!» dice guardando Irma.

Attraversano strade calde di riflessi di lampioni. Sudate, hanno corso, riso, cantato, ma la stanchezza è lieve per l'adrenalina benedetta, per quella sensazione di essere parte di qualcosa di grande. Di essere nel giusto.

Irma zoppica ma non le pesa, si sente nata ieri. Arrivate a Lettere, i ragazzi seduti in terra parlano negli angoli, sfatti, fumano sigarette e canne. Irma è un po' spaesata. Ma non molla. Vuole fare come le sue amiche. È affamata. Vuole essere partecipe di quel tutto.

«Vado un attimo in bagno» dice. Zoppica, la gamba le fa tanto male.

Attende la risposta di Angela e Lettèria, come fosse il permesso dei genitori.

«Sì, ti aspettiamo qui, e se trovi maschi interessante porta!»

Lettèria le dà una gomitata.

Irma ride e imbocca un corridoio poco illuminato ma fresco, stranamente silenzioso e lontano. Vaga per un po', non sa dove andare e, quando trova la luce, esce. E lo vede: il chiostro del Nigetti. Circondato da arcate leggere, colonne snelle dai capitelli sobri, con, nel cuore, un piccolo giardino dal pozzo in pietra chiara. Quieto, antico, immerso in un buio apparente per quanto luminoso. Irma ci si affaccia, come fosse il mare.

«Ciao!»

Sobbalza, si volta. E lì, seduto per terra, schiena appoggiata a una colonna ai bordi del prato. Mauro. La figura molle, curvata, stropicciata, solitaria, perfetta in quella notte attutita, dopo il chiasso della manifestazione. Un guerriero stanco.

«Irma, giusto?»

Lei risponde con la manina, cercando di nascondere l'emozione e il fatto che zoppichi.

«Sì, giusto. Ciao, Mauro.»

«Ti fai una canna?» le chiede, tirandone fuori una già pronta dalla camicia.

Irma annuisce, anche se non ha mai fumato prima. Lui la chiama a sé con la testa e il sorriso, lei si avvicina, gli si siede accanto, e stende la gamba. Una sensazione totale di beatitudine.

Mauro accende la canna, fa un tiro, poi gliela passa. E inizia a guardarla.

«Sei di Firenze? Sembri diversa» le chiede, mentre la studia.

È leggermente ubriaco.

«Abito a Campi Bisenzio con delle amiche» risponde con un filo di voce.

Lui sorride, ma lo sguardo si incupisce.

«Noi, io e mio fratello Carlo, siamo di Casina, vicino

Reggio Emilia» e inizia come qualcosa che deve buttare fuori.

«Laggiù siamo tutti comunisti. La mamma, noi, le nostre famiglie, i nonni. Sono stati tutti partigiani. Da noi c'è un'idea della storia di questo Paese che si regge su due punti essenziali: la Resistenza è stata tradita e la lotta che contadini e operai delle nostre parti hanno fatto non era adatta all'Italia che ci siamo trovati negli anni Sessanta. Volevamo altro. Volevamo la rivoluzione. E per rivoluzione intendevamo un cambiamento radicale della vita delle persone.»

Irma lo ascolta, la testa inizia a girarle leggermente. Lo guarda e le sembra quasi disperato, diverso da tutti gli altri. E bellissimo. Le parla come se avesse trovato qualcuno a cui dire ciò che non può più stargli dentro.

Poi, con occhi di vetro, si ferma e, dopo due lunghi tiri di canna: «L'abbiamo capito una sera d'agosto. Tre anni fa. A Casina di Pecorile, vicino Reggio Emilia.

«Al ristorante, "Da Gianni", eravamo un centinaio forse, principalmente del Collettivo politico metropolitano. Abbiamo parlato tutta la notte.

«E lì, abbiamo deciso.

«Che la lotta doveva diventare altro. Che non poteva più seguire le forme della contestazione studentesca e operaia degli anni Sessanta. Che dovevamo agire con azioni mirate e dimostrative. Che dovevamo formare un'avanguardia che guidasse il popolo.

«Abbiamo deciso che la lotta doveva essere armata.

«Pecorile è il luogo in cui siamo diventati un'organizzazione armata rivoluzionaria».

Si ferma, come chi sta davanti al fuoco e ci parla.

«Dovevamo strutturarci clandestinamente per poter agire. Questo, per alcuni, ha significato e significa sparizione.»

Irma, spaventata da sguardo e parole chiede: «Che vuol dire sparizione?» quasi in un sussurro.

Lui la guarda dritto negli occhi.

«Che non esisti più. È un solco profondo quello che c'è tra chi sta in clandestinità e chi appartiene a una sinistra rivoluzionaria extraparlamentare, ma non clandestina. Sparire è l'opposto della manifestazione, del lavoro politico pubblico. Entrare in clandestinità significa morire. Abbandonare ogni legame familiare, ogni amicizia, la tua identità. Scompari e nessuno deve sapere più niente di te.»

Irma muta.

«Non tutti possono farlo. C'è una selezione ideologica e personale. Devi possedere certe caratteristiche psicologiche, essere schierato su posizioni radicali. Essere un guerriero. Un irriducibile. Devi essere pronto a una vita monastica, dedita alla causa e alle azioni militari.»

C'è rispetto, ammirazione e devozione nelle sue parole.

«È una vita tremenda...» dice piano Irma, scossa.

«No.

«Sono monaci della guerra. È una vita di solitudine e di doveri. Non puoi prendere la macchina, solo mezzi pubblici, hai cinque, sei identità diverse. Devi essere trasparente. Vivere in affitto con nomi falsi. Non esistono amici, perché non puoi fidarti di nessuno. Devi fingere di avere un lavoro normale, per non destare sospetti, mai. Sei risucchiato.»

«E tu vuoi diventare questo?» chiede lei, dopo un silenzio impaurito.

«Non è volere. Si deve. È necessario alzare il livello dello scontro. Io voglio servire la causa.»

In quel momento, delle voci. Un gruppo di ragazzi e ragazze si avvicina, ridendo, e lo chiama. E Mauro, come se quei rumori lo avessero risvegliato, si mette le mani nei capelli e guarda Irma come a dire: "Cosa ho fatto? Che cosa ho detto?". Come se, solo ora, si fosse liberato da un incantesimo. E prima di alzarsi di scatto, balbetta: «Sono cose che ho sentito dire, comunque...». Lo fa con la bocca impastata.

«Mauro, che fai qui? Chi è questa?» chiede il gruppo, garrulo soprattutto, perché a cinguettare sono solo voci femminili.

Lui si pulisce con le mani i pantaloni, con un gesto d'imbarazzo, sconvolto per la confidenza, il crollo, per aver detto cose tanto gravi a una sconosciuta.

E mentre si allontana, senza guardarla, risponde agli

amici: «Ci facevamo una canna. Aveva l'erba e me l'ha offerta. Ma non so chi sia».

Una ragazza bionda gli va praticamente addosso, gli passa un braccio intorno alla vita e, ridendo, gli dà un bacio sul collo.

Mauro, oramai distante, fa un cenno di saluto a Irma, col braccio svogliato, senza neanche voltarsi. E la lascia.

Irma sta lì. Immobile.

Sente le voci allontanarsi piano, il chiostro che torna silenzioso. La musica attutita, le risate lontane degli altri ragazzi.

Ferma. Con la gamba distesa.

Fa tanto male.

34
La, Sol

San Domenico, 20 dicembre 1943

Il 20 dicembre del 1943 la vidi nella vasca da bagno. L'acqua era ancora tiepida. Aveva indosso la sottoveste di seta rosa cipria che aveva tanto desiderato, ma non aveva mai avuto il coraggio di comprare. Credevo. Era la prima volta che la ammiravo con addosso la biancheria. Sembrava una sirena con le gambe. La sottoveste era innamorata di lei, perché con l'acqua, le stava attaccata, stretta stretta al corpo. Le spalline sottili, lo scollo a cuore col bordo di pizzo d'oro. Il colore della seta era simile alla sua pelle e così, pareva vestita solo di stelle. La luce che entrava dalla finestra la faceva brillare in modo totalmente casto. Aveva i capelli sciolti, come le onde del mare. E le punte fluttuavano con lei. Teneva con la mano il ciondolo. Come fosse l'orsacchiotto che i bambini stringono per addormentarsi quieti.

Ofelia.

La mia mamma era sempre stata un mistero, un segreto, uno scrigno. Bella. Di una bellezza che forse era esistita solo per dissolversi. Galleggiava. Come aveva fatto per tutta la vita.

Accanto a lei una piccola boccetta in vetro marrone, silenziosa, chiusa con un tappo di metallo a vite. Veronal, diceva.

Sotto, un biglietto ripiegato.

Non è la morte che mi fa paura. È la vita. La possibilità di rimanere, di resistere, di vedere come tutto il mio amore scivoli lontano da me.

Bambine mie, che per me sempre rimarrete tali, il mio cuore è esistito perché siate le eredi dei miei giorni chiari; dentro me tutto è passato, e in voi solo permane.

Perdonatemi se la vita è stata più grande di me, e ho cercato il mio riparo lontano dal mondo.

Vi lascio in guerra, tra le macerie. Che madre senza cuore. Ma è così. L'ho perso. Non me lo ritrovo più. E vivere senza non si può. Questa guerra mi ha cavato tutto. Ha tolto l'umanità anche in chi credevo potesse essere pace.

Perdonate sempre, vi prego, chi non sa più restare.

Gloria, bambina mia saggia, ricorda di essere anche appassionata, e balla.

Delia, mio estenuante, vivo, invincibile Sol(e), l'amore che vale è solo quello che trovi alla fine di una battaglia, quello per cui ogni sacrificio diventa libertà. Ma tu lo sai. Scegli. Sempre.

La mamma

Quella fu l'ultima volta che la vidi.

Era la mia mamma.

35
Mi sei scoppiato dentro al cuore

Firenze, 30 giugno 1973

Gli anni Settanta sembrano sempre arancioni. Tutti arancioni. I vestiti, i mobili, l'aria, i film. Tutto arancione. Un colore che stride col rigore, la disciplina e la serietà di certe battaglie, più affini all'ocra, al beige o al grigio. L'arancione fa a cazzotti con l'ideologia.

Il Caffè Cantine, in via delle Cantine, sverna vicino alla zona industriale di Scandicci, ritrovo delle Officine Galileo, della Nuovo Pignone e delle tante fabbriche in cui i sindacati, in questo giugno del '73, operano per aiutare chi opera. Gli operai.

Il Caffè Cantine ha un nome che racconta bene ciò che vi si consuma: caffè, ma soprattutto vino. Più il secondo che il primo. Anche a colazione.

Dentro, la luce è esitante, come a non voler disturbare la bruttura che avvolge tutto. La polvere balla nell'aria, assecondandone il respiro, senza furia. I rumori non umani vengono dalle tazzine adoprate e dalla radio, da cui escono vecchie melodie – *Volare* di Modugno, *24.000 baci* di Celentano – che si sovrappongono all'oggi, frammenti di un'altra epoca che non vuole svanire.

Perché il passato non è mai morto. Non è neanche passato.

Il Caffè Cantine è un rifugio più che un bar, per chi sa già di non voler tornare a casa. Mauro entra. Il pavimento in linoleum consunto stride.

L'aria è fumo.

Lo sguardo attraversa il locale, ma non ci trova niente che meriti attenzione. È tutto già scritto. I tavolini in formica con le gambe di metallo, le sedie di plastica rigida ingiallite, il bancone pieno di bicchierini sbeccati e bottiglie di liquori economici, gli operai in tuta da lavoro che bevono vino o un espresso forte, qualcuno gioca a carte, tutti bestemmiano. Le pareti color ittero sbiadito urlano Peroni, Campari e Lavazza.

Mauro si dirige verso il cesso. C'è un tavolino tra la finestra e la porta del bagno che, per via della posizione, deve stare per forza solo.

Si siede. Lui è già lì, immobile.

Carlo lo guarda ma non c'è cenno di saluto, né una parola.

Mauro si schiarisce la gola e con la voce ancora ruvida: «Voglio entrare anche io».

«No» senza sollevare lo sguardo.

«Perché?»

«Non è il tuo posto.»

«Spiegami perché.»

«Perché noi siamo vivi solo pochi giorni all'anno, di scatto. Tu parli, tu recluti. Tu vivi. E ti ascoltano, perché ti vedono. Questo sai fare.»

«Non mi basta più.»

«La questione non è quello che non ti basta» dice, la voce piatta.

«È quello che serve.»

Poi alza gli occhi che non rivelano nulla.

«Quando entri, scompari.»

La voce di Mauro esce quando è pronta: «Chi ti dice che non sia disposto a farlo, che non ne sia capace, chi dice che non posso?».

«Io.»

Non ci sono parole o reazioni che possano scalfire Carlo.

«Non voglio restare a guardare.»

«Il brigatista perfetto è quello che non esiste. La rivoluzione non si fa per il pubblico. Per un applauso. Serve abnegazione. La lotta è questione di pensiero prima, movimento poi, di disciplina sempre.»

Mauro, senza distogliere lo sguardo: «Lo so».

«Quando sparisci, non c'è spazio per l'agire individuale. Non decidi. Fai quello che ti viene chiesto. E che devi. La fede, la speranza, le emozioni non servono. Quando scompari, non rinunci, cancelli. La tua personalità, la tua identità, i tuoi legami affettivi. Diventi un soldato della rivoluzione.»

Mauro lo fissa: «Sì».

«Non c'è il desiderio. Ci sono solo il pensiero razionale e l'azione necessaria.»

«Sono sempre stato il primo a disubbidire» insiste, quasi disperato, Mauro.

«La disubbidienza è per i bambini.»

«E allora cosa devo fare? Se non posso pensare, se non posso decidere, cosa faccio?»

«Agisci per come servi alla causa. Sei qui, infatti, perché servi. Ogni parte di un'azione è importante, è la porzione di un piano più grande, che non devi necessariamente conoscere.»

«Perché non posso?» Mauro lo chiede con un lamento quasi infantile: «Perché non vuoi che anch'io sparisca? È per me? Credi non ne sia capace?».

«No» risponde Carlo, fissandolo per un solo secondo negli occhi, «non esiste il personale. L'individuo non esiste. C'è solo la dedizione alla causa. Siamo i padroni della lotta. Ogni azione ha una sua funzione, ogni sequestro, ogni omicidio, ogni sparo ha un significato. Non c'è atto senza un disegno.» E lo dice mentre beve il caffè e guarda il giornale, come stesse parlando del TOTIP.

«E la nostra guerra?» domanda Mauro, che vuole afferrare il senso più profondo di ciò che sta ascoltando.

«Combattiamo per smascherare la menzogna. La nostra guerra è contro la falsa libertà che ci hanno insegnato. La guerra serve per mostrare a tutti che non c'è altro modo di vivere. La guerra è per distruggere ogni illusione. Non siamo qui per riscattare, né per salvare, nessuno. Siamo qui per distruggere ciò che è iniquo e ingiusto.»

«E quando tutto sarà finito?» chiede Mauro, cercando un segno di speranza.

«Non finirà. Non c'è un ritorno per noi. La storia è in bilico. La storia va scritta ora. Dobbiamo scriverla noi. Per il popolo.»

Carlo alza lo sguardo con la verità spietata di chi non ha dubbi.

«Non c'è libertà. Non ci sono amici, né legami. C'è la guerra. E se non sei disposto a essere la guerra, non c'è posto per te.»

E con calma implacabile: «Abbiamo fatto azioni semplici. Prendere un capetto di fabbrica, sequestrarlo, legarlo a un palo davanti a tutti, mettergli addosso un cartello con scritto che il prossimo avrebbe potuto essere qualcun altro, e fargli una foto. Quello serviva. Il capetto all'interno della fabbrica trattava gli operai come lo Stato tratta il popolo. Era lui che decideva, era lui che diceva quando uno poteva andare a pisciare, quando riposarsi. Ti dava tre minuti. Se non tornavi in tempo, erano cazzi tuoi. Se non eri abbastanza veloce, finivi male. Lo stesso comportamento del potere statale, ma in miniatura. Lui ti dice cosa fare, e tu devi obbedire».

Carlo si ferma, lascia che quelle parole scivolino nell'aria, come parlando del tempo.

«Il capetto è un piccolo tiranno. Può distruggerti con un semplice ordine. Lo Stato fa lo stesso, ti imbocca, ti fa agire come una macchina. Questo è ciò che dobbiamo mostrare. All'inizio, quelle azioni erano esemplari. Ma ora non bastano più, non basta più mostrare che anche loro sono vulnerabili.»

Carlo si accende una sigaretta e, per un secondo, uno solo, sembra sopraffatto dall'ira.

«Dobbiamo fare cose più serie. Non colpire i capetti. Dobbiamo sparare. Sparare a chi pensa di essere al sicuro, sparare ai dirigenti, ai poliziotti, ai giudici. Ai simboli del potere, ai simboli dello Stato. È la guerra. E in guerra non ci sono limiti. Non ci sono regole. La violenza è sistematica, mai casuale.»

Carlo, con gli occhi sul giornale.

«Nel '69, i fascisti hanno messo la bomba a piazza Fontana. Lo Stato ha inquinato le indagini. Tutto. Ha dato la colpa a noi. Ha usato il nostro sangue per giustificare la sua repressione. Ma non ci siamo lasciati fermare. Non ci fermeremo. L'obbiettivo è questo: fare in modo che lo Stato si mostri per quello che è. Fargli cadere la maschera.»

Carlo si ferma, lo sguardo fisso su Mauro.

«La guerra che combattiamo non è contro gli individui. È contro lo Stato, contro l'oppressione. La libertà che ci hanno promesso non esiste. Lo Stato è il comitato d'affari della borghesia. E noi siamo qui per farlo crollare. E, per riuscirci, dobbiamo colpire, distruggere. Dobbiamo essere d'esempio.»

Spietato.

«Se non lo capisci non sei pronto, e se non sei pronto a servire, non c'è posto per te.

«Non c'è un "dopo". C'è solo la lotta.

«Non siamo eroi. Non siamo partigiani. Siamo soldati.»

Mauro rimane in silenzio, con le parole di Carlo che lo schiacciano. Non è più sicuro di nulla. La sua vita, come la conosceva, sta per finire, e la guerra che gli è stata promessa non ha nulla di eroico.

La musica cambia: Mina, *Mi sei scoppiato dentro al cuore*. Il barista pulisce.

«Domani mattina vai» termina Carlo, senza mutare tono.

Mauro: «Lo faccio da un mese».

«Devi» gli dice senza guardarlo, «ogni giorno. A che ora arriva. A che ora esce.»

Mina continua a cantare: «Mi sei scoppiato dentro al cuore / all'improvviso, all'improvviso… / non so perché, non lo so perché…». Qualcuno ride piano.

Carlo si alza, si sistema la giacca e guarda altrove.

Esce dal bar, senza voltarsi. Mauro resta.

E, fuori, la luce di un giugno finito cancella quasi tutto.

36
Via

San Domenico-Greve in Chianti, 20 dicembre 1943

Il 20 dicembre del 1943 lasciai tutto.

Non c'era più niente. Da dire, da prendere, da portare via.

Avevo visto la mamma dissolversi nell'acqua.

Lei non c'era più. Io sì. E questo mi faceva male.

Chiusi la porta perché sapevo non l'avrei riaperta.

Non sapevo se era freddo o dolore.

Avevo perso.

Avevo perso mia madre.

Avevo perso mio padre.

Non decisi. Fuggii. Da Firenze, da ciò che ero stata, da ciò che non avrei più potuto essere.

La vasca, il silenzio della casa, il biglietto. Il buio.

Non vidi mio padre. Non cercai Gloria. Non volli pensare alla Maria. Non mi voltai.

La bicicletta era appoggiata al muro. Montai e pedalai. Senza fiato, senza fermarmi. Via. Dalla città che franava, da quella casa in cui tutto era affogato.

Da San Domenico a Greve in Chianti c'erano più di trenta chilometri.

Firenze andava via e io pedalavo. Come se si potesse davvero fuggire da quello che rimane.

Non sapevo se ce l'avrei fatta in quel dicembre senza cuore. L'aria mi tagliava, il fiato si concertava in nuvole che svanivano. La bicicletta era pesante. Ma non mi importava. Forse neanche volevo arrivare. Forse volevo solo farmi male. Non sapevo più distinguere la paura dalla disperazione.

La mamma, Lord Brummel, tutto quello che era stata la mia vita.

Pensai a lui. Non lo so perché.

Un male al petto, un pallone di caldo, di male, mi pigiava sullo stomaco.

Non mi fermai mai. La strada saliva, il vento spaccava la faccia, il cuore batteva nelle orecchie. Pedalai fino a non sentire più le mani. Fino a quando le dita si fecero metallo attorno al manubrio. Fino a quando mi sentii così stanca da desiderare di cadere. Un solo attimo. Un solo movimento sbagliato, o forse il più giusto, e sarei finita giù nel fosso. Pensai di farlo. Di lasciarmi andare. Ma la bicicletta rimase in piedi. E io con lei.

Continuavo. La strada per Greve in Chianti era lunga. Su e giù per le colline, il gelo che mi premeva dentro e fuori.

Non pensavo. Non pensavo. Non temevo non sarei arrivata o che qualcuno mi avrebbe fermata. Desideravo farmi prendere, finire. Ma ogni volta che rallentavo, che sentivo la testa girare, che mi veniva voglia di buttarmi, qualcosa mi teneva su.

Forse era la mamma. Forse la sua voce, forse la sua musica.

Greve mi comparve davanti quando il giorno stava morendo. Il sole era basso e il cielo grigio si spiaccicava alla terra umida. Case di pietra, filari di cipressi, odore di legna bruciata. Pedalai fino al casolare.

Sandro mi ci aveva portata una volta. Faliero Pucci, il nome del contadino che gli aveva dato ospitalità. M'aveva detto: «Se un giorno decidi, vieni qui».

Fermai la bicicletta e rimasi immobile.

Alzai lo sguardo.

Sandro con il fucile a tracolla era sulla soglia, seduto su una panca, la figura scura contro il fuoco che ardeva dentro casa. Aveva la camicia aperta sul collo e il viso bianco. Non mi sorrise, non si mosse. Mi guardò e basta, senza sorpresa, come sapesse che sarei arrivata.

«Ti sei decisa.»

«Sì.»

Buttai la bicicletta in terra e cascai anche io.

Sandro mi venne incontro con calma, come se fosse tutto normale.

Mi tese una mano. E io la presi.

Non dissi nulla della mamma. Lui non chiese.

Ci sono dei dolori che non devi far uscire. Li tieni perché sono i tuoi e perché non si disperdano, perché sono preziosi, perché devono restare lì dentro anche se ti fanno sanguinare.

Entrai. La porta si chiuse con un lamento.

Qualcuno sollevò il viso.

La casa odorava di panni umidi e di terra. Una stanza sola, il camino al centro e un tavolo con pane, castagne secche e un fiasco di scuro. Li vidi. Erano magri, sporchi, con gli occhi stanchi ma vivi. Occhi pronti. Mi guardarono di sfuggita.

Li aveva avvertiti, credo.

Sandro fece un passo avanti, il rumore degli scarponi sul pavimento fu l'unico umano.

Le fiamme chiacchieravano spedite, si sentivano solo loro, nonostante il luogo fosse piccino e pieno come un ovo. Se chiudevi gli occhi avresti detto che era la stanza stessa a respirare, pronta a fare, da un momento all'altro, uno scatto o qualcosa di violento e repentino. A dare una zampata.

Sentivo il peso anche se non mi guardavano. Cercai di resistere, di darmi un contegno, ma caddi davanti al fuoco, finendoci quasi dentro.

Il caldo brusco sulle gote, sulle gambe, le lacrime mescolate alla brina, appiccicate al viso, mi fecero credere, a un tratto, che fosse tutto un sogno. Che la mamma, Gino, il babbo, la Maria, tutti fossero al loro posto.

Non c'è niente di più brutale della morte di un sogno.

Sandro mi mise a sedere su una panca.

Nessuno parlava con me. Nessuno parlava.

Faliero Pucci era un uomo alto, con la barba lunga e le mani da contadino. Mi squadrò come si osserva un animale sconosciuto.

«Questa chi l'è?»

«La Delia» rispose Sandro.

Capii che sapeva di me, ma non si fidava. Nessuno si fidava. Una donna poi. Una spia forse. Un peso e un'altra bocca da sfamare, di certo. Ma ero lì e non sarei andata via.

«Allora è questa. L'è venuta.»

«Sta con noi.»

Annuì piano, ma i suoi occhi restarono fissi su di me, bui.

«Una donna.» Il suo tono era piatto, senza emozione.

Non era una domanda. Era una valutazione.

Un uomo stava accovacciato vicino al camino con la gamba distesa, scavato, la pelle di garza sulle ossa. Tutti lo chiamavano "il Toscano". Aveva una cicatrice sul mento, un'ombra perenne sotto gli occhi.

«Siamo corti di cibo, vestiti e coperte. Un'altra bocca da sfamare 'un lo so se la ci serve.»

Non lo disse con cattiveria.

Io sentivo solo le voci che arrivavano lontane, fissavo i' foco e vedevo macchie viola e pozzi di luce.

Sandro mi si accostò, piegandosi con le mani sulle ginocchia. Parlò con calma, il tono basso.

«La non è qui per essere un peso. Può fare la su' parte.»

«Che parte, Sandrino?» disse un ragazzo giovane, forse diciannove anni.

«Non sarà nemmeno in grado di tenere un'arma. E poi l'è una donna.»

Pensai che avevano ragione, pensai che avrei soltanto dovuto buttarmi in quel fosso.

«Garantisco io per lei, ho mai sbagliato?»

Un silenzio di sasso. Nessuno commentò.

Faliero continuava a guardarmi. Poi prese il fiasco, versò un po' di vino in un bicchiere e me lo porse. Io lo presi dopo un tempo che non saprei dire, serrai le dita intorno al vetro.

«Bevi» mi comandò.

Ubbidii. Il liquido mi scese aspro in gola, violento. Tossii, ma stavolta non abbassai lo sguardo.

Poi mi tese un pezzo di pane. Lo mangiai piano, era duro come un dente.

Fu la mia eucarestia.

Piano piano cominciarono a parlare tra loro, di rastrellamenti, di movimenti, di truppe. Come se dopo quella comunione fossi stata lavata dai peccati e accolta nella loro chiesa.

Parlavano come se non esistessi, forse per mettermi alla prova, forse per vedere se avrei ascoltato o se avrei avuto paura.

Dicevano di un gruppo che si era spostato verso il mon-

te Morello, dei fascisti che avevano iniziato a prendere ostaggi nei villaggi, di rifornimenti che tardavano, di un carico di armi che avrebbe dovuto arrivare, ma che forse era stato intercettato.

Dopo un po', Faliero si accostò al tavolo. Si passò una mano sulla barba.

«Domani mattina facciamo un giro di ricognizione. Sandro, portala. Vediamo se può fare qualcosa davvero.»

Sandro annuì.

Era un test. Non ci sarebbe stata una seconda possibilità.

Il fuoco continuava a crepitare, il vino passava. Uno iniziò a rollarsi una sigaretta, il tabacco lasciava una scia pungente nell'aria. Si addormentarono uno dopo l'altro, chi sulla panca, chi accovacciato contro il muro, chi con la testa sul tavolo. Io rimasi sveglia. Con gli occhi sulle braci.

Sentivo l'odore di casa mia. L'odore della mia mamma.

Il male era ancora lì con me. Ma ora sapevo dove portarlo.

E la guerra divenne mia.

37
Casina

Celestina Fontanesi
Via Roma, 15
42034 Casina (RE)

Mamma,

scusami se ti scrivo solo adesso. Scusami per ogni volta che sono sparito, per ogni silenzio, per ogni parola che non ti ho detto. Lo so che ti ho fatto soffrire. E per tanto tempo, ti giuro, nemmeno io sapevo perché lo facevo. Ora comincio a capirlo.

Vedi, mamma, per anni ho creduto che tutto quello che non funzionava in me fosse colpa tua. La tua severità, il tuo affetto soffocante, il tuo modo di controllare ogni cosa... io l'ho sentito come una prigione. Forse anche Carlo. Ma lui è sempre stato diverso. Da tutto. Adesso mi rendo conto che in quella prigione ci stavi anche tu. Che non avevi scelta. Che anche tu stavi lottando con qualcosa più grande di noi. E che il modo in cui hai amato, era l'unico che conoscevi.

Ti ho fatto pagare tutto. Ti ho trattato male, ti ho risposto, ti ho accusata anche quando non c'entravi. Ho riversato su di te le mie frustrazioni, i miei fallimenti, le mie paure. Era più facile così. Era più facile pensare che fossi tu la causa della mia rabbia, che guardarmi in faccia e ammettere che avevo sbagliato tutto.

Per anni mi sono detto che se fossi nato in un'altra famiglia, in un'altra casa, con un'altra madre, tutto sarebbe stato diverso. E forse, mamma, non era vero. Ma crederci è stata l'unica cosa che mi ha tenuto in piedi. Perché se avessi guardato la verità dritta in faccia, forse mi sarei buttato via. È brutto da dire, ma è così.

So che sei stanca. So che sei malata. Lo sento dalle poche cose che scrivi, da quelle telefonate brevi in cui fai finta di star bene. Ma non voglio che pensi che sono sparito per egoismo. Se me ne sono andato, è perché dovevo trovare un modo per rimettermi in piedi. Dovevo reagire. Dovevo trovare qualcosa che valesse la pena. Carlo ha imparato prima di me.

Ora sto facendo una cosa seria. Una cosa in cui

credo. E che forse, per la prima volta, ti farà sentire fiera di me. Non è per gloria o per rabbia che l'ho scelta, ma per giustizia. Per quelli che non hanno voce, per quelli che non contano niente e che nessuno difende.

Ma non voglio che ti preoccupi. Stai tranquilla. Stiamo bene. E io sto bene. Non c'è da avere paura. Questa volta non scappo da te. Questa volta, anche se non ci sono, ci sono.

Sai, mamma, mi ricordo quando da piccolo mi picchiavi, poi mi abbracciavi e mi chiedevi scusa. Era il tuo modo per tenere tutto insieme, per non impazzire. E forse anch'io, in fondo, ho fatto lo stesso: ho urlato, mi sono chiuso, ho fatto male a chi mi voleva bene. Per non impazzire.

Abbiamo reagito così, tu e io, con la stessa rabbia. Ma adesso vorrei che tutto questo finisse. Che almeno da adesso in poi ci potessimo parlare da adulti. Non per rinfacciarci, ma per capirci. Io ti ho capita, mamma. Anche se tardi. Anche se ti ho fatto piangere troppo. E ora ti dico grazie.

Tornerò. Anche Carlo. Non subito, non so quando. Ma tornerò. E quando succederà, sarai orgogliosa. Non perché ho fatto qualcosa di grande, ma perché avrò fatto qualcosa di giusto.

Ti voglio bene, mamma. Anche se non l'ho detto

mai come si deve. Anche se te l'ho fatto capire solo con la rabbia.

Aspettami.

Mauro

P.S. A' sò che n'l'era mia véra, mama. A' sò che t'è mia pinsèda davvér. A' sò che at me vû bén, cme me at vû bén, mamma.

38
Ginestre e brocche

Greve in Chianti, 21 dicembre 1943

La mattina arrivò come un colpo secco. La porta si aprì, la luce cattiva entrò. Per un secondo eterno non seppi cos'ero.

Sandro mi svegliò col cenno del fucile. Io non mi ero addormentata, ero svenuta, sfinita anche di dover reprimere i singhiozzi durante quella notte, la prima in cui ero orfana, in quel luogo dove quasi tutti gli uomini mi erano sconosciuti e avrebbero potuto sentirmi piangere. Avevo le palpebre gonfie e incrostate di cispe e rimorsi.

«Andiamo.»

Il cuore ogni tanto mi dava un sobbalzo: la mamma nella vasca, il babbo. Ogni cosa pungeva.

Mi alzai dolente.

Addosso i vestiti del giorno prima. Sandro mi porse

una camicia sua, pulita, grossa. La indossai sopra tutto quello che avevo. Profumava di sapone e legna.

«Ti sta grande, ma tiene caldo.»

Nel piccolo spiazzo dietro la casa, i partigiani erano pronti. Faliero mi squadrò.

«Oggi si cammina. Si sta zitti. Si osserva.»

Annuii.

Partimmo. Sentieri gelati in salita, la terra dura sotto gli scarponi. Io avevo la sottana e il freddo mi entrava anche nei capelli. Gli uomini non parlavano. Eravamo diretti sopra la Pieve di San Cresci, verso i boschi dietro Montefioralle. Il vento tagliava.

Solo Sandro, ogni tanto, mi faceva un cenno col capo. Come a dirmi: "Va bene così".

Dopo ore, ci fermammo. Il fiato fumava.

«Te rimani qui» mi disse Faliero.

Sandro mi guardò, ma non poté salvarmi. Dovevo iniziare a farlo da sola.

Mi lasciarono su uno sperone di terra, dietro un cespuglio di ginestre. Mi stupii che in quel dicembre si facessero ancora riconoscere. Un giallo stanco, stinto, eppure presente. Foglie minute e dure, e rami torti che non chiedevano nulla.

«Sta qui. Guarda la strada. Conta quanti camion passano. Se senti spari o voci alte: ferma, non ti muovere.»

Andarono via.

Guardai i camion tedeschi e i motociclisti fascisti.

Poi le mie mani piccole e le scarpe grandi. E riguardai la ginestra. La sfiorai con un dito e le dissi: «Tu stai meglio di me, hai il tuo posto, ginestrina mia. Stai ferma e non ti muovi. Sei fortunata. Non dipende da te se nevica, o se fa freddo, tu non hai responsabilità. Non decidi, non tremi. Piove? Ti bagni. Non hai colpe. Io sì. Vorrei essere te. E non scegliere».

Poi, guardai la strada sotto. Pensai che potevo buttarmi giù. E finire tutto. Così non ci sarebbe mai più stato un "poi" pauroso e cattivo, e forse mi avrebbe riabbracciato calda la mamma. La mamma fredda nell'acqua. La Gloria chissà se mi avrebbe mai perdonato.

«Delia!» la voce di Sandro mi svegliò. Mi voltai. Mi fissava da lontano. Mi raggiunse. Negli occhi, la domanda che non fece.

«Questa è la nostra vita» sussurrò, secco ma buono.

«Si guarda. Si aspetta. Si fa quando serve. Si patisce quando si può.»

Ritornammo al casolare col buio. Corpi stanchi, silenzio peso.

Sandro mise sul fuoco una pentola. Accanto, io rompevo i fagioli secchi, lui il farro. L'acqua bolliva serena. Tagliammo insieme un pezzetto di lardo e un po' di cipolla. Lo guardavo.

«È la zuppa dei giorni di guerra» disse.

Il Toscano rise: «Quando la zuppa fuma e i' corpo brontola, i' sapore si scorda!».

La mangiai piano. Sapeva di casa e di cura.

«Domani ti porto alla radio. Abbiamo tanti messaggi da decifrare. E te parli bene l'inglese» disse Sandro. Era scavato e fermo. Con gli occhi di chi aveva visto troppo e voleva vedere ancora.

Dovetti uscire. Corsi dietro la casa. Un angolo tra i rovi. Faceva freddo. Dovevo andare in bagno, non lo facevo da quando ero arrivata. Mi vergognavo, era buio, non avevo nessuno.

Le mestruazioni non mi venivano da tre mesi. Mi accovacciai e mi sortì tutto quello che non ci poteva più stare lì dentro. Mi vergognai e patii un male caldo e piansi, piansi, e allora iniziai a tossire per coprire, per non farmi sentire, per pudore. Il bagnato mi veniva fuori da sotto e da sopra. Tossii, più forte che potevo, per coprire quei dolori, quei mali vergognosi. Mi pulii con le mani. Non mi ero portata nulla perché pensavo di dover soltanto fare la pipì. Provai a pulirmi con le foglie, ma mi facevano male le mani per il freddo, non le sentivo più, non sentivo più nulla. Allora mi pulii in terra. Avevo le mani sporche. Ero sporca.

Quando entrai con le braccia dietro la schiena, Sandro mi guardò e disse: «Sei ammalata? Stai male?».

Abbassai lo sguardo.

«Perché?»

«Tossivi.»

Mi sentii sollevata. Credevo l'avesse detto perché aveva

visto del sangue da qualche parte o perché mi aveva sentito piangere. È strano, per noi donne è meglio essere malate e deboli che sanguinare perché si è vive.

«No» risposi, «tossivo perché mi vergognavo. Non volevo si sentisse il rumore della pipì o d'altro.»

Lui rise.

«Sai come ci si pulisce quando si va a farla in mezzo al bosco?»

Scossi la testa.

«Con le foglie di bardana. Sono grandi e morbide. E quando manca la bardana, co i' dorso della mano.»

Risi anch'io, con gli occhi ancora zuppi.

Si girò un secondo, armeggiò e tornò. Mi mise in mano una brocca, un pezzettino di sapone e un cencio pulito.

«Lascia tutto fori, quando hai fatto. Poi lo ripiglio io. T'aspetto a i' foco.»

Fui così felice. La sensazione di sentirmi pulita, di guardarmi le mani, mi restituì un moto di bellezza che non provavo da tanto. Rientrai e, appena mi sedetti, Sandro mi chiese piano: «Com'eri, Delia, prima di tutto questo?».

«A metà» mi uscì.

Gli raccontai della scuola, dei libri, del babbo che li sceglieva per me, della mamma che mi guardava e sapeva già. Della Maria. Della Gloria che cantava. E di Brummel che sapeva. Non dissi nulla di brutto. Perché non volevo patire quella sera. Tirai fuori la verità, ma senza dirgliela. Lui ascoltava.

«E tu, Sandro?» Quanto amavo avere il suo nome in bocca, mi faceva sentire fortunata, speciale.

C'era del bel silenzio. Solo la legna che schioccava.

«Il babbo era ferroviere. Socialista. Lo cacciarono via e la fame c'entrò in casa subito. Renato, mio fratello, lavorava al Bar Italia, all'angolo tra via dei Pucci e via Martelli. L'ho sentito lì, per la prima volta, cosa voleva dire giustizia. Poi lui è partito per l'Africa. E non è più tornato. Io, invece, son rimasto. E ho scelto.»

Stringevo la sua mano e mi sentivo spersa e sicura, tutto insieme nella ballotta che avevo in pancia.

A un tratto mi disse: «Buon compleanno».

«Era ieri, il 20 dicembre» lo sussurrai triste, anche se poi cercai di sorridere.

Aveva la mano in tasca, come stesse per tirare fuori qualcosa, ma alle mie parole si fermò.

La notte dormii vicino al fuoco, avvolta in una coperta ruvida. Gli uomini sparsi, chi contro il muro, chi sul pavimento. Nessuno parlava. Nessuno mi guardava come una donna. Solo come una che era lì.

La seconda sera, mentre ero accovacciata al fuoco che bruciava smargiasso, Sandro mi disse: «Sei come un torrente. Rompi gli argini e vai».

Risi piano, ma fui talmente felice pensasse quello di me.

«Tu sei come una quercia. Mi ci posso appoggiare» risposi arrossendo non per il fuoco.

E, per un attimo, il mondo fu semplice.

39
Sapore di mare

Firenze, 1° luglio 1973

Seduta sul bordo della fontana di piazza Santo Spirito, Irma bolle di tristezza. Si è allontanata da Angela e Lettèria. Ogni tanto ha bisogno di stare da sola per ripassare la melanconia. Guarda i ragazzi che suonano la chitarra. Loro sono felici. Cantano canzoni che hanno almeno dieci anni, romantiche e dolciastre come *Sapore di sale*, qualcuno ride.

Lei non canta, no.

Non ride.

Proprio no.

Non oggi.

Non riesce a non pensare alle spalle di Mauro, a quelle parole cangiate come un'esuvia al sole, alla confidenza, al chiostro, al silenzio solo per loro. E poi, a quelle risate dentate di donna, e alle sue spalle che si allontanavano, enormi, facendola tornare con i piedi per terra. Entrambi, zoppicanti.

Si bagna appena la mano nell'acqua fresca della fontana, le piace il rumore. Le ricorda qualcosa di puro. Come la risata di un bambino.

Non ha avuto il coraggio di raccontare nulla ad Angela e Lettèria. La sensazione di inadeguatezza e umiliazione profonda è troppo perfetta per essere restituita nella sua grandezza.

Anche se in quel mese si è rafforzata, è comunque viva, in lei, la consapevolezza che un ragazzo come Mauro non possa guardarla. Si sente poverina ma, in fondo, pensa che sia giusto così. E lo scrive sul diario, per ricordarselo.

Pensa sia già un fatto bizzarro che lui le abbia rivolto la parola e che sappia il suo nome, Irma.

«Irma.»

Schizzi.

Schizzi d'acqua.

Sul naso.

«Irma.»

Qualcuno la tocca.

Lei si volta, il cuore salta un battito. Mauro.

«Vieni un attimo con me?» le dice e, senza aspettare risposta, la prende per un braccio e la porta lontano dal sapore di mare, in una stradina laterale quieta, illuminata solo da un lampione asociale.

«Dove andiamo?» chiede lei e, essendo trascinata, è tranquilla nel mimetizzare con agio lo zoppicare.

«Da nessuna parte. Voglio parlarti un secondo, chiarire quello che ho detto l'altra sera. Ricordi?»

Mauro è agitato, è bello anche se in fremito, e rivederlo così da vicino questa seconda volta le fa incredibilmente casa, come se le fossero già familiari l'odore della sua camicia, quei denti bianchi e quegli occhi sempre troppo grandi per le poche ore trascorse tappati. Ha le pesche sotto gli occhi, violacee, ma è bello.

«Ricordo tutto» risponde lei, alzando leggermente il mento.

Mauro sembra preoccupato, ma è anche soddisfatto di quella nuova vicinanza: «Cosa ti ho detto, di preciso?».

«Che vuoi entrare in clandestinità. Che vuoi combattere» risponde secca «Che ci credi, Mauro, che ci credi davvero» e non sa neanche lei come le siano potute uscire parole piccole e appuntite come spilli.

Lui annuisce piano: «Non è una cosa da dire a chiunque. Non so perché l'ho fatto».

Irma sorride appena e il cuore incespica: «Forse perché ti fidi di me».

Lo dice con una dolcezza e una speranza che soltanto una ragazza che non si crede bella può avere.

Mauro la guarda, sorride anche lui, e un poco si perde in quell'azzurro nascosto: «Sei strana, Irma. Non sembri neanche di qua».

Lei lo riguarda, cercando di leggerlo e di rimanere in piedi: «E tu sembri un mistero».

Mauro abbassa il viso, serio: «Cerco solo una ragione che giustifichi tutto questo».

«Ce l'hai. La ragione è quello che fai. Io ti credo.»

Scoperto da quella determinazione: «Ah, Irma, non lo sai cosa significhi davvero. Non puoi capire...».

Irma lo interrompe decisa: «Invece sì. Io lo so cosa significa abbandonare tutto, perdere, rinunciare».

Mauro tace. La guarda ancora, a lungo, come per cercare qualcosa nel suo viso: «Chi sei davvero, Irma? Perché sei qui?».

Lei esita solo un attimo, poi, con calma assoluta: «Sono qui per capire chi voglio diventare. E adesso credo di saperlo».

Cade il silenzio, un silenzio che è già un presente che canta. Lui allunga una mano e col dorso dell'indice le carezza il viso. Irma sente bruciare la pelle sotto il dito, ma non si ritrae. Mauro è confuso, è attratto e respinto.

«Non sei come tutte. Sei parecchio diversa...»

«Sì, questo lo hai già detto» fa Irma con ironia inconsueta, per spezzare la tensione.

Lui la tiene e, con un movimento deciso, prendendole le spalle, se l'avvicina. Irma sente calore, sigarette, sudore, albicocca, bucato steso male, e il respiro irregolare che è sempre più vicino. E lo vede peggio, via via più sfocato, un ciclope, e quando ormai Mauro è diventato Polifemo, la bacia con un bacio inaspettato ma inevitabile, una resa che è una vittoria.

Irma si abbandona e si depone su di lui in tutto. Il piede non le fa più male. Quando finisce, lui le appoggia la fronte sulla sua.

«Non dovevo farlo» dice piano.

«Ma io direi che hai fatto solo che bene!» Irma scoppia in una risata che spiazza anche il lampione.

Mauro la allontana un po' da sé per guardarla, cercando di capire questa ragazza minuta e apparentemente fragile: «Quello che voglio fare è pericoloso».

«No, non sono così pericolosa.»

Sorride compiaciuto Mauro: «Sei veloce, sveglia, Irma».

Si fa silenzio. Lui abbassa la testa, un'ombra gli piega le spalle: «Non ti meritavi il modo in cui me ne sono andato l'altra sera».

«No, hai ragione.»

Inspira piano.

«Sto per fare qualcosa di grande. Di rivoluzionario.»

Irma guarda dritto: «Allora portami con te. O lasciami ai margini. Sappi, comunque, che io ci sono».

Mauro ride, colpito: «Addirittura. Non credo di poterlo permettere né a me né a te».

E lei con gli occhi che invadono tutto: «Non mi serve il tuo permesso».

La guarda: «Pericolosa».

«Abbastanza da capirti.»

Mauro fa un passo indietro.

«Se non torno…»

Irma solleva il mento, gli scosta appena il braccio: «Allora ci vediamo altrove». Poi fa un passo, poi un altro e lo lascia lì.

Ride lui, col lampione.

Il piede non le fa più male. Si ferma alla fontana e immerge la mano. Lo guarda. E lui lei.

Schizzi sul naso. Ridono.

E va via senza zoppicare.

Nessun dolore.

40
Santo Natale

Greve in Chianti, 24 dicembre 1943

Il giorno della vigilia, prima di Gesù bambino, arrivò la Nella, con addosso dei calzoni da uomo larghi e pesanti. La vidi spuntare dalla porta con un fagotto sotto il braccio e i piedi a paperotta, che però si vedeva avevano macinato chilometri. La faccia pareva avesse una ragnatela sopra, tanto erano pronunciate le rughe. Ma era giovane, gli occhi freschi, vispi e madidi di vita. Faliero le fece un cenno di saluto quasi festoso, il che significava che probabilmente le voleva parecchio bene e che la conosceva. Tutti, in realtà, sorrisero nel vedere arrivare lei e il suo fagotto. Ci stringemmo per farle spazio.

Quel casolare era proprio un cantuccio. Entravi e potevi trovare il posto giusto per te. I' tu' cantuccino. Quella sera odorava di legna e di cavolo lesso.

«Stasera cosa passa lo chef?» chiese la Nella, mentre apriva il fazzoletto con dentro bontà.

Sandro aveva messo a bollire una pentola con patate e una manciata di legumi, il Toscano raccattato del pane duro da ammollare, Mario detto "il Moro" stappato un fiasco mezzo vuoto che s'era asserbato. E la Nella, aprendo il suo fagotto, ne estrasse salame toscano e pecorino! Alipio, vedendoli, con tutti i suoi diciott'anni, urlò forte: «Ovvia! Ora sì che l'è Natale!».

Io ero seduta accanto a Sandro. Ero tutta emozionata perché da casa avevo portato con me solo una cosa: un fazzolettino ricamato con le mie iniziali, D.F., e, mentre avevo il cucchiaio della zuppa in bocca, glielo infilai sotto la camicia in maniera anche un po' ardita. Difatti poi abbassai lo sguardo. Era tutto ciò che possedevo.

«È per quando potrai metterci dentro le tue cose, per asciugarti il sudore e mai le lacrime» dissi.

Sandro sorrise. E da sotto al sedere, come per magia, tirò fuori un piccolo pezzetto di sapone profumato: «Per quando tornerai a casa».

«Perché puzzo?» gli dissi ridendo.

«No, anzi. Non c'è nulla di più pulito di te, Delia.»

Mi punse il cuore. Ma non glielo dissi. E forse sbagliai.

Mi mise un bigliettino in tasca e, senza guardami, mi disse: «Leggilo dopo».

Faliero alzò la ciotola di zuppa come un calice: «Alla libertà!».

«Alla libertà» ripetemmo tutti, in coro.

E tra un sorso di brodo, bocconi di salame, pecorino e minuzzoli di pane, tutti iniziarono a parlare, uno dopo l'altro, come se il Natale avesse portato un po' di bene anche a noi.

Fu Faliero, alzandosi, a dare il via: «Mi chiamano Faliero! Vi basti questo!» un pochino briachello, facendo una giravolta e quasi cascando in terra.

«Io, Leonetto, vengo da Pistoia. Facevo il calzolaio. Ho lasciato il banco, perché le scarpe io le fo e i fascisti me le volevano fare! Ora son qui e non mi sono mai pentito!».

Applausi, fischi.

Mario il Moro, con un sorriso storto: «Io sono Mario. Ma mi chiamano il Moro. Perché ho la pelle e i capelli ricci scuri, ma di nero ho solo quelli!». Applausi.

«Io son Sandro» disse guardandomi. «E, se sto qui, è perché ci credo. E perché ci siete voi.»

«Io son la Delia» dissi con un filo di voce, «e spero di essere degna.»

«Io son la Nella. Son sempre stata l'unica donna della brigata, fino a ora» rivolgendomi lo sguardo come una carezza, «per arma c'ho una 91, la vedete? Un fucile alto come me. E ci credete che fino a ora non ho mai sparato? Perché ogni volta che c'è un pericolo, ogni volta che arrivano i tedeschi e i pastori vengono a chiedere armi per difendersi, secondo voi, a chi la levano? A me, a una donna! Ma da oggi, vi vo in culo, me la tengo e sparo!»

Urli di tutti e risate.

«Però son contenta» aggiunse osservando tutti come fossero figlioli suoi, come una famiglia. «Mi sento libera. So di fare la mia parte, che è quella giusta. E a volte mi chiedo: "E se la si facesse tutti, la propria parte?".»

Ancora più urla, e Faliero, ormai parecchio briaco, le appiccicò un bacio in fronte.

E tanti, tanti, parlarono, come in un coro di Natale, ognuno ci metteva qualcosa di suo, come si fa coi regali quando si festeggia qualcuno che si ama: una frase, un sogno, un giuramento. Qualcosa che restasse, anche se non si aveva più niente.

Per ultimo Alipio, che guardava tutti con occhi lucidi: «Io son Alipio. Ho diciott'anni. Adesso son qui. E se muoio, pazienza!».

Mi si strinse il cuore. In quel momento, tra quella miseria, quella paura, mi sentii felice. Felice come una principessa.

Greve in Chianti, 20 dicembre 1943

Amore, bimba,

non sei nata nel solstizio d'inverno, ora l'ho compreso, ma l'ultimo giorno d'autunno, un presente sospeso tra quello che è stato e la promessa di una stagione fredda, che un giorno passeremo al caldo, sotto le coperte di una casa piccola che ci sembrerà una badia.

Sei complicata e inebriante, spaventosa e dolcissima, a volte erinni e a volte fragile, ma quello che accade, sempre, quando ti vedo, è che mi perdo in una beatitudine confusa e piena.

Sei la mia bimba, l'amore mio. Buon compleanno.

Tuo, Sandro

41
Amore e Rivoluzione

Campi Bisenzio, 2 luglio 1973

Irma torna al Cantuccio. È tardi. Ha ancora addosso l'odore di strada, di una giornata di baci e rivoluzione, schizzi e lampioni. Angela e Lettèria sono già rincasate. Si chiude la porta alle spalle, strascica tutti e due i piedi, e si appoggia un attimo al legno, come avesse bisogno di fermarsi prima di affrontare il resto del mondo, quello dentro.

La Delia è in cucina. Il Cantuccio dorme già. Lei no. Quando la vede entrare, alza lo sguardo e le punta addosso occhi che sanno sempre più di quanto dovrebbero.

Irma si lascia cadere su una sedia e sorride, con un sorriso storto. La Delia la osserva. Sa riconoscere il friccichio e lo scombussolamento, ma quello che coglie è qualcosa di più profondo, un turbamento che strizza lo stomaco.

Lei non dice, ma il silenzio è sodo. La Delia inclina leggermente la testa e la studia.

«Icché c'è?»

Quella la guarda ebete, come se non si aspettasse la domanda. Vorrebbe dire che non c'è niente, ma ride.

La Delia vede il movimento impercettibile delle labbra, cercano di formulare una risposta che non si compone. E lei non si scompone. Si toglie il grembiule, lo piega con calma. Poi parla.

«Mi pari una che c'ha un rospo dentro e non sa tirarlo fuori» fa imperiosa, ma sorridente.

Irma giocherella con una manica della camicia: «Non lo so» dice, «forse sì».

La Delia sa che il silenzio chiacchiera più di lei. Aspetta.

«Ho conosciuto qualcuno» mormora Irma, come se l'ammettere quel pensiero ad alta voce la facesse sentire ignuda.

«Qualcuno di importante?»

Irma annuisce: «Sì».

«E allora? Cos'è che ti tormenta?»

Prende fiato. Vorrebbe dire tutto di getto, ma qualcosa la trattiene.

«Sai, Delia, non è come gli altri. Non fa discorsi per impressionare. Ci crede. E quando dice certe cose, io… io sento che ha ragione. E poi è bello.»

Una fitta nel petto. La guarda: «Che genere di cose ti dice?».

Irma si passa una mano tra i capelli e butta l'azzurro al soffitto: «Parla di rivoluzione. Di come il mondo non possa rimanere com'è. Dice che bisogna fare. E non stare a guardare».

La Delia sente le dita stringersi sulla stoffa dell'imbottitura della sedia, ma il volto è immobile.

«E sei d'accordo?»

Irma annuisce: «Sì. A volte mi fa proprio paura quello che capisco e che sento. Ma non so smettere di pensare a lui e a quello che dice. A tutto».

La Delia la guarda. C'è qualcosa nella sua voce, l'eco di una passione lontana ma viva che le cosparge il petto lentigginoso.

«Vorrei capire meglio, ma se 'un tu ti sbottoni… E se ti stessi facendo trascinare?» le chiede, con dolcezza e decisone.

«No. No. Non è così. Lui non mi ha chiesto niente. Non mi ha detto cosa fare, come ha sempre fatto la mamma, da quando sono nata. Tu lo sai com'è…»

La Delia immobile.

Irma continua: «Lo ascolto e sento che quello che credevo di sapere non basta. Ho paura di aver capito troppo. E ho paura di non aver capito abbastanza».

E dopo un grande silenzio la Delia dice: «Le persone che ci affascinano di più, spesso, son quelle che più ci confondono».

Irma la guarda in cerca di una conferma, poi si stringe

nelle spalle: «Forse sono pazza...?» e si sfiata, come un fazzoletto caduto in chiesa.

«Pazza?» ripete la Delia. «E perché mai?»

E le si mette a sedere accanto, sistemandosi bene il culo e a lei una ciocca di capelli dietro l'orecchio.

«Vedi, Irma, quando si parla di rivoluzione, lo si può fare solo dopo, parecchio dopo, quando guardandoci indietro si capisce che si sono fatti cambiamenti, anche piccini, che magari lì per lì potevano sembrare insignificanti ma che, invece, son stati capaci di produrre un mutamento vero della condizione umana. La rivoluzione non è fatta pe' sciacquassi la bocca. La si usa e se ne abusa spesso per dire che è rivoluzionario qualcosa che è solo nuovo ma che, invero, non ha portato miglioramento alcuno.

«Non ti voglio sembrare una vecchia uggiosa che racconta favole su di sé, ma nella vita ci sono du' tempi: quello della giovinezza e quello della vecchiaia. Il primo, a un certo punto, ruzzola via veloce, e così arriva il secondo. E lì t'accorgi che è inutile guardare avanti, perché non potrai più progettare cose che sai non realizzerai. Il passato prevale sul futuro. Ti ci concentri, riesci a vederlo, forse lo capisci davvero, perché è l'unica materia che ti resta. Ti ci aggrappi forte al passato, perché è il luogo in cui tutto è reale, chiaro e senza misteri. Ti potrà sembrare triste, ma è anche confortante. Perché è definitivo.»

Poi la Delia guarda i gelsomini fuori dalla finestra, si sistema con le mani i capelli sulla nuca con una forcina, tirata fuori dal reggipetto, e dice lenta: «Ciò che entra presto va nel profondo. Anche a me, Irma, è sempre capitato all'inizio dell'estate. A maggio. L'amore quello vero, quello che ti spossa, è una straordinaria maledizione. Quando sei giovane vuoi tutto, e quando dico giovane, intendo non giovane di età, ma giovane d'amore. Quando finalmente te lo trovi tra le mani, sei incapace di accettare che il mondo non giri e non lavori solamente per il suo compimento, la sua realizzazione e la sua festa. Vuoi tutto e subito.

«Molti, dotati dalla gioventù, si fanno coraggiosi, brutali, nell'imporre a se stessi e al mondo quel sentimento, perché lo vogliono veder realizzato, contro tutto e contro tutti. Altri, invece, pur bruciando – forse più assennati o forse intimoriti dal provocare un dolore a chi amano solo di un amore domestico, meno appassionato e quindi meno colpevole –, non riescono a imporlo né a se stessi né al mondo. E vagano in un limbo, che può esser Paradiso, ma è quasi sempre Inferno, proprio perché sta nel mezzo».

Si ferma ed estrae dai capelli la forcina che aveva usato per sé, delicata la porta sul viso di Irma, come a spostare un capello che, in realtà, non c'è, e quindi si fa carezza.

«Sii contenta che l'amore abbia bussato. Aprigli la

porta, ma sii accorta. L'amore e la rivoluzione son fatti della stessa materia: passione, urgenza, sacrificio. Ma vanno curati, concimati e ascoltati. Sennò ti scoppiano in mano.»

La Delia si alza, va a prendere una ciotola di fagioli da sgranare e la mette tra di loro.

«Aiutami. Perché l'amore come il desinare, non si fa da sé.»

«Ma è l'una di notte!» ride Irma.

«Non mi è mai piaciuto farmi trovare impreparata dalla vita.»

42
I nostri balli

Greve in Chianti, gennaio 1944

Era serio. Era un partigiano. Ma spesso si apriva alla gioventù. Perché era anche un ragazzo. E a volte la speranza, la leggerezza di una felicità elementare veniva fuori. Era buffo. Sandro mi faceva ballare.

Mi prendeva e io gli dicevo: «Ma non c'è musica», e lui rispondeva: «Non importa, noi facciamo i nostri balli».

Un giorno, mentre volteggiavo, gli feci una domanda che mi nacque dalla gioia dell'istante: «Giochiamo alle percentuali?».

Lui si fermò, mi guardò con quel suo modo spassoso e, allontanandosi un po' e sgranando gli occhi già enormi, mi chiese: «Che percentuali?».

«Dimmi che percentuale abbiamo di stare insieme tutta la vita. Se vivremo felici e contenti o no!»

Poi però, rendendomi conto di quello che avevo detto, mi vergognai d'aver fatto una domanda così stupida, perché c'era la guerra. Mi tornò in mente May, perché anche lei, nonostante tutto, voleva la sua piccola parte di vita. La capivo. Dentro di me c'era una sorta di egoismo: avrei voluto pensare un po' a noi, a vivere, a dormire insieme in un letto, a passeggiare, a mangiare non solo per sfamarci. E spesso, anche se credevo a tutto ciò che eravamo e che facevamo tanto quanto lui, ero gelosa. Ero gelosa della guerra. Come un'amante è gelosa di una moglie.

«La percentuale di essere, io e te insieme, felici e contenti per tutta la vita?» ripeté lui.

Quasi mi commossi nell'ascoltare quell'"io e te insieme" che aveva aggiunto.

«Come nelle favole?» rincarò con un sorriso complice.

«Sì!»

Allora mi guardò, e, prendendo seriamente la domanda, anche mentre continuava a farmi frullare con le sue mosse buffe, rispose fermo: «Un 75 per cento che tra un anno saremo ancora così.

«Un 20 per cento che saremo morti.

«E un 5 per cento che vivremo felici e contenti».

E poi aveva aggiunto: «Tre mesi fa, ti avrei detto l'1 per cento».

«Ah» mi uscì. Quello e basta.

Lo dissi con le bombe in testa, ma con le parole che recitavano pace.

«E le tue percentuali, quali sono?» chiese.

Le mie erano morte. La guerra l'avevano già persa. Capii, in quel momento, che la mia vita non mi avrebbe concesso quello che desideravo, che l'amore che meritavo non avrebbe mai sconfitto quello per il dovere. Né il suo, né il mio. Che, in fondo, era il motivo per cui ci amavamo.

«Quindi non pensi che vivremo mai felici e contenti?» mi sforzai con ogni cosa avessi per non far vedere quanto mi sentissi poverina. Per non mostrare che le sue parole mi avevano sotterrato.

«Ci sono cose impossibili, Delia. Ci sono delle responsabilità. Ne sarà valsa la pena essere partigiani. Perché lasceremo ai giovani un mondo migliore. E le tue di percentuali?» insistette. «Le chiedi a me e poi non mi dici le tue! Allora?»

«Uguali» dissi. Solo questo.

Seppi quel giorno che non sarei mai stata al primo posto. Né per me stessa, né per chi amavo. Sarei sempre arrivata dopo ciò che è giusto. E anche se lo compresi, mi parve la cosa più ingiusta del mondo.

43
Dolore e Furore

Firenze, 15 luglio 1973

È un pomeriggio fermo come chi ha un gatto sulla pancia. Firenze, in questo luglio benedetto, è di un caldo anestetico e ansioso: le serrande abbassate a metà, i motorini che arrancano nel centro arroventato, il profumo di benzina e gelsomini che si sdilinquisce sui cancelli dei palazzi, si impongono come un editto.

L'appartamento in via San Gallo, all'ultimo piano di un vecchio palazzo, ha il soffitto alto e le pareti sbucciate che boccheggiano antichi strati di colore. Una casa prestata da un'amica di un'amica, una ragazza che lavora in una libreria vicino a piazza della Libertà, partita per Londra, ha lasciato le chiavi e un frigorifero da cui ti guarda sconsolato solo un tubetto di pasta d'acciughe. Il tavolo è zeppo di resti: pane, pomodori tagliati grossolanamente, una scatola di tonno e qualche mollica che galleggia sulla tovaglia cerata. Una moka da due. Caffè freddo e Nazionali senza filtro.

In camera mobili scompagnati: un letto matrimoniale con la rete sfondata a cucchiaio, per accogliere meglio, un copriletto leggero coi fiori sbiaditi e i pallini di cotone appiccicati come col Bostik. Sul comodino, posacenere che traboccano di mozziconi e una bottiglia di chinotto, metà svapa. Vicino alla finestra, in terra, una camicia e sandali a pancia sotto, coi lacci sciolti come capelli.

"Che fatica, con questo caldo. Che fatica prodigiosa" pensa Irma, perché nel mentre, anche se è bellissimo quell'amore con Mauro, lei pensa, comunque. È così diverso da quella sua prima e unica volta, quasi spaventosa. Era stata con un amico di famiglia ed era durata meno di un sospiro. Lui era stato capace solo di scostarle le mutande prima che tutto fosse già compiuto.

Che caldo, un caldo languido che le preme addosso, pesante, invincibile, esattamente come quell'amore che le pigia su ogni organo molle.

Il silenzio è rotto da una Vespa che arranca sotto le finestre, da una radio accesa in una cucina vicina, e dal pianto di un bambino che si abbandona a quel luglio.

Irma ha il volto appoggiato su un pezzo di Mauro. Il respiro è calmo, ma dietro gli occhi socchiusi attende. Con lui è così. È stato così la prima volta nel chiostro, quando le ha detto tanto e l'ha lasciata lì, sola, e anche stavolta arriverà quel momento, arriva sempre. Dopo qualcosa di bello viene sempre il tempo in cui lui le fa male.

Si copre lentamente la gamba col lenzuolo, come fa spesso, perché si vergogna. Al buio è sicura e ora, anche se le persiane sono socchiuse, entra inciuciona la luce. Nella penombra, frustata da strisce arancioni, si sente osservata. Il respiro di Mauro si fa più profondo e pensa che lui la stia guardando. E per coprire quel disagio attacca a parlare. Come se avesse capito tutto, come se il silenzio stesse diventando troppo intimo anche per lui.

Le accarezza i capelli piano, come si tocca una ferita.

«La mia famiglia, Irma, è fatta da una mamma sola. Carlo, mio fratello, nasce figlio unico. Anche quando siamo stati in due, è rimasto da solo. Lo è da tutta la vita. Lo è ancora.

«Il babbo si separò dalla Celestina, quando aspettava me. Tornò in Sicilia. Lei faceva la venditrice ambulante, era brava, lavorava tanto. Ci ha sempre fatto vivere in maniera decorosa. Ci amava a modo suo. Mio fratello era sveglio. Alla scuola media unica andava bene, è sempre andato bene, meglio di me, finché l'ha fatta. Finché ha potuto. Frequentava le serali, perché la mamma voleva che il giorno l'aiutasse ai mercati rionali. Era vispo, anche per via di tutte le attenzioni della Celestina.

«Poi... Poi diventò ribelle e il rapporto con la mamma

si complicò. Lei voleva fosse il capofamiglia, lo voleva educare. E, credendo di far bene, cominciò a chiamare i carabinieri per ogni loro litigio.

«Carlo entrò nel tunnel delle istituzioni totali. Lo misero a San Lazzaro a Reggio. In manicomio. C'erano reparti per i "minorenni difficili" o gli "psicopatici infantili", ma il confine tra disagio psichico e ribellione non esisteva. Si veniva mandati in manicomio anche perché si era troppo poveri, o scappati di casa, o perché la famiglia non ti voleva più. Non era il suo caso, ma credo che Carlo l'abbia pensato tutta la vita. Avevo sei anni quando lo internarono.

«I minori venivano trattati come gli adulti.

«Carlo un matto non lo era. E non lo è mai stato.»

Sospira e chiude gli occhi. La mano di Irma tocca, morbida, la sua.

«Il manicomio non lo guarì dal suo ribellismo adolescenziale e la mamma, che aveva una sorella suora che abitava a Genova, lo mandò laggiù. Lo misero in un riformatorio, un posto che negli ambienti della curia era considerato una gran soluzione, ma che in realtà era un ghetto: la nave scuola Garaventa.

«Fu lì che iniziò la traiettoria da adulto di Carlo.»

Poi si ferma e guarda il soffitto, con le mani e le braccia aperte e un lenzuolo che gli copre i fianchi. Pare Gesù crocifisso.

«Quando uscì, la mamma lo mise a navigare come

mozzo. Fece il servizio militare in Marina e poi decise di tornare a Genova, dove si politicizzò.

«Lì Carlo capì che la sua storia individuale era anche e, soprattutto, una storia collettiva. Capì che, fino a quel momento, avevamo perso. Capì che il movimento era l'unico credo, l'unica soluzione per gente come noi.

«Continuò a navigare per uno o due anni, facendo "intervento" sul territorio, accanto agli operai e lavorando saltuariamente in ditte di pulizia.

«A Genova si avvicinò al mondo di via Balbi e dell'università. Non aveva studiato abbastanza per frequentarla, Carlo, ma studenti e operai si cercano, Irma, son fatti della stessa materia, sono i due giganteschi attori collettivi di questa rivoluzione. Gli studenti con la giovinezza sono la promessa di un cambiamento, e gli operai e i metalmeccanici in particolare, in una Repubblica che nel primo articolo della sua Costituzione ha scritto che è fondata sul lavoro, sono antropologicamente, anche loro, una promessa, un orizzonte.

«E a Genova, all'università, Carlo conobbe, un professore di Storia dei partiti politici. Lui lo reclutò insieme a pochissimi altri. Divenne subito un dirigente, senza tappe intermedie. Carlo è sempre stato un soldato straordinario.»

Lo dice fiero, si accende la sigaretta e, guardando sempre in su, come se parlasse al Dio suo padre: «Poi è entrato nel Movimento marxista-leninista, e infine nelle Brigate Rosse».

Inspira.

«Ha imparato il mestiere da un contadino pugliese, non mi ha mai voluto dire il nome, uno che aveva fatto l'operaio a Torino negli anni Sessanta nell'indotto FIAT. Carlo aveva il profilo ideale del soldato della rivoluzione, perché aveva conosciuto il dolore, non era interessato alle donne, non aveva e non ha vita familiare, non ha figli, è stato un marittimo e le forze dell'ordine del territorio non lo hanno mai identificato, perché partiva, stava lontano tre mesi, poi tornava, senza una fissa dimora.»

Si mette seduto appoggiato allo schienale del letto. E guarda avanti.

«Il brigatista perfetto è il brigatista che non esiste. E Carlo, forse, non è mai esistito.»

Si ferma, come analizzando tutto ancora una volta.

«Aveva le coordinate giuste. Ed è sempre stato capace di far bene tutto: rubare le auto, organizzare gruppi di comandi militari, truppe di fuoco.

«Sono riuscito a ricontattare mio fratello un anno fa. O meglio, mi ha trovato lui. Mi ha detto che mi aveva seguito e che, per ciò che aveva visto, sarei potuto servire.»

Irma lo guarda, proprio, come si guarda Cristo in croce.

«Carlo è duro e puro, ma ha anche lati umani notevoli.

Una volta un compagno che era presente mi ha raccontato che tenevano prigioniero un uomo, in una tenda, e gli avevano messo delle cuffie sulle orecchie, perché non sentisse il mondo. E Carlo, quando aveva saputo che in quei giorni il padre dell'ostaggio era morto, era andato da lui e gli aveva detto: "Le tolgo le cuffie, così può stare un po' solo con se stesso".»

Si ferma.

«Carlo è anche questo.»

Inspirando forte e guardandosi le mani col collo abbandonato: «Ma sarebbe capace di dare il colpo di grazia anche a un compagno, se pensasse che ha tradito».

Con occhi aperti di ferro: «Ha ucciso, ha gambizzato, non una sola volta... io credo. Ma quelle non erano persone, erano rappresentanti del potere. Non c'è nulla di personale.

«La morte è simbolo, la lotta è vita».

Poi, guardando davanti a sé: «Carlo è questo.

«Carlo è dolore e furore».

E spenge la sigaretta nel bicchiere.

44
Più forte che puoi

Greve in Chianti, febbraio 1944

«La Resistenza la fiorisce anzitutto qui, nel suo ambiente originario, la montagna. Da qui ci si incammina per le azioni di sabotaggio e per i combattimenti contro l'occupante nazista e i suoi servi fascisti.»

Faliero lo disse guardando le colline e poi voltandosi verso di me, a condividere una verità assoluta, una fede. Era come se in quelle parole ci fosse una consegna, un riconoscimento. Mi stava dicendo: "Ora sei dei nostri".

Era mattina presto, l'aria tagliava il fiato. Era un febbraio freddo e operoso. Attorno al casolare c'era movimento, ma ordinato: tutti insieme si stavano preparando per la stessa cosa. Sandro, Leonetto e Alipio arrotolavano insieme delle micce e confezionavano un pacco di esplosivo. Io passavo loro le corde per legare i carichi, attenta a non sbagliare, mentre Faliero osservava e ogni tanto correggeva un gesto, una piega, un nodo. Le cartine stavano distese su un tavolo di fortuna, mantenute ferme da un peso di sassi, e Leonetto ogni tanto ci poggiava il dito sopra per indicare un sentiero.

«I fascisti hanno mobilitato grandi forze nella repressione, decisi a fiaccare il movimento partigiano fin dagli inizi, a stroncarlo sul nascere, cara mia» mi disse Faliero, mentre insieme legavamo un fagotto pesante. Poi mi guardò serio: «A breve toccherà a te e a Sandro portare qualcosa di importante. Lo farete insieme».

Leonetto si voltò: «Quante volte ci siamo scontrati qui, in montagna. Maledetti fascisti schifosi, cancri».

Poi continuò, con voce più roca: «I morti che ho visto arrivare con i carri con la paglia... tutti insanguinati. E, per quanti, ho dovuto dare una mano a sotterrarli... Ce n'hanno fatte passare di tutti i colori. Le mie idee, anche avessi a schiantare domani, rimarranno sempre queste: morte al fascismo, libertà ai popoli».

Alipio alzò la testa dal foglio su cui annotava codici: «Pensate, io sono mancino e scrivo con la sinistra e in prima elementare mi bocciarono, avevo 5 in condotta, e 5 nozioni fascista! E sapete perché? Se mi dicevano di fare il saluto, non lo facevo con la destra, lo facevo con la sinistra!».

La risata breve e amara degli uomini si perse tra le colline. Il vento sapeva di neve.

I giorni si consumavano lunghi, ghiacci, pieni e intensi. Capivo come portare i messaggi, seguivo gli uomini. Imparavo. I nodi per i pacchi d'esplosivo, la miccia che va tagliata netta, il conteggio dei secondi: dieci, venti, trenta. La staffetta a piedi o in bicicletta, con i documenti nascosti sotto la gonna. Le mani che sudano, ma il volto sempre impassibile. Un sorriso, se ti ferma la milizia. Come se niente fosse.

«Non è per uccidere. È per tagliare i fili, bloccare i treni, far saltare i ponti. La paura va seminata, sì. Serve a svegliare» mi disse Sandro, mentre mi mostrava come si preparava una bomba. Io ero svelta, ma ero sempre stata abituata a fare la donna.

Ascoltavo. E m'adopravo.

Una sera, rientrando al casolare, trovai la Nella che m'aspettava seduta su una pietra. Aveva con sé un fagotto dei suoi. Fece rientrare tutti, e poi, ferma, mi disse: «Delia, ascolta. Mettiti questi». Mi srotolò un paio di calzoni larghi, vecchi, ma puliti.

«Sono di mi' fratello. Non esistono pantaloni da donna, credimi, ti sentirai riavere. Alcuni cattolici nel comando hanno dato l'ordine che le donne staffette è bene che stiano con la gonna, ma per carità! Ci vogliono i pantaloni con questo freddo e con questa vita, non si deve badare a certe stupidaggini. Io sono sempre stata rispettata, ma sempre coi pantaloni addosso del mi' babbo e del mi' fratello. Mettiteli.»

E sistemandomeli in mano, continuò: «Entrare a far parte della Resistenza per me è stata una cosa istintiva, naturale, inevitabile direi. I' mi' babbo era perseguitato dai fascisti e noi, io e i' mi' fratello, ne eravamo consapevoli, perché l'abbiamo vissuto. Ho cominciato così. I' babbo e la mamma mi dicevano: "Zitta, pensa a studiare, c'hai i libri!", ma non si poteva più andare a scuola e io insistevo, insistevo e pian piano anche loro si sono rassegnati a farmi fare la staffetta. Porto le bombe a mano, le balilla, quelle verdi piccoline, in una borsa all'uncinetto fatta con le corde per legare le viti. Una bomba in una borsa e una bomba in un'altra. Senza paura. Mentre lo fo non so cos'è la paura, davvero, non penso neanche.

«C'ho i' fucile, ma alle donne, Delia, quando va bene, danno rivoltelle piccine che non si sa nemmeno se funzionano. Io ce n'ho una nel reggiseno. Non l'ho mai provata. Te la danno e ti dicono: "Questa è la sicura, se devi sparare, la togli e premi il grilletto". Non so se la mia l'abbia mai sparato. Ma mi dà forza sapere che ce l'ho, la tengo, qui, nel reggipetto» e si toccò il cuore, «perché se mi prendono… io sono terrorizzata dalle torture…» e s'interruppe. «Se ti prendono ti portano prima a Villa Triste e poi a Santa Verdiana.»

Abbassai lo sguardo.

«Ho due amiche staffette, l'Imola e la Lauretta. Son state arrestate. Tutti noi ci si immaginava che le avessero torturate, perché i genitori, quando andavano a portare la

biancheria pulita, ritiravano quella sporca ed era sempre tutta...» le mani della Nella tremavano appena, «insanguinata. Si sapeva... ma vederlo... ecco...»

S'era come rimessa la bocca insieme e faticando: «La Lauretta, quando è uscita, è venuta da me. Per metterla a letto, il primo giorno, l'ho dovuta prendere di peso, perché non riusciva nemmeno a salire. Le ho detto: "Poerina, ma cosa t'hanno fatto?", e lei: "Non lo dirò mai, perché non si possono dire queste cose. E poi, non ci crederebbero nemmeno"».

La voce della Nella si abbassò: «E quando le ho chiesto: "Come hai fatto a uscire viva?", mi ha risposto: "Sognavo. Ho cercato un punto in cui c'era la luce davanti a me e nella mia testa. Ma viva non son più, Nella. Proverò a dimenticare per tutta la vita. Ma non ci riuscirò, perché quello che m'hanno fatto non si dimentica. Lo porto addosso".

«Aveva il seno deturpato, le avevano strappato i capezzoli con le pinze.

«Tieni!» e mi mise in mano la piccola rivoltella che si era tirata fuori dal reggiseno.

Un nodo mi chiuse la gola.

«Le partigiane torturate non raccontano mai. Specialmente dello stupro. Perché è vergogna, e perché non si sa nemmeno come dirlo. Nemmeno in dialetto ci sono le parole per dire queste cose.»

Si zittì.

«Mettiti i pantaloni, Delia. E se ti prenderanno – ma

non accadrà –, ma se ti dovesse succedere, resisti. E poi sogna. Guarda qualcosa che abbia luce. Fattici accecare, anche.»

Quella notte, sotto la coperta ruvida, ascoltai il silenzio della montagna, e capii che la forza vera non stava nel non avere paura, ma nel saperla portare con sé.

Mi misi i pantaloni e non me li levai più.

E pensai: "Perché così puoi correre Delia. Puoi correre come una donna. Che vuol dire correre più forte che puoi".

45
Il buon Cortegiano

Firenze, 17 luglio 1973

Carlo è nero, moro. Ha un andamento nel parlare e nel muoversi che catalizza l'attenzione, anche quando si accende una sigaretta. Si muove piano, preciso. Sembra non lasciare nulla al caso. Efficace. Tutto in lui pare naturale, nulla sembra studiato. O, forse, il carisma è proprio questo.

Aggraziato è l'aggettivo che meglio lo descrive, anche se, guardandolo, non è di certo il primo che ti viene in mente: occhi scuri, barba che gli spezza il viso olivastro e una peluria riccia che spunta dalla camicia bordeaux.

Nel Cinquecento, il Castiglione, nel *Libro del Cortegiano*, avrebbe detto che quella di Carlo è un esempio di sublime sprezzatura.

La grazia che produce meraviglia sta precisamente

in ciò: nel restituire le cose ben fatte e, quindi, difficili da ottenere con facilità estrema, senza sforzo. Lui, che si gratti il capo o sputi in terra, ha grazia.

Carlo è un fulgido esempio di cortegiano.

46
Piazze d'Italia

Firenze, 13 febbraio 1944

Secondo il consolato tedesco di Firenze, a fine gennaio, era stata prevista in Italia la visita di Karl Wolff, comandante delle SS delle forze naziste nel settentrione. Ma era stata rinviata a causa dell'allarme aereo. Un nuovo appuntamento venne fissato per febbraio, sempre a Roma. Karl Wolff era una delle massime figure dell'occupazione nazista, braccio destro e capo di stato maggiore di Himmler. Si diceva che su quel treno per Roma, che sarebbe passato per Campo di Marte, in realtà, ci sarebbe stato lui, Hitler.

Interrompere i collegamenti e i trasporti era un atto di guerra estremamente pericoloso e difficile da portare a termine. Soprattutto se a passare era un gerarca nazista. Soprattutto se a passare fosse stato il Führer in persona. In tal caso, riuscire a farlo brillare, sarebbe stato un miracolo.

Quel giorno tanto atteso, giunse.

La sera del 13 febbraio del 1944 sembrava uscita da un quadro di De Chirico, uno di quelli con le piazze d'Italia immobili, rotte da ombre che si allungano innaturali e scivolano via per non essere viste e non vedere, per non farsi riconoscere e non riconoscere, per non lasciare traccia e non essere. Il cielo sopra Campo di Marte era scuro come un segreto che picchia la testa contro i lampioni. Le rotaie della stazione riflettevano e il vento miagolava tra i vagoni fermi, scuotendo male rami di alberi svestiti.

Ci muovevamo a passo lento, fingendo di essere quello che eravamo, ma non avevamo mai potuto essere: una coppia innamorata in una romantica passeggiata serale. I capelli mi si srotolavano sul cappotto scuro.

Mi muovevo con disinvoltura in quella camminata che per me era una promessa, un segreto da custodire.

Sandro mi pareva sempre più alto e magro, una lama, come in un ritratto di Otto Dix, inquieto, scolpito dalla fame e dalla guerra.

Gli occhi azzurri in movimento, contro ciò che era ingiusto, contro il potere, sempre, instancabile, con un'accuratezza che lo consumava.

Il mio sorriso, nonostante tutto, aveva schegge di felicità, in quella nostra gita finta ma vera. Il suo, come accade ai maschi che non sanno frantumare nulla, era solo di circostanza. Indossava un paltò e un cappello a tesa bassa. Con una mano teneva la mia, con l'altra nascondeva il battito accelerato.

Parlava a bassa voce, parole mai lievi, nemmeno quando volevano essere carezza. Ma quando mi guardava, mi illudevo fosse vero. Non una messinscena, non un inganno. Solo un uomo e una donna che passeggiano, che si perdono per Firenze, prima di tornare a casa con una ciambella con cui sporcarsi la bocca. Come facevamo io e il babbo quando ero piccina.

Ogni tanto mi pareva di vederlo.

Sotto la stoffa del mio cappotto, sentivo il freddo del ferro, ma fingevo fosse l'inverno. O una giarrettiera bella, che più tardi avrebbe reso tutto caldo. Poi mi ricordavo chi ero. Non potevo essere solo una donna innamorata. Ero una partigiana con una bomba tra le gambe.

Mi fermai all'improvviso, quando Sandro mi diede un piccolissimo strattone. Fissava un punto avanti a sé. Quel gesto mi gelò. Mi svegliò con la voce di un padre che ti redarguisce mentre giochi.

Abbassai lo sguardo come chi si accorge di un piccolo fastidio.

«Oddio, mi si è sfilata la calza» dissi, chinandomi con un mezzo sorriso, una risata quasi distratta per chiunque ci stesse osservando. Quel giorno indossavo la sottana.

Sandro annuì, il mento si tese per un attimo, come

se stesse combattendo l'istinto di voltarsi di scatto per controllare ogni ombra.

Le mie dita lavoravano veloci, silenziose, tra il bordo del binario e il buio. Doveva essere un gesto semplice, simile all'annodarsi una scarpa o al sistemarsi l'orlo della gonna, perché l'avevo provato centinaia di volte. Ma l'aria mi si fermava nei polmoni, la saliva mi mancava, mi sembrava che i fili fossero di più e che avrei sbagliato qualcosa.

E nella mia testa, nonostante mi dovessi concentrare, desideravo solo che, chiunque ci stesse osservando in quel momento, pensasse che ero una donna che si sistemava una calza mentre il suo uomo l'aspettava per tornare in una casa tiepida come il brodo.

Dalla finestra di un palazzo vicino, la signora Bruni sapeva cosa stava vedendo.

Glielo aveva detto al mercato, sussurrato.

I sovversivi, i comunisti con le loro bombe.

La guerra le aveva portato via un marito e le aveva lasciato il bisogno di sentirsi ancora utile a qualcosa, a qualcuno. A un'idea.

Quando mi rialzai, incrociai la stretta di Sandro intorno alla vita e mi sembrò il paradiso, poi lui mi prese di nuovo la mano e ricominciammo a camminare.

«... coi capelli rossi.»

Nel buio della stanza, la signora Bruni abbassò il telefono solenne.

Passammo due strade e io feci due saltelli, fiera di aver eseguito tutto alla perfezione e di essere accanto a lui.

Sandro strinse la mano più forte del solito.

Lui lo capì e basta.

Il suono delle nostre scarpe, nitido nel silenzio.

Poi, l'urlo.

«Fermi!»

Le torce ferirono il buio. Sandro mi strattonò.

«Scappa!» e lo disse con una calma che mi rigirò lo stomaco.

Mi afferrarono il cappotto, non provai neanche a divincolarmi, sentii il fiato caldo sul collo, l'odore di lana bagnata.

Sandro colpì uno di loro e si liberò.

Riuscì a scappare.

Io no.

Sentii un pugno nello stomaco. Caddi in ginocchio.

Il cielo sopra di me era cattivo.

E, mentre mi trascinavano via, voltai lo sguardo.

Mario il Moro.

Immobile.

47
Il vento di Rovaio

Campi Bisenzio, 20 luglio 1973

Il Cantuccio è in fermento. I tavoli sono un brulichio di foglietti, appunti, calcoli di porzioni, ingredienti, conti che devono tornare. L'aria sa di sugo, di idee e di ansia. Il Fierone è vicino: la cena, lo spettacolo, la grande serata che tutti aspettano.

Dal loro buon esito dipende tutto: la possibilità di pagare la multa di 600.000 lire e quindi di tenere in vita il rifugio di tutti.

La Delia gira per la cucina, orchestrando mani, parole e sguardi. Gigione è indaffarato a lucidare le posate come se fossero armi. Alfonso finge di avere rudimenti di matematica, Girolama spignatta, Lettèria e Angela impastano, si divertono, ma con un occhio alle pentole. Il Mago Cristal, tra una risata e l'altra, prova numeri di magia a lato, con qualche animale bizzarro al seguito: un coniglietto colto e molto grasso, Arturo, e un pappagallo, Emi, che ripete continuamente: «Tìppete!». E bestemmie.

E c'è anche Cambi Remo. La sua storia aleggia nella stanza, portata come sempre dal suo cantore prediletto, i' Pugi, che quando la racconta è meglio di un attore professionista. L'ha già fatto mille volte, e sempre con quel suo modo che lo fa sembrare quasi un aedo.

«Che la sai la storia di Cambi Remo detto "Cannone", mia cara Irma la dolce?» domanda. E dopo che lei scuote la testa, iniziano tutti a vociare, a ridere felici, consapevoli dello spettacolino a cui stanno per assistere.

«Allora te la racconto io!» inizia i' Pugi, impostando la voce.

«"Alla Villa son tutti signori, alla Villa son tutti signori perché fanno le scarpe per i soldati" cantava Cannone, l'ultimo cantastorie di San Giorgio a Colonica.

«Cambi Remo, ciabattino villese, era quello che "l'anarchia gli era piovuta in testa portata dal vento di rovaio".

«Alla Villa e a Capalle, negli anni Dieci del Novecento, c'erano calzolai che lavoravano per le forniture militari, ma non era mica vero, signori non lo erano. Faticavano come tutti. La loro indipendenza però li rendeva anarchici inconsapevoli. Proprio come Cambi Remo. E come me, ma io son anarchico consapevole!

«E insomma, il giorno del suo primo voto nel dopoguerra, Cambi Remo era stato messo sotto pressione dai compagni: "Remo, tu voterai comunista, vero?", "Remo, mi raccomando, non fare i' bischero". Lui allora, quando venne il giorno, entrò nel seggio, e fece venti croci su falce e martello e poi si firmò: "Cambi Remo, Madonnap...a!".»

E giù, tutti con le lacrime agli occhi... Raccontata da i' Pugi, quella storia era sempre stata una piccola opera comica, dove perfino la bestemmia si trasformava in poesia pura.

Irma ride, ma son giorni che si muove diversa. È più silenziosa, più assorta. La dolcezza che la contraddistingue c'è, ma è come sbeccata. Non ha raccontato nulla di ciò che Mauro le ha confessato, però il peso lo sente. Nello sguardo, nei gesti lenti, nel modo in cui guarda le mani delle amiche e ascolta le parole della Delia.

È scissa e devastata. Ama Mauro, lo ammira, ma qualcosa dentro di lei vacilla. Sa di portare un segreto grande che toglie il respiro.

E quella sera, mentre preparano le teglie per il forno, per fare la prova dei piatti – arista in umido, pappa al pomodoro, crostini neri e bianchi, frittelle di riso e cenci –, la Delia la guarda e si ferma.

«Vien di qua, con me.»

La prende e la porta nel suo regno, nella sua camera, dove non era mai entrata davvero. È semplice, profumata di lavanda, con mobili antichi, una poltrona usurata, foto in bianco e nero e un tavolo davanti alla finestra con sopra una spazzola d'argento, un pennino, un diario e un piccolo rosario. Sopra la sedia, una sottoveste di seta rosa cipria, simile al colore della pelle, liscia e morbida, dalle spalline sottili, lo scollo a cuore, bordato di pizzo sfumato d'oro, come l'orlo della gonna.

Entrano anche Lettèria e Angela, quatte quatte, attratte come calamite da quel luogo proibito e intimo. Si siedono ai piedi del letto senza fiatare, come se avessero avuto il permesso di farlo ma solo se fossero state buone.

«Sedetevi *sopra* il letto!» dice la Delia.

E, veloci, eseguono subito tutte e tre, bone bone.

Irma vede il diario e chiede: «Scrivi un diario? Anche io ne ho uno».

La Delia allora la guarda per un attimo più lungo: «Sì. I diari si scrivono per sé. Ma spesso anche per parlare con chi si ama, e dire ciò che non si è riusciti. Con la speranza che poi, un giorno, verranno letti. Magari proprio da loro».

Poi le porge un libro rosa.

«Qui, invece, c'è un discorso importante.»

E, rivolgendosi a tutte e tre, dice: «Le donne pensano molto a loro stesse e ci pensano in un modo doloroso e febbrile, sconosciuto a un uomo. Due donne si capiscono bene quando si mettono a parlare del pozzo oscuro in cui cadono. Ho conosciuto moltissime donne, donne tranquille e donne non tranquille, ma nel pozzo ci cadono anche le donne tranquille: tutte cascano nel pozzo ogni tanto, scrive qui dentro la Ginzburg.

«So che spesso ci si sente comprese e connesse solo con le proprie simili. Ma questa parziale e univoca condivisione non è del tutto salvifica, perché porta alla stessa meta: un pozzo nero.

«La fragilità e la sofferenza devono essere concepiti come strumenti di conoscenza.

«L'attenzione è una forma rara e pura di generosità, e l'attenzione è la capacità di stare nel dolore senza fuggirlo, di lasciarlo esistere senza bisogno di rimuoverlo o trasformarlo in qualcosa di più accettabile.

«L'attenzione è una forma di forza, di resistenza silenziosa, che permette di entrare in contatto con la realtà nella sua verità più profonda. In questo senso, il pozzo della Ginzburg non è solo una caduta, ma un'opportunità di vedere. La vulnerabilità non è un difetto e va trasformato in strumento etico, nella possibilità di una comprensione che gli uomini, educati a respingere la fragilità, non avranno mai.

«La condizione femminile, quindi, bambine mie, oltre ad avere un peso, contiene una verità nascosta, una potenza che la società ha cercato di reprimere.

«Essere state costrette a osservare il mondo dal basso, ad attraversare il dolore senza il privilegio fallace e fallico di ignorarlo, ha dato alle donne una capacità di comprensione che il pensiero dominante ha sempre tentato di ridurre a mera emotività.

«La caduta nel pozzo non è solo una condanna, è un movimento necessario per arrivare a una conoscenza che nasce dalla vulnerabilità e dall'esperienza diretta del dolore.

«La società ha imposto alle donne di trasformare in risorsa ciò che veniva letto come debolezza.

«La fragilità è un destino imposto, ma è anche un campo di resistenza e di creazione.

«Abbiamo imparato e dobbiamo farlo ancor di più, a rendere proficua quella che ci è stato insegnato essere una condizione d'inferiorità, e che, invece, è una posizione di forza.

«Siamo state alfabetizzate a diventare immemori di ciò che siamo, come se volessero spiegarci che il sole non brilla.

«È stata e sarà un'acquisizione lenta ma che non cambia la nostra natura.

«Le donne hanno dovuto raccontarsi attraverso parole che non appartenevano loro. Il mondo ci ha costretto a pensarci secondo categorie che ci escludevano, a usare linguaggi che non parlavano davvero della nostra esperienza.

«Eppure, nel silenzio, nel non detto, nel non riconosciuto, la nostra forza è sempre esistita.

«E continua a esistere.

«Perché il corpo ha una memoria e questa verità non è mai andata perduta.

«Per questo siamo abituate a sanguinare una volta al mese.

«Perché per noi non è una ferita. È vita.»

La stanza è silenziosa, sono tutte e tre commosse.

«Grazie» dice Angela.

«Grazie, ora mi sento meno sola» Lettèria.

Irma abbassa lo sguardo e sente quel nodo che è ancora lì dentro, ma qualcosa si è sciolto. E forse, per la prima volta, comprende che il peso non è solo suo.

Fuori, il tramonto colora d'arancio.

Il Fierone s'avvicina.

Il vento di rovaio arriva e fa volare conti, sottane e tovaglioli.

I pozzi rimangono lì, come sempre. Ci caschi dentro, ti fai male, bestemmi, ma poi risali.

Che la vita è questa qui: vento e pozzi.

48
Il delatore

Greve in Chianti, 13 febbraio 1944

Sandro arrivò a Greve col viso rigato di sangue e il labbro gonfio.

Non disse nulla quando entrò.

Faliero alzò lo sguardo dal tavolo, il Toscano smise di rollarsi la sigaretta. La Nella era seduta su una seggiola ad aspettare.

Sandro andò dritto al camino, appoggiò le mani sulla pietra e abbassò la testa.

Il fuoco tremava.

Fu Faliero a parlare: «L'hanno presa».

Sandro chiuse gli occhi. Annuì.

La Nella strinse il fucile che teneva dritto accanto a sé, come fosse il braccio di una persona amata.

Nessuno disse nulla per un lungo momento.

Poi Faliero sputò in terra.

«Chi?»

Sandro voltò lo sguardo, finalmente.

E lo disse.

«Mario.»

Il Toscano si tirò su: «Il Moro?».

Sandro annuì. Lo sapeva. Lo aveva visto anche lui.

Faliero prese il fiasco di vino e lo rovesciò a terra.

Il Toscano strinse i pugni.

Quando si resero conto che fra di loro c'era un delatore, si sentirono morire, più che a morire.

Si videro scoperti.

«Era uno di noi» disse Alipio, nella bellezza dei suoi diciotto anni.

Il momento più terribile non è quello in cui sai, ma quello in cui ti senti tradito.

Fu il Toscano a parlare per ultimo.

«S'ha da trovallo. Va messo a tacere.»

Ma il danno era fatto.

Sandro, gli occhi fissi sulle braci.

La Nella piegò i' capo, come raramente accadeva, e disse solo: «Villa Triste».

49
Buongiorno, notte

Firenze, 25 luglio 1973

«Perché un carabiniere?»

«Perché, attraverso le decisioni, la responsabilità grave del generale Dalla Chiesa, i carabinieri ora sono pronti a non fare prigionieri.»

Carlo fuma, non guarda Mauro. Inspira quasi decapitando la sigaretta: «Il PCI è un nemico. Come lo Stato. Più dello Stato. Pensa di essere uscito vittorioso da questa sua difesa delle istituzioni. Ha fatto quadrato intorno. E a quelli che da sempre sono i nemici – i responsabili delle stragi nere, quelli dell'Italia del golpe –, ora si aggiunge questa sinistra traditrice. È guerra civile.

«Siamo l'unica risposta. Le Brigate Rosse sono la nuova Resistenza. Quella che vendica la prima, rinnegata.»

Mauro lo guarda disperato: «L'Italia è sfinita, Carlo.

Questa nostra vita è sfinita. Perderemo qualsiasi canale politico, diventeremo dei perdenti radicali!». E ancora, con la rabbia di un bambino: «Io sognavo una lotta armata etica: colpire i simboli, sabotare le infrastrutture, non ferire o uccidere persone! Pensavo a quelli del 22 ottobre del '70, al gruppo d'azione partigiana, al GAP! Credevo in quegli ideali! Era quella la vera Resistenza che dovevamo costruire! Arriveremo a prendercela con gli operai, ad ammazzare i nostri stessi compagni!».

Guardandosi le mani, sconfitto: «A quel punto, ci rimarrà solo da far correre il sangue. E vorrà dire che avremo perso».

Carlo, come chi non vacilla: «Quando un popolo prende le armi, o vince o muore. Non si torna indietro. Si cammina avanti, anche se avanti c'è il buio».

Fuori, la città brucia in un tramonto metallurgico.

Carlo finisce la sigaretta e va a spegnerla nel lavandino.

Mauro si alza e si chiude la porta alle spalle, senza un rumore.

E così comincia la notte.

50
Villa Triste

Firenze, 13 febbraio 1944

Il camion si fermò in via Bolognese 67.

Nel '44 da quell'indirizzo non si faceva ritorno quasi mai.

Venni tirata giù.

La facciata, un tempo nobile, esalava paura. Le finestre sbarrate, le persiane, bocche tappate. Intorno alberi di scheletro.

Di fronte a me, un muro la separava dal mondo.

Lei.

Villa Triste.

L'edificio, requisito nel 1943, era stato prima sede delle SS e, ora, lo era della Banda Carità, 92ª legione della Milizia Volontaria per la Sicurezza Nazionale.

La Banda Carità era composta da fascisti e da delinquenti reclutati in cambio di amnistia per i crimini commessi.

Prendeva il nome dal suo capo, Mario Carità, le cui azioni erano state così atroci che, nel '43, era stato obbligato a scrivere una lettera di giustificazione a Mussolini.

Carità incarnava il male. Camicia alla Robespierre e calzoncini corti. Sui capelli, nerissimi, spiccava una candida ciocca in mezzo alla fronte, rivelatrice di anomalie del sistema nervoso. Lo sguardo costantemente collerico, i pugni strinti mentre parlava. Il viso, di un'asimmetria sconcertante.

Mi fecero salire al piano superiore, in un'anticamera. Mi misero viso contro il muro e braccia alzate. Dovevo rimanere così. Sempre. Dopo poco, giunsero altri compagni. Fummo lasciati in custodia dei repubblichini.

Ci vennero addosso, subito. Pugni e calci. Uno usava una cinghia che ci batteva sulle mani perché, stanchi, tendevamo ad abbassarle. Quando venne il mio turno, iniziò a colpirmi la mano sinistra. Agli altri, che non vedevo perché mi stavano alle spalle, diceva: «Le mani sono come le foglie, si incurvano sotto i lunghi colpi».

Nessuna posa ci fu al martirio. Tonfi sordi e grida soffocate raccontavano che, dietro di me, qualcuno era stramazzato. Alle botte si alternava un turpiloquio osceno. Urlavano le ingiurie più vili.

Uno dei più violenti era un siciliano; ripeteva a tutti che gli Alleati gli avevano ucciso i parenti in un bombardamento aereo. Quando mi venne vicino, con odio profondo, mi disse che era colpa mia.

Ognuno di noi ha bisogno di trovare una spiegazione al male, ma se il dolore non lo si guarda, non si prova a comprenderlo, ti soverchia e ti mangia. E quella che credevi soluzione diventa bersaglio.

Mi colpì il mento con qualcosa di metallico; sentii scorrere il sangue, ma non potei fare niente, non mi faceva abbassare le braccia. Mi colpì con un coperchio di una cassa alla testa; poi alla nuca, alle reni, allo stomaco. Caddi a terra e mi prese a pedate in più parti. Sotto incitazioni selvagge, fui obbligata a rialzarmi.

Mi tenevo stretta la paura per non dimenticare perché combattevo.

I tedeschi erano a cena e dovevamo attendere loro per essere interrogati. Avevo perso la nozione del tempo. Saranno state le dieci o le undici di sera quando, fumando, arrivarono negli uffici. Venni portata in una stanza dalla forma irregolare. A una scrivania c'era un grosso tedesco e più in là, di fronte, a un tavolino con una macchina da scrivere, il maresciallo Hager.

Un ufficiale, circondato da fascisti in borghese, stava in piedi e aveva una frusta in mano. Uno di loro reggeva un lungo pezzo di legno.

Cercai di concentrarmi, guardai la scena per capire la procedura, ma non ne ebbi il tempo.

Il maresciallo Hager si alzò e mi chiese i polsi. Me li strinse in un paio di manette; poi, in piedi con le braccia in avanti, mi fece chinare come fosse un esercizio ginnico. Le ginocchia rimanevano compresse fra le braccia ammanettate. Fra le ginocchia e i gomiti fu fatto passare il bastone che avevo visto in mano a uno. Mi sollevarono, fino a farmi toccare con la schiena il pavimento. Come una bestia.

Mi chiese: «Nomi», e il tedesco che teneva la frusta si avvicinò, alzò le braccia come per volare, e cominciò a battermi. Strinsi i denti per il male e poi urlai. Continuò fino a venti colpi. I due che manovravano l'asta mi fecero roteare e mi trovai seduta sul pavimento. Non avevo i pantaloni. Avevo la sottana, era per la passeggiata.

Ripeterono la manovra: altri venti colpi. L'interrogatorio non andava come volevano; stavo zitta. Cominciavo a non capire più nulla, mi pareva di perdere i sensi, le orecchie mi ronzavano, avevo la bocca riarsa.

Non avevo paura per me, ma per i compagni che potevo tradire. Pensai che coraggio è anche stare zitti quando tutto grida.

I tedeschi si consultarono e vennero verso di me. Mi tolsero le scarpe, le calze e, manovrandomi col lungo bastone, mi rimisero con la schiena sul pavimento. I venti colpi questa volta me li dettero sotto le piante dei piedi. Non furono soddisfatti. Ripeterono la fustigazione altre due volte. Un dolore atroce, persi i sensi.

Quando mi riebbi, dopo un tempo che non so dire,

un tedesco mi urlava in faccia. I tedeschi parlavano una lingua urlata. Urlavano come cani.

In due mi presero e mi strascicarono lungo un corridoio infinito, dove il mio rumore si mescolò all'eco di gemiti che parevano uscire dalle pareti.

Ogni stanza era trasfigurata in camera di tortura. Non c'erano più i mobili signorili, né la raffinatezza che un tempo aveva abitato quelle stanze; tutto, da ogni parte guardassi, era sciupato. Il pavimento di pietra umido e sudicio era impregnato di sangue e di piscio.

Entrammo in una stanza svestita, illuminata da una lampadina che pendeva dal soffitto, sola, che proiettava ombre brutte. Bastoni, pinze e cinghie stavano diligenti, allineati alle pareti. Ad aspettare. Ogni oggetto era un atto di dolore. Al centro una sedia di legno massiccio, ancorata al pavimento. Mi ci piazzarono sopra, le mani legate dietro la schiena.

Distinsi almeno quattro uomini. Uno mi venne vicino.

Era lui.

Mario Carità.

Iniziò a girarmi in tondo come su una giostra perversa.

«Tu sei la comunista, eh? A me tu me li dici i nomi, a quegli altri no, ma a me sì. Tu vedrai…» sibilò.

Sentivo l'eco di tutti quelli che m'avevano preceduta. Come se ascoltassi la conchiglia di un mare empio. La risposta al mio nulla fu un dente che cadde insieme a una cascata di sangue e bava. Un'esplosione di male mi attraversò il cranio e il sapore di ferro mi gonfiò la bocca.

Quando Carità parlava, sembrava avesse sempre qualcosa in mezzo ai denti, e cercasse in ogni modo di toglierselo. Come un risucchio. Carità. Quel nome pareva gli fosse toccato apposta. Dio aveva provato a indirizzarlo, ma il male, spesso, vince.

Non feci in tempo a respirare che un altro colpo mi schiantò il costato. Carità mi schizzò in faccia la saliva e, piano, accostandosi al mio orecchio, disse: «Andiamo a prendere la tu' mamma e le facciamo lo stesso. Vuoi tocchi anche a lei? Dimmi i nomi».

Fu l'unico momento in cui il ricordo di lei che galleggiava, non mi fece freddo. E pensai, per la prima volta, che la mamma era salva.

Forse lui lesse sul mio volto tumefatto un istante di sollievo e impazzì. Mi agguantò i capelli rossi e, come fasci di grano, mi sbatté la testa contro il muro. Me la sbatté almeno sei volte.

Non sentivo più nulla, un ronzio costante, il vuoto. Le suole chiodate rimbombavano in terra.

E ridevano. Ridevano sempre, «Tanto parlate tutti», e lo dicevano mentre mi tiravano calci sul ventre con gli stivali, così forte che pensai di morire lì.

E come in un rituale, senza neanche accordarsi, a un certo punto mi presero e mi misero seminuda su una panca, distesa supina, mi legarono i piedi e gli avambracci a un cancelletto e mi bendarono.

Andarono via e mi lasciarono sola e legata. Pensai a tutte le cose che non avevo ancora fatto.

"La mia vita finisce qui" mi dissi, "ma non sono sola. Ho tutti con me, anche quelli che verranno."

Quando tornarono mi sentii toccare sull'addome e, dopo poco, una sensazione di bruciore sempre più intenso sulla pancia. Sembrava mi prendesse fuoco. Mi parve che qualcuno mi strappasse gli intestini, tirandomeli. Il male era così forte che sperai finisse tutto, finalmente, con un botto solo. Soffocavo.

Dopo un tempo infinito, mi tolsero la benda, e mi vidi un bussolottino applicato al ventre con un animale dentro. Era una specie di scarafaggio. Il bussolottino era legato aderente alla superficie del corpo. La bestia, catturata come me, cercava di uscire. La mia carne, la mia pancia erano la sua prigione, che lui tormentava, per abbattere. Due vittime. Non so che animale fosse, aveva zampe con uncini che mi entravano dentro. Pensai che anche le vittime possano essere carnefici e che gli uomini, in nulla, si differenziano dagli animali.

Carità era felice non parlassi, lo percepivo da quel risucchio febbrile. Perché poteva continuare. Era quello che gli piaceva. Non ottenere un risultato, ma il potere di fare male.

«Ignudatela tutta» ordinò.

Mi tolsero la sottana, e i bottoni rimasti saltarono come denti. E quando del mio corpo si vide solo il bianco, il rosso e il viola, mi ci sputarono sopra.

«Non sei nulla, puttana comunista. E non darti tante arie da martire perché, dopo averti fatto morire, ti butterò in un angolo della strada col volto sfigurato, in maniera che nessuno potrà più riconoscerti. Nemmeno quei compagni che cerchi di difendere.»

Mi venne in mente il babbo. Sapevo sarei morta. Pensai alla mamma che m'aveva detto di scegliere sempre, e io sapevo di aver scelto la parte giusta.

Carità mi venne vicino con un coltello.

Mi tagliò.

Mi tagliuzzò i capezzoli.

Poi, me li strappò coi denti.

Il seno piangeva sangue come gli occhi di una Madonna.

Quando mi mise il bastone in mezzo alle gambe, in quel momento, lasciai il corpo andare via.

Pensai alla Lauretta. E vidi un punto in cui la pietra brillava, perché era bagnata. Era un punto minuscolo, ma fu l'unico in cui trovai la luce.

51
Carnevali, Fieroni e Vergogne

Campi Bisenzio, 29 luglio 1973

«Ovvia, oggi il Partito comunista ha approvato all'unanimità la relazione di Berlinguer sull'esenzione fiscale per le pensioni fino a 1.800.000 lire all'anno! Si sta guadagnando in legittimità!» dice i' Pugi, mentre aggeggia per accomodare uno sgabello, camiciola fradicia, scarruffato, con gli allucioni mobili.

«Mah, a me mi pare» fa languido Alfonso, gamba accavallata sulla panca, «che chiacchierino sempre di più con la Democrazia cristiana. Che poi... oh, cosa vuol dire "esenzione fino a"?»

«Oh, testa di rapa! Cosa vuoi che voglia dire? Che le persone con le pensioni basse le non devono più pagare le tasse su quei soldi, e così hanno qualche lira in più in tasca ogni mese, beota!»

In queste sere d'estate si cena tardi, anche se nessuno, a parte Gigione, ha fame. La Sylvania, alle 22.30, dal secondo canale mescola le voci del Cantuccio con quelle di Nando Gazzolo, Tino Scotti e Rosanna Fratello. La Delia ama il programma *Ieri e oggi*, ma soprattutto chi lo conduce, Arnoldo Foà. Lo sanno tutti. Ma stasera ha pensieri e considera poco anche lui.

C'è un viavai di gente che pare d'essere alla Messa delle Belle o alla festa dell'Unità. Sono tutti indaffarati: si spostano sedie, si controlla la dispensa, si fanno i conti e previsioni sui soldi.

«E son 600.000 lire, ma che ci si farà a pagarla questa multa?» chiede la Cipollina, sempre paesanamente polemica ma un pochino più addolcita.

Il Fierone s'avvicina e si sente nell'aria. Il Mago Cristal dice passerà anche un cantante famoso, c'è chi spera venga la RAI, chi ride e intanto l'Annina, piccina e contenta, stende i manifesti e ci appiccica sopra con la colla fatta col pane vecchio.

«Io ho un amico che fa il cantante in un gruppo il cui nome... si adatta a qualsiasi situazione e che forse verrà... chi l'è?» dice Cristal, cercando di incuriosire.

E i' Pugi: «Madonna, meno male le magie le ti vengan meglio de' giochi di parole, perché questo faceva veramente cacare».

Ridono tutti.

Ma Lettèria, di solito sempre composta, mossa da

entusiasmo per questa possibilità: «Oddio, Cristal, vengono i Camaleonti?» urlicchia.

Angela le dà una gomitata: «Ma qualcuno tipo Gil Scott-Heron… mmm! Lettèria te l'ho fatto sentire… E vedere!».

I' Pugi: «Allora se siamo a fa' Sanremo, a me mi basterebbe un Pietrangeli e un Guccini, ma se vu mi portate Ivan Della Mea che mi canta: "La libertà – dirò – è un fatto / voi mi legate / ma essa resiste...", posso anche morire felice!»

La paura e l'ansia si nascondono tra l'euforia, come succede spesso. E si lavora. Si cucina, si preparano i sacchetti con i ceci tostati, i libretti con le poesie, le copie ciclostilate dei volantini.

«A me, più che una festa» ancora la Cipollina, «la mi pare un carnevale!»

Al che i' Pugi, come spinto da un richiamo irresistibile, tirandosi su i calzoni e smettendo di accomodare lo sgabello, parte con uno dei suoi cavalli di battaglia che, solitamente snocciola verso febbraio: «Ma lo sapete, vero, che i' carnevale l'è la festa de' morti? Quando i' confine tra il mondo dei vivi e quello dei defunti si assottiglia e l'anime de' trapassati tornan tra i vivi! Le maschere servano a rappresentarle e a onorarle, offrendo loro un corpo provvisorio e facendoci così ottenere la loro benevolenza! La maschera! Con la su' sublime funzione apotropaica di protezione contro gli spiriti maligni, la maschera, che ci fa confondere con loro, evitando di essere riconosciuti e quindi attaccati!». E, beato del suo racconto: «Proprio come succedeva ne' Saturnali romani, le festività durante le quali le norme sociali venivano sovvertite, le maschere annullavano ogni differenza sociale e creavano un'atmosfera d'uguaglianza, anche se solo temporanea!». E illuminandosi: «ALLORA, i' Fierone sarà il nostro carnevale!».

E tutti a urlare, come ogni volta che l'aedo chiosa.

La Delia guarda passare, andare e venire dalla cucina al cortile. Non ha voglia di canzoni. Nota Irma immobile, seduta su uno scalino, lo sguardo nel vuoto. Non partecipa, non ride, non aiuta. Aspetta. Come se fosse in attesa di qualcuno.

Irma non parla più molto, non racconta più come prima. Lo ha notato da giorni. Sta meno anche con Angela e Lettèria. E allora la Delia fa come sa fare lei: osserva, poi chiede.

«Da quant' è che l'Irma non vi parla più di Mauro?»

Angela si aggiusta i capelli e risponde con sincerità: «Dice che si è politicizzata. Più di me, forse. O forse no. Forse è chiusa, come quando c'è paura di stare fuori posto. Di non sapere dove finisce testa e comincia il cuore».

Lettèria guarda Irma e poi la Delia: «Non viene più a prendere il gelato con me il mercoledì da i' Fantino. Dice che ha da fare, che è roba che viene dopo, da bambini, che non serve. Ora si mette i jeans sformati, le camicie larghe... prima voleva le gonne coi fiorellini, tutte colorate, gliele davo io. Mi pare che non ci voglia più somigliare».

La Delia annuisce.

Angela si avvicina e aggiunge sottovoce: «Non so se è amore, Delia. A volte pare altra cosa. Specie di febbre».

«Come si chiama il ragazzo?» fa Girolama, che ha sentito mezza frase uscendo dalla cucina con il grembiule ancora legato.

«Mauro» risponde la Delia.

Girolama si ferma sulla soglia, le mani in grembo: «*Cià parraci tu, Delia. Picchì a tia ti senti. E forsi sulu cu' tia, si cunfessa*».

«L'è innamorata» fa i' Pugi, passando con un vassoio in mano, cercando di essere leggero. Fa per ridere, ma guarda la Delia negli occhi e s'accorge che non si ride.

Allora si ferma e lancia subito: «Oh, Irma... non c'è mica bisogno di diventare invisibili per fassi vedere da chi ci garba. E si può vole' bene anche restando interi, eh? L'amore non ti chiede rinunce. Non confondere la stima con l'obbedienza. La stima la si coltiva. L'obbedienza la si pretende. E una donna la la deve imparare la differenza!».

Irma non risponde. Ma qualcosa nel suo volto si irrigidisce.

La Delia si scambia uno sguardo con i' Pugi. Lui capisce. La preoccupazione non è solo per la multa.

È tesa, ma da fuori si vede meno… per chi non è del Cantuccio.

Mauro dovrebbe passare, con quel passo svelto che sembra un passo qualsiasi, e invece non si vede.

Irma lo segue ovunque. Anche quando non c'è. Da giorni si muove come se non avesse più il corpo leggero di prima. Sta sempre in punta. Ha smesso di ridere con gli altri. Ride solo con lui. Se lui ride.

La Delia vede. Le basta un gesto, un silenzio, un modo di stare in piedi accanto a qualcuno per sapere.

Mentre i piatti restano mezzi pieni e le voci scoppiettano insieme a quelle della Sylvania, la Delia si avvicina a Irma. Non la chiama. Le si mette accanto e guarda avanti, come se stessero osservando entrambe qualcosa che non c'è.

«Vai con lui stasera?»

Irma annuisce.

«Dice che non c'è bisogno di nulla. Ma io vo.»

La voce è ferma. Quasi dura. La Delia la guarda senza girarsi. Poi, più piano: «Hai deciso tu?».

Irma non risponde subito. Poi alza lo sguardo, e la voce cambia.

«Delia, non sono una ragazzina. So bene che il mondo non è fatto per aspettarci. Se vogliamo cambiarlo, dobbiamo sporcarci le mani, anche noi. Anche con le contraddizioni. Non voglio stare a guardare. Non voglio essere una comparsa. Se lui mi dice "Vieni", io vado.

Ma non perché glielo devo. Ma perché ci credo anch'io. È anche la mia guerra.»

La Delia resta in silenzio un attimo.

«Hai ragione. Ma dipende con quali responsabilità. E con quale libertà.»

Irma ha un'aria dura, come chi si è convinta da sola troppe volte.

«Io sono fiera. Almeno uno come Mauro mi guarda. Nonostante tutto. Nonostante la gamba. Nonostante me.»

La Delia si volta. E solo allora le dice: «Quindi sei l'unica. Sei la fidanzata?».

Irma sbianca. Poi stringe la mascella: «E se anche lo fossi?».

La Delia si pente, ma non indietreggia.

«Quella gamba non è vergogna. È una cicatrice. Le portiamo tutte. Ma le cicatrici son medaglie, non colpe. Non devono diventare un ricatto. Né una scusa per sentirsi meno. Né un pretesto per chi ci vuole fragili. Ricordati, Irma: la vergogna è il primo mantello che ti mettono addosso quando vogliono controllarti.»

Silenzio.

In sala, Lettèria ride con Alfonso, stanno discutendo se l'aranciata del Cantuccio sia meglio della vecchia Sanpellegrino. Angela sposta le sedie, cerca un libro che non trova. Ma intorno a Delia e Irma lo spazio si fa più denso.

La Delia continua: «Durante la guerra, le donne

reggevano tutto. La casa, il lavoro, i figli. Partivano all'alba con la bicicletta per portare il pane o recuperare qualcosa al mercato nero. Non c'erano alternative. Le responsabilità non si chiedevano. Si prendevano. E poi c'erano le partigiane. L'Ondina, quando la chiamavano "ragazza", rispondeva: "No, sono una staffetta. Non porto pane, porto ordini".

«Ci avevano insegnato a stare zitte. La guerra ci ha insegnato a parlare.

«La Resistenza fu anche e soprattutto delle donne. Non erano più madri silenziose, erano cittadine».

Irma ascolta, le mani strette in grembo.

«Dopo la guerra, ci siamo dette e vi abbiamo detto: "Costruitevi un percorso di vita che non consista solo nel passare da una famiglia all'altra". Alcune l'hanno fatto. Sono arrivate all'università, si sono costruite uno spazio loro. Hanno iniziato a parlare, a dire no, a scegliere.

«Ma anche nei gruppi rivoluzionari… anche lì, Irma, c'è rimasto il vizio antico. Il capetto con la ragazza accanto. Non compagne, no. Ragazze di.»

Irma distoglie lo sguardo. Si sente giudicata, forse. Ma la Delia non smette: «Lo sai cos'è difficile? Non perdere se stesse. Restare dentro senza diventare la copia di un uomo, senza dover nascondere di essere donne. L'aborto, la sessualità, la libertà vera… tutto passa da lì. Dal corpo. Dalla fatica. E dalla consapevolezza. Educare e educarsi alla libertà è più difficile che combattere per essa».

Irma stringe una tazza tra le mani. Sta per parlare, ma la Delia posa una mano sul suo braccio.

«Irma, la vergogna è un'emozione universale e antica quanto l'umanità stessa. Si insinua in ogni cultura, in ogni società, plasmando comportamenti, relazioni e dinamiche di potere. La vergogna non è solo un'esperienza personale, è un sistema di manipolazione collettiva, un'arma istituzionalizzata capace di controllare, reprimere e omologare gli individui, soprattutto noi donne.

«Per comprendere il suo potere è necessario esplorarne le radici storiche, letterarie e psicologiche. Cos'è la vergogna? La vergogna si manifesta come senso di inadeguatezza, di esposizione di fronte agli altri, accompagnato dalla paura di essere giudicati. A differenza del senso di colpa, che riguarda ciò che si è fatto, la vergogna colpisce ciò che si è. È un giudizio profondo e personale che devasta l'autostima e spinge a nascondere quel che si considera difettoso o sbagliato in se stessi.

«La vergogna è alla base delle maschere che indossiamo nella vita quotidiana. Spesso cerchiamo di nasconderla e ci chiediamo: "Cosa voglio che gli altri notino di me? Cosa voglio che provino nei miei confronti?". Questo processo porta alla costruzione di un'immagine sociale, di una maschera che protegge il sé autentico dal rischio del rifiuto.

«La vergogna è stata trasformata in un'arma sociale e istituzionale. La "vergogna pubblica" è un meccanismo di controllo collettivo. Nella storia è sempre stata usata come mezzo di condanna e manipolazione. Nel Medioevo c'era la gogna che non era solo una forma di punizione fisica, ma un'umiliazione pubblica, che marchiava l'individuo come "difettoso" agli occhi della comunità. Durante la rivoluzione culturale cinese, che è iniziata nel 1966 e ancora non è finita, chi è accusato di tradimento o di comportamenti controrivoluzionari viene umiliato in processi di massa. La vergogna serve a spezzare l'identità dell'individuo e a piegarlo al volere collettivo del Partito comunista. La gogna pubblica colpisce, spesso senza possibilità di redenzione. La letteratura ci racconta da sempre il suo potere distruttivo. Nella *Lettera scarlatta* di Hawthorne, Hester Prynne è accusata di adulterio, ed è costretta a portare una lettera "A" rossa sul petto come segno della sua colpa. In quel romanzo si esplora come la vergogna pubblica possa definire l'identità di una persona.

«La vergogna crea una dissonanza cognitiva, un conflitto interiore tra ciò che siamo e ciò che vogliamo apparire. E questo disagio ci spinge a reprimere parti di noi, a mentire per evitare il giudizio e, nel farlo, ci si allontana dal nostro io autentico, nutrendo l'insicurezza e la dipendenza dall'approvazione esterna.

«Per rompere questo ciclo, si deve riconoscere la vergogna come un'emozione umana e universale che non ci definisce come individui. Bisogna accettare anche le parti di noi che ci sembrano meno perfette. La vergogna può essere una trappola, ma anche un'opportunità. Possiamo trasformarla in strumento di crescita, abbandonando le maschere. Hester Prynne, alla fine, nella *Lettera scarlatta*, riesce a trasformare il suo marchio di disonore in un segno di forza. Quella "A" non era più il simbolo di un'adultera; si diceva che significasse "abile", così profondamente rispettata era diventata.»

Quando la Delia finisce, Irma ha gli occhi bassi. Ma c'è un filo che prima tremava e ora è teso. Non si spezza.

E la Delia lo sa.

Irma la guarda. E dice solo: «Non voglio somigliarti. Ma voglio capirti». Si alza. Ha le guance calde, ma non per rabbia. Per vergogna, forse. Va a sedersi tra i gelsomini, dove l'aria sa d'attesa. E si mette a guardare la sera.

Dopo poco arriva Gigione, in bici. Scende, la parcheggia piano, si avvicina. Ha ancora le mani sporche e due crocifissi nella tasca della camicia, raccolti durante quella mattinata. La guarda, e pare che stia ascoltando una tristezza che lei non ha nemmeno avuto bisogno di dire.

«Irma» le fa, come se l'avesse sentita pensare, «io credevo che certi mali li capissero solo i vecchi, quelli che hanno campato tanto e hanno avuto i' tempo di accumularne. Ma ci sono dolori che hanno l'età de' muschio. E i' muschio, per crescere, ha bisogno d'ombra e di silenzio. Si sviluppa pianino pianino, ma attecchisce ne' profondo. 'Un serve esse' vecchi pe' ave' dolori antichi. Anche loro, come i' muschio, nascono ne' buio dell'anima, in ciò che 'un si dice, nella solitudine, lontano dalla luce. Dolori che 'un si mostrano, 'un gridano, che 'un son ferite aperte, ma infiltrazioni lente, cresciute senza che nessuno se ne sia accorto.»

Irma non risponde.

Gigione le si siede accanto, senza rumore.

«Una volta ho visto una vite aggrapparsi proprio dove il muro era rotto, spaccato. Tre estati ci ha messo. Ma, alla fine, è riuscita a germogliare proprio dov'era la crepa. Ha fatto ombra anche lì, ha fatto qualcosa di buono. Era felice quella vite.»

E restano lì, a guardare quell'estate che scioglie ogni cosa.

52
Santa Verdiana

Firenze, 20 febbraio 1944

Non sapevo come ci fossi arrivata. Me lo dovettero dire che era il 20 di febbraio.

Non parlavo. Non parlavo più. Soprattutto con me stessa. Non mi dicevo quello che mi era accaduto. Solo il corpo lo portava con sé.

Mi buttarono a Santa Verdiana come un osso a un cane. Rimasi lì, per terra, senza sapere se respirassi.

Un carcere femminile, situato in un ex convento, un luogo in cui un tempo si pregava e ora si piangeva.

Ci finivano le donne arrestate per reati politici: partigiane, antifasciste, sospettate di collaborare con i ribelli.

A Santa Verdiana faceva freddo. Non il freddo delle stagioni, no.

Il freddo delle cose finite, delle cose marce che però continuano a stare al mondo. Come ero io.

Campavamo tutte insieme: chi parlava piano, chi piangeva senza far rumore, chi pregava e chi bestemmiava sottovoce. Corpi impastati di paura e attesa.

C'era chi pregava il mattino e chi la notte. Le più giovani piangevano forte, le vecchie no, piangevano dentro.

A Santa Verdiana i giorni erano tutti uguali, e tutti diversi. Dormivamo una accanto all'altra, come in una stalla. Spesso, però, anche da sole, in celle luridissime, completamente buie e grandi quanto il tavolaccio che contenevano, più lo spazio per aprire la porta.

Quando pioveva si sentiva l'odore del muschio e della muffa, e quando c'era il sole il caldo portava su piscio e sangue.

Dopo un giorno, o forse una notte, o forse cento, la conobbi. La Tosca. Non so se la riconobbi subito o se la scelsi. Aveva le mani gonfie come pagnotte e gli occhi chiari, persi ma vivi. Era sdraiata accanto a me e, a un tratto, mi prese il polso.

«Sei fredda» disse. E io pensai: "Tu no".

Ci guardammo come si guarda chi ha visto in fondo al pozzo e c'è rimasto. Cominciò a dire. La voce rotta ma precisa, come le forbici della Maria quando tagliavano il raso. La pensavo sempre con l'amore e la nostalgia della me bambina. Speravo che sarebbe stata fiera di me. Io, di lei, lo ero.

Parlava male, la Tosca. L'avevano continuata a picchiare anche lì, a Santa Verdiana.

«Quando ti hanno preso?» mi chiese, senza alzare il capo né aprire gli occhi.

«E come?» aggiunse.

«Alla stazione di Campo di Marte» dissi, «il 13 febbraio. M'hanno portata a Villa Triste. Te?» le chiesi pianissimo, ero ormai disabituata a parlare. Mi faceva male ogni cosa, e non mi era rimasto più nulla da buttare fuori.

«M'hanno arrestata l'8 febbraio, in piazza Vittorio. Avevo nella borsa una bomba che volevo mettere alla Birreria Paszkowski, che è un gran ritrovo di ufficiali tedeschi. M'hanno portata prima in via Maggio, alla sede della 92ª legione GNR, *poi al Parterre in piazza Cavour. M'hanno buttata subito da Carità.»*

Non mossi nemmeno il respiro.

«Lui m'ha guardata e m'ha fatto portare in una stanza dove c'era la Chiani Emilia, detta "la Milly". L'hai conosciuta?»

Feci di no col capo, come una bambola di pezza.

«Ha finto di essere anche lei un'arrestata e m'ha domandato il motivo per cui ero stata presa. Io ho risposto che mi avevano trovata a bere al caffè con un giovane. Al che disse che anche lei era stata vista in compagnia di un partigiano. Ho capito subito che faceva la commedia e mi son mantenuta riservata. Poi la Milly ha suonato

un campanellino da sotto una scrivania ed è arrivato un militare, e lei gli ha chiesto di accompagnarla fuori per andare al gabinetto. L'ha fatto ridacchiando. I fascisti sono talmente stupidi, o forse è il potere che, in mano a chi è stupido, investe e distrugge tutto quello che circonda. Dopo poco sono arrivati Carità, il Perotto e la Milly stessa e hanno cominciato a picchiarmi. Carità mi ha dato due pugni, poi, siccome avevo il cappotto, s'è accorto che sentivo poco male e allora m'ha fatto spogliare. Son rimasta in sottabito e me le hanno date come a una bestia. Perotto con la cinghia, Carità con un bastone quadrato; m'hanno ridotta in uno stato pietoso, sanguinavo da tutte le parti. Mi hanno dato colpi al fegato. Poi la Milly ha cominciato a eccitare gli uomini a picchiarmi ancora più forte, dicendo che io non volevo bene ai tedeschi e, così, Perotto m'ha presa per i capelli...»

La sua voce s'era come affievolita.

«Carità m'ha portata giù.»

Si fermò. Un lungo silenzio, in cui c'era tutto.

«E dopo m'hanno mandata qui, a Santa Verdiana. Son stata ricoverata in infermeria per via delle mie condizioni, non cammino più bene.»

Poi mi guardò, come avesse detto tante, tante cose in più.

«Nulla di quello che abbiamo fatto andrà perduto. Nulla di quello che è stato fatto a noi donne andrà perduto.

Il limite tra il dicibile e l'indicibile è mutevole, e c'è un tempo per l'oblio e un tempo per la memoria.»

Non dissi nulla, ma la Tosca sapeva.

Poi, stanca, mi chiese: «Dove t'ha fatto più male?» e io, d'istinto, mi misi una mano sul petto. Lei, con gli occhi chiusi, disse: «Anche a me m'ha fatto più male lì. Al cuore».

E la sua mano gonfia me l'appoggiò sul viso, per farmi una carezza.

E io piansi. Un pianto buono.

A Santa Verdiana parlavamo piano di sogni, di mariti, di figli lontani, di cose belle che avremmo fatto. Io raccontavo del mare di Livorno, perché, anche se non c'ero mai stata, me lo immaginavo meglio di chi c'era nato. La Tosca invece, col passare del tempo, comunicava sempre meno, non riusciva quasi più a camminare; il suo corpo era segnato da lividi, piaghe e ferite profonde che ne minavano lo spirito.

A volte la vedevo chiudere gli occhi e tremare, allora mi sedevo accanto a lei e le carezzavo i capelli. Erano morbidi.

Avevamo segni che avremmo portato per il resto della vita. Ma non avevamo parlato, avevamo tenuto dentro, con bellezza e con dolore, i segreti della Resistenza. La Tosca diceva: «Essere partigiana vuol dire prendere la vita tra le mani, anche se tremano» e la Lucia, che era la più anziana: «L'unica vera bellezza è aver scelto. Il resto è ornamento».

Il tempo passava come passa la vita in quei luoghi: lento, peso, malvagio. Aspettavamo l'alba con la paura di non vederla, e il tramonto con il terrore che fosse l'ultimo.

Finché, una notte, arrivarono.

E io non ero pronta.

53
Il Buono e il Giusto

Firenze, 29 luglio 1973

L'appartamento di via dei Pepi è al secondo piano, di fronte a un magazzino chiuso da anni. L'ingresso è in un vicolo stretto, appena fuori dalla vista della strada principale. Dentro, un tavolo con sopra carte, tre sedie.

«Undici agosto. Piazza della Libertà, angolo via Cavour. Ore nove e trenta. Massimo Morandi scende dalla Giulia nera e percorre a piedi quel breve tratto fino al portone del numero 42. Lo aspettiamo lì, sul marciapiede.»

Silenzio. Mauro abbassa lo sguardo sulle mani, mentre un altro compagno, Gatti, annuisce con un cenno del capo.

Carlo continua: «La mettiamo sotto la seconda macchina in sosta, una FIAT 124 rossa. Cronometrato: esplosione cinque secondi dopo il passaggio. Non ci devono essere errori».

«E se cambia percorso?» chiede Mauro.

«Non lo farà. Stesso tragitto da sei mesi. Piano B è la calibro 7,65, con silenziatore. Gatti è a dieci metri. Se l'esplosivo fallisce, spara. Tre colpi. Poi ci allontaniamo verso via Venezia.»

Gatti interviene: «Abbiamo le biciclette dietro l'angolo, in via Modena. Cinque minuti netti e siamo alla stazione. Due binari diversi, biglietti già presi».

Mauro si passa una mano tra i capelli. Non chiede quello che i suoi occhi stanno già urlando.

Carlo: «È stato previsto tutto. Così si fa la Storia».

Immobile. Lo è sempre stato. Senza crepe, forse.

Mauro no. Vede le sfumature. Aveva letto *Autobiografie della leggera*, e dentro ci aveva trovato un'Italia che nessuno voleva raccontare: bambini cresciuti a bastonate, adolescenti mandati a lavorare nei cantieri, a spaccarsi la schiena in campagna. Ragazzi che parlavano una lingua impastata di dialetto, fame e galera. Nessun eroe, nessun partito: solo vite in lotta per restare vive. Fatte di ribellione senza ideologia. Che puzzavano di sudore e di rancore. Che non avevano progetti rivoluzionari, ma non volevano essere ingranaggi.

E forse era da lì che bisognava ripartire: non dall'ideale perfetto, ma dal diritto a non piegarsi.

«Un atto di giustizia» ha detto Carlo.

Mauro si chiede se giustizia significhi davvero sangue sull'asfalto. Scuote la testa.

E a un tratto, lo dice: «È necessario?».

Carlo si alza.

«Morandi è un bersaglio legittimo. Fascista, colluso, responsabile di torture in carcere.»

Una distanza incolmabile. Chi vuole un cambiamento, e chi la vendetta.

Carlo rimane in piedi ancora un momento, lo sguardo fisso sulla parete scrostata, poi riprende a parlare, lentamente.

«Massimo Morandi vive in via delle Campora, in una villetta con giardino, due piani, portone verde scuro. Ogni mattina, alle 7.20 in punto, esce di casa da solo alla guida della sua Fiat 132 blu. È un abitudinario. Scende per via Senese, percorre via del Gelsomino, attraversa Porta Romana e prosegue lungo i viali.

«Intorno alle 9.30 arriva in Piazza della Libertà. Parcheggia sotto i portici, sempre nello stesso punto, tra l'angolo con via Cavour e il numero civico 42. Scende, fa pochi passi sul marciapiede e si infila nell'androne. Tutto uguale, ogni giorno. Non cambia mai abitudini.

«È prevedibile. E chi è prevedibile è vulnerabile.

«Lì va colpito. Non prima, non dopo. A quell'ora, in quel punto. Ha anche il sole in faccia. Il marciapiede è largo, i passanti sono pochi.»

Dalla tasca tira fuori un foglio piegato in quattro e

lo posa sul tavolo. Sopra, una piantina schematica del quartiere, un cerchio rosso attorno a un punto preciso.

«Qui.»

Gatti annuisce. Mauro no.

Carlo lo vede. E lo trapassa, senza dire.

Mauro esita e con voce bassa: «È un carabiniere, Morandi. Un tecnico. Non è un poliziotto, un ministro. È uno che lavora dietro le quinte».

Carlo sorride appena.

«È dietro le quinte che si decide. Siamo abituati a guardare la faccia del potere: il politico, il questore, il generale. Ma il potere non sta lì. Sta nelle mani di chi lo fa funzionare ogni giorno. Di chi non disubbidisce. È il capitalismo. Non è una dittatura con un uomo solo al comando. È un sistema. E Morandi è un ingranaggio importante. Il suo lavoro è rendere possibili i licenziamenti, gli straordinari imposti, il blocco salariale. È più pericoloso di un commissario di polizia, perché senza di lui, il commissario non serve a nulla. Morandi non è solo un carabiniere. È la cinghia di trasmissione che tiene insieme la repressione e l'economia. È il tecnico che non fa domande.

«È lì il cuore del potere.»

«E se fosse un errore, Carlo? E se invece di inceppare il sistema, lo rendessimo più forte? Se dopo stringessero ancora di più il controllo?»

«Ora e qui non è più il tempo di parlare. Nessuna

azione è perfetta. Nessun attacco è senza rischi. Agiamo perché è necessario, non perché è sicuro. E la sicurezza di chi opprime deve essere spezzata. Se loro risponderanno con più violenza, allora avremo colpito nel punto giusto. La rivoluzione non è un'opzione, è una necessità storica. Un punto di non ritorno. La nostra forza è nella disciplina, nella chiarezza del fine.

«Non ci si ferma a metà.»

Silenzio.

Mauro abbassa gli occhi.

Poi li solleva su Carlo, e dice piano: «Non si può uccidere un uomo neppure per salvare l'umanità».

54
Libere perché liberate

Firenze-Campi Bisenzio, luglio 1944

La notte, quella notte, aveva un suono diverso. Non c'erano solo i respiri delle donne, i colpi di tosse, il fruscio delle toppe dei nostri cenci che grattavano le mura. C'era qualcosa di inconsueto. L'aria di luglio era ferma, concentrata, come in attesa di acchiappare qualcosa.

Li sentii.

I passi. Quelli veloci, quelli sicuri. Non quelli strascicati dei secondini, né quelli appiattiti delle guardie in ronda. Passi che sapevano dove andare.

Il chiavistello fece un suono secco. Silenzio. La porta si aprì, piano. Nella penombra, un ufficiale in divisa nazista. Bocca serrata, occhi neri, rimase immobile.

Smisi di respirare.

«Siamo qui per voi» sibilò in un fiorentino roco, triplicando le "v" di "voi".

Dietro, altri uomini, in divisa della Wehrmacht.

Alzò il viso. Era umano.

«Vi si porta via» disse quello accanto.

Non capivo più nulla. Ero intontita dalla vita, pensai fosse finita, che ci avrebbero portate al macello, ma qualcosa, in loro, non mi fece tremare.

«La Tosca è qui con voi? Non vedo bene» disse quello che aveva parlato per primo, come recitando un' Ave Maria.

Ci guardammo spaurite. La Tosca era in un angolo, rannicchiata come un uccellino malato.

Nessuna aveva il coraggio di rispondere, stavamo ferme, occhi sgranati.

«Vi si porta via. Veloci, son Massimo.»

«Fate pianino, ma via! Via!» ci incitò quell'altro.

A quel punto la Tosca emise un gemito, con la voce che non le sortiva fuori da giorni, e alzando piano un braccino: «Bruno, son qui. Bruno, sei venuto a pigliacci. Babbo, anche te...».

Erano partigiani travestiti da ufficiali tedeschi. I membri dei GAP *indossavano le divise della Wehrmacht. Massimo era il nome di battaglia di Bruno Fanciullacci. Babbo, quello di Elio Chianesi. Aveva trentatré anni ed era già anziano per la media, per questo aveva quel nome di battaglia.*

Erano venuti a liberarci.

Un'azione così folle e coraggiosa nemmeno Dio avrebbe osato crearla.

«Tosca!» disse Bruno, con la luce in voce.

«Sì» gli rispose. Entrò nella cella, si chinò su di lei e la sollevò con una delicatezza che mi strinse la gola. Se la caricò sulle spalle.

«Andiamo.»

Vedendoli, io ripensai a Sandro. A quella prima volta in cui mi aveva presa in collo, io con le ginocchia sbucciate dopo che ero caduta dalla bicicletta. Mi si fermò il cuore. Avevo passato più tempo della mia vita a pensarlo che a starci insieme. Quella era la costante della nostra storia: amarci e non poterci toccare.

Li guardai tutti, fino alla fine. Speravo che sotto quei vestiti da demonio, potessi rivedere l'azzurro. Ma non c'era.

A una a una, le celle si aprirono come braccia di madri. Uscirono tutte in silenzio, occhi lucidi, mani tremanti. Nessuna parola. Respiri.

Attraversammo i corridoi. Le guardie ci videro, il potere della divisa tedesca le paralizzò. Uno mosse un passo, Bruno e il Babbo lo guardarono. L'uomo abbassò la testa. Nessuno fiatò.

Il cortile era deserto. La notte profonda. Il furgone ci aspettava, il motore acceso, un borbottio sommesso. Bruno depose Tosca con cura sul pianale. Io salii e mi misi accanto a lei.

«Tieniti forte» le dissi, prendendole la mano.

Il portellone si chiuse. Mai un tonfo fu più bello. Avevo passato mesi in cui ogni rumore mi aveva fatto saltare, perché aveva significato solo male e buio. Invece quel portellone, che mi si chiuse in faccia, ancora lo sento, ancora lo vedo davanti agli occhi. Quel tonfo fu il mio inno alla gioia.

Partimmo.

Ogni curva, un colpo al cuore. Il silenzio dentro il furgone era impreziosito dai sospiri, dai singhiozzi soffocati, e da qualcuno che nominava Dio, la Madonna e altri santi. Io no. Io guardavo la strada. E contavo. Non lo so perché, ma contavo. Fuori, Firenze dormiva. O faceva finta. Io la guardavo e l'amavo come sempre.

A ogni posto di blocco scendevano, Bruno e il Babbo salutavano in tedesco, mostravano i documenti. E risalivano, senza una parola. Il viaggio mi parve infinito.

Ci stavamo dirigendo verso uno dei luoghi segreti dei partigiani, dislocati in varie parti di Firenze e fuori città, che servivano da rifugio per le persone liberate.

Campi Bisenzio ci accolse con l'odore della terra bagnata, che per noi era acqua santa. Una stalla. Paglia, legno, silenzio. Il paradiso. Fu la prima volta che lo vidi. Il Cantuccio di Campi.

Bruno ci guardò.

«Rimanete qui. Fra poco qualcuno verrà.»

Si chinò, baciò la fronte della Toschina. Mi strinse la mano.

Il Babbo ci disse: «Resistete».

E sparirono. Ebbi i brividi. Anche se era caldo.

La stalla sapeva di umido, ma ci sembrò una reggia. Tutte insieme, come pulcini sulla paglia. Io non dormii. Guardavo le travi, le crepe nel muro. Pensavo a Sandro e a Bruno, al Babbo. Pensavo a quel gesto, a quegli eroi. Per giorni avevano studiato ogni movimento delle guardie, ogni cambio di turno, si erano procurati le divise tedesche, avevano imparato le parole giuste, il passo giusto, il modo di muoversi. Avevano rischiato tutto. Per noi.

Nessuno li aveva potuti fermare.

La nostra fuga dal carcere di Santa Verdiana è rimasta nella storia. Ma quella notte, per me, significò solo la vita che tornava a gocciolare.

La Tosca si svegliò e mi guardò: «Siamo fuori?».

«Sì» le dissi, «siamo libere.»

Lei sorrise, un sorriso stanco, spezzato. Mi strinse la mano.

«Non avrei potuto senza di te.»

L'abbracciai stretta stretta. Rimanemmo così per tanto.

Il giorno dopo, la stalla era piena di silenzi e speranza. Non potevamo uscire, non potevamo farci vedere. Ma ogni rumore, là fuori, cantava. C'eravamo ancora. Come quei gelsomini che ci facevano cucù e ci guardavano felici.

Un ragazzo ci portò del pane, un pezzo di formaggio e dell'acqua pulita.

«Da parte di Bruno» disse.

Non potei rispondere. Annuii soltanto.

Ogni notte aspettavo notizie. Ogni alba temevamo che un tedesco aprisse la porta per riprenderci.

Il quarto giorno vennero altre donne, anche loro libere perché liberate, che si erano nascoste in casolari sparsi per la campagna, ma meno sicuri. Ogni volto era una storia di paura e resistenza.

Ripensavo sempre a Bruno e al Babbo. A come avevano organizzato tutto, con la precisione di un artigiano e la follia di un poeta. A come si erano mossi in mezzo a quei corridoi di morte con la sicurezza di chi sa che non c'è alternativa.

E pensavo a Sandro. Pregavo. Se fosse morto, qualcuno me l'avrebbe detto, mi ripetevo. Il non sapere è la condanna più grande. Ti lascia intera solo per farti a pezzi.

La sera del nono giorno, mentre il sole calava indolente dietro Campi, sentimmo bussare.

Un contadino: «Hanno preso Bruno e il Babbo».

Il mondo si fermò. La Tosca iniziò a piangere. Una voragine mi si fece dentro, che nessuna parola può raccontare. Mi sentii finita. Un'altra volta.

E dissi solo: «Come?».

«Bruno l'hanno quasi evirato. S'è buttato dal secondo piano per scampare alle torture. È morto senza rivelare nulla dei piani della Resistenza. Il Babbo era tornato a casa per festeggiare il compleanno della sua figliola. Un delatore ha tradito. Gli hanno sparato davanti alla moglie

incinta, che per il dolore l'ha perso il bambino. La piccina aveva una bambolina in mano. È rimasta lì ferma. Non si sa se si sono salvate.»

Passarono giorni lunghi come anni. Piangemmo insieme. Ci stringemmo le mani.

«Per loro» sussurravamo. Per loro, e per tutti quelli che non ce l'avrebbero fatta. Io aspettavo mi venissero a dire di Sandro.

Il canto dei grilli, la notte, era spietato nella sua pertinacia a seguitare con la vita.

Bruno aveva detto che si doveva resistere, ma pensai, non mi riguardasse più, perché era una parola da vivi.

55
L'obbedienza

Campi Bisenzio, 2 agosto 1973

Il caldo arriva mentre Campi si stiracchia parecchio dopo il pisolino postprandiale. Le strade sembrano ingiallite dal sole, il Cantuccio ha le persiane accostate per tenere fuori la luce. Dentro, c'è chi prepara i cartelli, chi stende gli striscioni sul tavolo, chi piega i tovaglioli. Gigione taglia uno spago con i denti, seduto per terra accanto a una scatola piena di tappi. La Delia è china a sistemare i titoli col pennarello rosso, Angela è in piedi accanto a lei, e si fa aria sventolando un foglio.

«Irma dov'è?» le chiede piano la Delia, non volendo che tutti sentano.

Angela scrolla le spalle. «Non l'ho vista. Dice stava a Firenze, con Mauro.»

La Delia non risponde. Continua a scrivere.

I’ Pugi è uscito a comprare due cassette di chinotto, le mani ancora appiccicose di zucchero. È pomeriggio, ma il sole ha ancora la tonicità delle tre.

Irma sta tornando. Cammina come venisse da un altro tempo. Tiene lo sguardo basso, il passo stanco e strascicato. Zoppica parecchio. Passa davanti alla Casa del Popolo senza fermarsi.

I’ Pugi la vede subito e la chiama piano, o meglio, tre toni sotto il suo solito anarchico vigore: «Oh Irma. Ehi, aspetta, ’ndo tu vai?».

Lei si ferma, ma non si gira subito.

«T’ho vista passare, ma tu se’ corsa via. Vieni un attimino qui.»

Irma si volta, gli occhi arrossati. Fa due passi e lo raggiunge. Si mettono su una panchina di ferro verniciata male, proprio accanto alla Casa del Popolo, dove l’ombra è sottile ma ce la fa a bagnarli.

I’ Pugi parla d’altro, all’inizio, come chi sa aspettare.

«Non t’ho vista stamani. Né ieri. Né l’altro ieri, avevi da studiare?»

Irma stringe le spalle.

«Ero a Firenze. Mauro mi ha portato in un posto… dove si riuniscono i militanti. Non quelli che stanno in piazza. Quelli che fanno le cose.»

I’ Pugi annuisce.

«Già.»

Un silenzio lungo. Poi, lei aggiunge: «Lì tutto sembra

avere un senso. Lì… nessuno ride per niente. Nessuno perde tempo. Mauro dice che le parole sono pietre. Che bisogna fare sul serio».

I' Pugi si sistema gli occhiali sul naso. Guarda le sue mani e poi lei.

«Te gli vuoi bene?»

Irma annuisce.

«E allora devi volergliene da intera. Senza fa' finta. Senza farti piccina per assomigliargli. Se uno ti ama, deve volerti per come tu sei. Anche quando gli dici no.»

Irma rimane in silenzio un istante. Poi guarda avanti, e chiede: «Ma come si fa a distinguere… tra l'obbedire e il fidarsi? Cioè… quando sei in una cosa grande, come fai a sapere se stai solo eseguendo o se invece *ci credi* davvero? A volte mi sembra di scegliere. Ma poi mi chiedo se cerco solamente di non perderlo».

I' Pugi si ferma un attimo: «L'è lì il punto. Se lo fai per timore che lui ti lasci, e vada via, se ti sottometti alla paura, non sei più libera, Irma. E se non sei libera, un puoi lottare per nessuna libertà».

E lei, giocherellando con un sasso: «È l'unico che non mi guarda con pena, anzi, quando lo fa, sembra che brilli».

Allora i' Pugi inizia piano e poi con la voce che si fa via via più ferma: «Una delle più gravi deficienze dell'uomo 'unn'è mica l'aggressività, l'è la troppa sottomissione. Le tragedie che hanno veramente, in passato, portato alla distruzione, non di migliaia ma di milioni di individui, non derivano dal fatto che l'uomo è aggressivo, ma che l'uomo accetta gli ordini dei dittatori.

«Ci si immagina sempre che la storia sia guidata da personalità eccezionali, da uomini fuori dall'ordinario, capaci di determinare il destino di intere nazioni co' i' solo peso della loro volontà. Ma ogni potere si regge su strutture più ampie, su persone che accettano un ruolo, su chi esegue senza discutere. Perché un ordine, per quanto folle, ha sempre bisogno di qualcuno disposto a metterlo in pratica.

«In un libro – che mi ha dato la Delia –, una scrittrice, tale Hannah Arendt, ha visto tutto questo in modo chiarissimo nel processo a Eichmann, hai presente chi l'è, no? Colui che aveva organizzato il sistema ferroviario per la deportazione degli ebrei, il "burocrate dell'Olocausto", non era un fanatico, né un uomo spinto da particolari convinzioni ideologiche. Aveva solo agito con la scrupolosità di chi svolge, bene, un incarico amministrativo. Il risultato: milioni di esseri umani sterminati da una macchina che non aveva bisogno di odio per funzionare, ma aveva bisogno, soprattutto, di obbedienza.

«Questo meccanismo si ripete ogni volta che l'autorità si presenta co' i' volto della normalità. Stanley Milgram, a inizi anni Sessanta, ha fatto un esperimento stupefacente: ha preso persone comuni e le ha messe davanti a un'autorità sicura di sé. E queste arrivavano a infliggere scosse elettriche a un estraneo fino a livelli mortali. E sai perché? Quando eseguivano l'ordine, non lo facevano per crudeltà, ma per deferenza verso chi sembrava saperne più di loro.

«La sottomissione non si manifesta solo in momenti estremi. Si insinua nei piccoli gesti, nelle giustificazioni quotidiane, nella tendenza a pensare che le decisioni spettino ad altri. Ogni volta che si dice "Non dipende da me", "Qualcun altro se ne occuperà", si lascia spazio a questo meccanismo.

«Perché i sistemi autoritari non si impongono solo con la forza, ma con la partecipazione passiva.

«Ogni società che voglia definirsi libera, e rivoluzionaria, ha bisogno di chi resiste a questa inclinazione. Abbiamo bisogno non di eroi solitari, ma di persone che non accettino di rinunciare al proprio giudizio. Che esercitino lo spirito critico. Soltanto quello porta alla libertà. Perché il più grande dei mali non è radicale, non ha radici, ed è per questo che può passare inosservato e diffondersi per il mondo intero».

I' Pugi ha finito e Irma si sfrega le mani sulle cosce come per togliersi un velo di imbarazzo.

«Pensi che io non ragioni e sia sottomessa?» gli chiede infine, senza rabbia.

«Penso che tu sei intelligente, e bona. Ma a volte, per voler bene, ci si piega. E se ti pieghi troppo, tu ti rompi.»

Irma lo guarda. Poi si alza.

«Torno al Cantuccio» dice, «ci sarà da incollare qualche etichetta sul chinotto, no?»

«Sempre!» risponde i' Pugi, e le fa un sorrisone.

Lei si incammina. Dopo qualche passo si gira: «Pugi, io non so se ce la faccio».

«Nemmen'io» fa lui, «ma se 'un ci si prova, mia cara Irma la dolce, allora l'è sicuro si perderà!»

56
L'ultima notte

Campi Bisenzio, agosto 1944

Era Ferragosto. Il 15 agosto del 1944. Il sole si era alzato presto, e i gelsomini e tutta la campagna di Campi Bisenzio erano rimasti muti, come se anche la terra, per un istante, avesse voluto trattenere il respiro. Avevo le mani sporche di fieno e gli occhi in silenzio. Seduta sull'uscio della stalla, fissavo il nulla.

Erano passati troppi giorni dalla fuga da Santa Verdiana. Bruno e il Babbo non c'erano più. La Tosca dormiva ancora, respirava piano come un uccellino cascato. Firenze era stata liberata l'11 agosto. Lo avevo sentito dire la sera prima da un contadino che ci portava pane e latte.

Lei libera. Io no. Non sapevo come si faceva a esserlo davvero.

Poi.

Lo vidi.

Veniva a piedi. Camminava come chi ha scalato il mondo.

Mi alzai di scatto.

Solo. La stessa camicia. Pareva aver attraversato gli anni e le stagioni, un fazzoletto al collo, i pantaloni alla zuava e una giacca logora, quella di un partigiano, piena di notti, polvere e fatica. Ma gli occhi erano i suoi. Più profondi. Più vuoti. Più vivi.

Era tutto azzurro.

Si fermò a tre passi da me. Non parlava. Neanch'io. Avevamo il mondo in mezzo.

Poi allungò la mano, sfiorandomi la guancia.

«Delia.»

Chiusi gli occhi. Per acchiapparlo e chiuderlo dentro, in caso fosse stato un sogno.

«Sei viva.»

Cominciai a piangere.

Aveva ancora la guerra addosso, Sandro.

Davanti al Cantuccio, in mezzo alla luce del pomeriggio, mi sembrò vero. Non ci vedevamo dal giorno in cui mi avevano presa. Il 13 febbraio.

«Delia.»

Ripeteva il mio nome, di continuo.

Non mi mossi. Era vivo? Ero morta e non lo sapevo?

Poi mi venne vicino ancora di più, mi prese il viso tra le mani. E sentii tutto. L'odore della città liberata, del fumo, del sangue, della guerra.

«Hai resistito.»

"No" pensai, "mi hanno presa. Mi hanno rotta", ma non lo dissi.

Mi avvolse. Mi strinse come se il tempo potesse smettere di scorrere. Rimanemmo abbracciati lì, nel sole del Ferragosto, con le mosche che girellavano e il profumo della terra secca. Mi baciò. Un bacio che non chiedeva domande.

«Volevo venire...» sussurrò, appoggiando la fronte sulla mia. «Ma ogni giorno pensavo: "Se vado adesso, muoio. Se aspetto, forse la rivedo".»

Ci sedemmo su un gradino di pietra, stretti l'uno all'altra. Le parole incastrate in bocca.

«C'erano i rastrellamenti, i compagni che sparivano. Ma io ho sempre avuto te.»

Si passò una mano tra i capelli.

«La notte, mi sembrava di sentire la tua risata. Piccola piccola e festosa. Ridevi per me. Ti portavo dietro la schiena, nelle marce, nelle imboscate, nei buchi dove ci si nascondeva.»

Lo guardavo. Le pesche sotto gli occhi, ferite piccole e grandi, le mani indurite. Era lui. Bellissimo. Ma non mio. Come non lo era mai stato.

«Ho visto morire ragazzi di vent'anni con la bocca aperta, senza avere il tempo di dirgli addio. Ho tenuto la mano a chi piangeva, ho stretto i denti e avuto paura quando ci accerchiavano. E ogni volta pensavo: "La devo rivedere. Almeno una volta".»

Ci alzammo, piano. Entrammo nella stalla. La paglia scricchiolava.

Mi raccontò della Firenze liberata, di lui che quattro giorni prima aveva attraversato l'Arno sulla pescaia. Che la battaglia era stata casa per casa, strada per strada. Che la notte dormivano sotto i camion, e il giorno avanzavano.

«L'abbiamo ripresa. Ma non è più la stessa.»

Parlava piano. A un certo punto, in un momento, era come impazzito di dolore. Mi raccontò di una partigiana che avevano ammazzato in modo brutale. Rotto, distrutto, piangeva. Era consumato. Poi si asciugò il viso e si riprese un poco.

Io gli accarezzavo le braccia, senza fiatare. Avevo paura che, se avessi parlato troppo, sarebbe stato come l'incenso, che rimane forte, ma non lo puoi vedere.

Si sedette sulla paglia e mi tirò giù con sé.

«Dormo qui stanotte» disse, «domani devo tornare.»

«A Firenze?»

«A finire la guerra.»

Mi venne da piangere. Ma non piansi. Avevo finito le lacrime. Avevo pianto tutto. Sentivo quella fame, quella malinconia, quella smania, quel desiderio di lui che mi dicesse che sarebbe rimasto, che sarebbe stato per sempre con me, e sentivo quel male per il distacco che adombrava il momento di gioia, quella riconciliazione che per me suonava già come un addio.

Restammo zitti per un po'. A respirare. Come la prima

volta in cui c'eravamo piaciuti, in silenzio. Il tramonto faceva arancio sulle travi. C'erano le mosche e l'estate.

«Ti ricordi quando son cascata con le patate?» gli chiesi.

«Mi ricordo te con le ginocchia sbucciate, ma non così tanto da non camminare.»

«E tu che mi hai preso in braccio.»

«E te che non ti vergognavi di non sapere.»

«Scrivi tutto, Delia. Promettimelo. Con tutto quello che è stato. Tutto quello che ti ricordi. Nulla va dimenticato. Nemmeno un nome.»

Risi. Lo baciai. E lui mi baciò.

«Me lo prometti?» disse serio.

«Sì» con gli occhi grandi, «lo leggeremo insieme poi.»

Smettemmo di parlare. Ma non di baciarci.

Sandro mi prese per mano e mi portò nella parte più buia. Gli sfiorai il viso.

«Ci sono» dissi.

Mi guardò: «Sei tutta la mia pace e tutta la mia guerra».

Mi ripeteva: «Sei viva».

Lo toccai e dissi: «Anche te».

Ma non era vero. Una parte di lui era come andata via. Le sue mani tremavano, ma non era stanchezza.

Lo tenni, come se potessi tenerlo al mondo.

Sentivo il suo cuore battere forte contro il mio. Poi rallentò. Poi si fece quieto.

Piangemmo. Ridemmo piano, senza voce. Ci addormentammo stretti.

O forse fingemmo di dormire. La notte passò sopra di noi. Ogni tanto lui mi accarezzava la schiena, io gli toccavo le spalle con la bocca.

All'alba, il mondo si accese di luce.

Sandro si rivestì in silenzio. Mi baciò la fronte.

«Devo andare» disse, «la guerra non è ancora finita.»

E mi chiesi come poteva essere possibile volesse tornare da lei.

Lo accompagnai fino alla strada sterrata.

Si voltò una volta sola.

«Aspettami» sussurrò, «se sopravvivo, torno.»

Mentre andava via, per non impazzire, gli urlai: «Che percentuali?».

Mi guardò: «30 per cento moio, 70 per cento vivremo insieme tutta la vita».

E rise.

Andò via e non si voltò più.

Chissà se piangeva.

Lo vidi sparire tra i campi.

E rimasi lì.

Avevo avuto tutto. E tutto mi era stato tolto un'altra volta.

Il giorno dopo, il sole era già alto quando mi svegliai. La paglia aveva ancora il profumo di notte. Stavo, immobile, a ricordarmi ogni sguardo, ogni carezza, ogni parola sussurrata.

L'aria sapeva di grano e promesse. Camminai scalza tra i campi, lasciando che la terra umida mi entrasse tra le dita. Guardai il cielo e gli chiesi: «Ritorna?».

Ogni giorno aspettavo. Un segno. Un biglietto nascosto sotto una pietra, un contadino che mi dicesse: «L'ho visto. Sta bene».

Il tempo passava lento, ma lo sentivo Sandro in tutta la natura, in ogni cosa.

La Tosca si riprendeva piano. Le raccontavo di lui. Di noi. Le sue mani deboli mi stringevano.

«Lo rivedrai» mi diceva.

Le sorridevo, ma dentro il cielo mi si rigava piano, come a San Lorenzo.

Quel Ferragosto fu il più dolce dei dolori.

Fu quello in cui capii che le stelle cadenti non avverano i desideri.

Semmai, li scontano.

57
Davanti

Campi Bisenzio, 10 agosto 1973

Il sole si strascica sui tetti, indolente, come volesse riposarsi anche lui, prima del Fierone. Campi vibra d'un'attesa allegra e sospesa. Il Cantuccio brulica. Le mani lavorano, le bocche bisbigliano e cantano, le sedie scricchiolano, il pavimento incolla. La Sylvania, poggiata sui suoi quattro piedini cromati, troneggia al centro come una regina silenziosa. Ha la forma aerodinamica di una promessa. Nessuno osa accenderla. Solo la Delia può.

«Speriamo la gente non sia partita per le vacanze» dice la Cipollina, passando con una ciotola di caramelle, anche lei sempre più dolce.

«Macché!» risponde i' Pugi. «I campigiani 'un c'hanno nemmen gli occhi per piangere, figurati per andare in villeggiatura! E vengan tutti!»

Gigione taglia le fette di mortadella con una precisione che sembra un rito. «Mettile subito in frigo, poi» gli urla Lettèria mentre appende le bandierine ai fili di spago con una molletta tra i denti. Alfonso fa su e giù con una scala, la Girolama impasta. Angela, accaldata, sventola un ventaglio colorato e ogni tanto ride, per sdrammatizzare l'aria spessa. L'Annina mescola dolce in una brocca e tra sé: «Il Precetti dice sempre che la mia limonata sa di domenica».

C'è anche il Mago Cristal, arrivato con il mantello e il suo baule nero, una colomba e Arturo, il coniglio colto. Sta provando dei numeri dietro la tenda, tra una panca e un'anta rotta dell'armadio. Sbuffa, ride da solo, parla con gli animali. Arturo si muove solo se in sottofondo passa la *Settima Sinfonia* di Beethoven. Che parte dal giradischi portatile. E Arturo, con lei.

Angela attacca le etichette alle bottiglie con la colla fatta in casa. La Cipollina la guarda: «Se 'un tu ti dai una mossa, tra un po' ti s'appiccica anche l'anima».

La Delia si ferma a guardare Irma, seduta fuori, sugli scalini, a fissare un punto oltre i campi. Sembra fatta di vapore.

All'improvviso, qualcuno si ferma davanti alla soglia. Un ragazzo moro. Irma lo vede e scatta in piedi. Una molla.

«C'è Mauro» sussurra Lettèria.

Si vede che Irma è felice e imbarazzata per lui, ma soprattutto per gli occhi del Cantuccio che fanno capoccella da dietro le sue spalle. Non entrano subito.

Mauro si ferma un attimo sulla soglia, come per voler vedere tutto insieme: la confusione, la gente, il carnevale. Poi fa un passo dentro, piano, con Irma dietro.

Saluta con garbo, la voce bassa, gli occhi in ogni dove.

Angela si avvicina: «Oh, finalmente! Mesi Irma parla di te!».

«Spero bene.»

I' Pugi lo squadra, mezzo ironico, mezzo curioso: «E con tutto questo parlare, qualche idea ce l'avrai pure, compagno. Che ne pensi del PCI ultimamente? Sempre a rincorrere lo Stato, eh?».

Mauro si lascia scappare un sorriso. «Il PCI ha scelto l'ordine. Noi scegliamo la giustizia.»

Alfonso gli passa un pezzo di schiacciata: «E come la scegliereste, voi giovani, la giustizia?».

Mauro la prende, ringrazia alzando mano e schiacciata insieme: «Cercando di non dimenticarci da che parte stiamo».

Gigione annuisce: «Bravo. Le parole forti se le mangiano i più furbi. E oggi ce n'è pochi che parlano senza gonfiarsi i' buzzo. Ma le tue, passano prima dal cuore» e si mette in bocca due fette di mortadella come ostie.

I' Pugi sorride e si toglie gli occhiali. Li pulisce con la camiciola, poi se li rimette.

«Vedi» dice, «c'è una cosa che ho in mente da qualche giorno. Una riflessione che riguarda il comando e la responsabilità, e vorrei sapere icché tu ne pensi te, che tu mi pari con le idee chiare.»

Tutti si voltano verso i' Pugi.

«"Un generale deve essere il primo a esporsi al pericolo e l'ultimo a ritirarsi." Questo lo diceva Napoleone Bonaparte. E io ci penso spesso. A come le guerre, le rivoluzioni, oggi, invece, siano decise da chi non vede mai la faccia di chi muore. Da chi non si sporca, da chi non sente la paura, perché non ce l'ha. Da chi comanda da stanze in cui non arriva mai il rumore. In cui non arrivano le urla. Non arriva il male.

«Una volta non era così. Un tempo chi comandava stava davanti. Non dietro. Non sopra. Davanti. Con la stessa divisa, la stessa stanchezza, con la stessa paura. Gustavo II Adolfo a Breitenfeld, nel 1631, quando la cavalleria imperiale travolse il suo fianco sinistro, guidò il contrattacco, scese in battaglia, riformò le linee spezzate, gridò gli ordini. Lui. Era riconoscibile, in mezzo al caos. E non perché portava una corona, ma perché era lì. Quando i suoi uomini vacillavano, lo cercavano con lo sguardo e lui c'era.

«Alessandro Magno, a Gaugamela, nel 331 a.C., contro l'esercito persiano infinito, non rimase mica a guardare: prese la su' cavalleria e puntò dritto ne' centro dello schieramento nemico, dove sapeva che anche Dario stava comandando. Non fu un gesto folle, fu un modo preciso di dire: “Seguitemi!”. Lui rompeva i’ fronte, lui rischiava, lui apriva la strada agli altri. E gli altri lo seguivano. Non perché erano soldati, non perché era il re, ma perché era con loro, perché sapevano non li avrebbe mandati soli.

«Chi comanda non manda.

«Porta.

«Oggi questo non succede più, oggi ci son le parole ordinate, che aiutano a non vedere e che danno l’impressione di sapere, ma mentono.

«E i capi ti dicono “operazioni mirate”, “perdite accettabili”.

«Ma che lo sanno loro come si muore? Lo sanno cosa resta dopo?

«Chi comanda, oggi, si difende con la distanza. Perché quando non ci sei, quando non sei lì, ti convinci pianino pianino sia tutto normale. Che il dolore si calcoli. Che la morte sia parte del gioco. Ma quella degli altri.»

Mauro guarda i’ Pugi con occhi infuocati e la schiacciata in mano. Trema.

«Ma la distanza, in ogni cosa, diventa colpa. Mi chiedo sempre cosa cambierebbe se chi comanda fosse lì. E vedesse. Davvero. Vedesse chi gli sta obbedendo, vedesse cosa significa eseguire, fare.

«La guerra, in fondo, l’è sempre una questione di distanza. Chi la decide, chi la fa, chi la subisce. Più grande è la distanza, più facile è comandare. E più facile è dimenticare. Ma la distanza non cancella, perché il male resta. E la colpa, pure.»

Gigione non smette di fare sì con la testa, e tintinna di crocefissi.

«E questa riflessione la vale per la politica, per chi governa, per chi gestisce. Non si guida senza essere stati almeno una volta tra quelli che obbediscono. La simpatia, nel senso stretto del termine – intesa cioè come sentire insieme, come patire insieme –, dovrebbe essere alla base di ogni strategia, di ogni impresa, di ogni decisione. Sapere come ci si sente, sapere cosa significa fare una certa cosa, sapere davvero. Chi comanda dovrebbe avere l'intelligenza più umana di tutti. Quella che la non dimentica i' sangue, i' peso, la paura e la vita.

«Perché senza memoria 'un c'è umanità. E i' potere senza conoscenza, senza empatia e senza contatto, si chiama dittatura.

«"Nessuno può essere veramente conosciuto se non viene veramente amato" scriveva sant'Agostino. Non si decide, se non si conosce e non s'ama chi si guida. Dietro ogni comando c'è qualcuno che paga, subisce, che vive e che muore. E quel qualcuno potresti essere tu.»

La Delia, dopo una pausa, che pare una boccata d'aria: «La verità è umile. Si lascia calpestare, ma non si perde mai. Chi comanda dovrebbe ricordarselo. Ogni giorno. E ogni notte».

Mauro fissa il pavimento. Poi alza lo sguardo: «Feltrinelli diceva che non si può cambiare il mondo senza rischiare di persona. Ecco. Lo credo anche io. Chi comanda deve aver avuto paura, almeno una volta».

E ancora la Delia, guardandolo negli occhi: «Altrimenti è solo potere che si finge giustizia, violenza che si traveste da ideale».

«Concordo» dice i' Pugi.

Irma ha occhi solo per Mauro, lo venera e a un tratto gli prende il braccio.

«Vieni» dice, come a volerlo tenere per sé, come se desiderasse che quell'attenzione sia buttata solo su di lei.

Escono e lo porta sotto un glicine che profuma anche senza fiori. L'aria pare più leggera. Rimangono in piedi, Mauro è sudato.

«Quando parlava i' Pugi ho pensato: "Magari è vero. Magari ci stiamo solo illudendo di opporci, mentre, invece, cadiamo in fila".»

Si prende la testa tra le mani.

«Irma, non lo so. Sognavo un'altra lotta, forse, una lotta più pulita. Pensavo di mettere bombe contro i tralicci, di far saltare i simboli del potere, di mandare segnali forti» e si tappa le orecchie come ci fosse un rumore insopportabile, «ma uccidere, no. Credevo nella disciplina, ma in quella etica. Il gesto, non il sangue. La dignità, non la ferocia.»

Irma con le spalle al glicine.

«Io… io spero non sia così. Spero non si stia deragliando. Spero che non diventeremo come i fascisti. Che non ci tradiremo. Che non ci troveremo soli con addosso il sangue di chi ha creduto.» Poi la guarda e, come a proteggere lei e se stesso da un pensiero troppo grande, sussurra: «Lui non sbaglia mai. Sono io quello che non ha capito. Lui sta solo andando dove io non ho il coraggio di arrivare».

Lei occhi in terra, senza parole.

Il telefono a disco squilla dentro il Cantuccio.

«Irma, ti cercano al telefono!» la chiama Lettèria.

Lei corre, lo lascia sotto il glicine e, dopo un secondo, risbuca fuori e con un cenno gli dice di rientrare. Lo fa passare dal retro.

Arrivano davanti al telefono. Irma, attenta che nessuno li veda, con la voce che trema, gli dà la cornetta: «Vogliono te».

Mauro la prende.

Ascolta.

E dice: «Sì».

Riattacca.

La Delia ha visto tutto. Ha visto Mauro. Ha sentito la voce in quel "Sì".

Irma lo guarda.

«Che c'è?»

Non risponde.

«Che c’è?»

«Domani mattina andiamo a Firenze.»

Irma lo fissa.

«Perché?»

«Niente.»

«Ma chi era?»

«Una cosa da sistemare.»

«Perché ti chiamano qui? Chi gliel’ha dato il numero?»

«Vado.»

Irma abbassa lo sguardo: «Domani c’è il Fierone».

«Torniamo in tempo. Otto e mezzo, vicino al Caffè Libertà, in piazza della Libertà.»

Irma annuisce.

Mauro si gira una volta sola verso il Cantuccio: «Salutami tutti. Io non rientro».

«Non li saluti?»

«Non credo se ne accorgeranno.»

La Delia è ferma con la spugna in mano.

Irma zoppica in bagno. Vuole un punto in cui stare sola. Le batte il cuore. Non capisce più nulla. Sente di non avere il controllo di se stessa.

La Delia la incrocia davanti al lavandino: «Domani devo andare a Firenze. Si va insieme».

Irma si irrigidisce.

«Non…»

«Vengo per me, mica per te.»

Silenzio. Irma è spossata e annuisce.

La Delia guarda fuori. Si mette seduta sul cesso che prima tappa col coperchio. Il sole è un'arancia molle che sbrodola sui tetti.

Si asciuga le mani al grembiule. Poi a Irma: «Sai qual è la prima frase che ci diciamo tutte le volte che succede qualcosa di inaccettabile? "Non è giusto", "Non è possibile"».

Fa una pausa.

«L'ingiustizia, dunque, non si contempla come possibilità.

«Il senso di giustizia è radicato in modo profondissimo in ognuno di noi. Ma lo abbiamo dimenticato. Non lo ascoltiamo più. Dorme. Ma è là. È ancora dentro di noi. Riaffiora, a volte, perché il corpo ha una memoria.

«L'ottenimento della giustizia passa sempre dal dissenso.

«Il dissenso è un atto che parte dall'individuo ma deve investire l'universale, la collettività.

«È volto a creare un miglioramento per se stessi ma soprattutto per gli altri. E non è mai strumento per ottenere un assenso personale.

«Il dissenso deve essere rivoluzionario, sempre. E la rivoluzione non è un baratto, chi dissente lo fa perché ha perso qualcosa, perché è stato privato in modo violento di ciò che in maniera sacrosanta gli appartiene.

«Chi dissente e fa la rivoluzione non vince mai. Non lo fa per trarne profitto. Nella migliore delle ipotesi il suo guadagno è la giustizia. L'andar pari. Il ripristino di un'equità.

«Il dissenso non si esercita con astuzia o superficialità. Ma con spirito critico e altruismo.

«Il dissenso non è un tornaconto.

«A volte, per dissentire basta sedersi su un autobus e rifiutarsi di alzarsi per cedere il posto come ha fatto Rosa Parks, o distribuire volantini come Sophie Scholl nelle università tedesche durante il nazismo.

«Chi dissente rischia, mette in conto la perdita, ma la necessità, la fame di giustizia sono più forti della paura.»

La guarda.

«"Ci sedemmo dalla parte del torto perché tutti gli altri posti erano occupati" dice Brecht.»

Si alza dal cesso.

«Ma non basta opporsi quando si vede qualcosa di sbagliato.

«Il nuovo, fatto di furore, a volte, travolge anche il giusto.

«La rivoluzione, Irma, è sempre giovane.

«Ma per funzionare dev'essere fatta da menti giovani che siano anche menti antiche. Si rischia, sennò, che l'azione prevalga sul pensiero, mentre azione e pensiero sono il babbo e la mamma della giustizia.»

Irma, mentre si guarda allo specchio, è come parlasse a sé: «Ho paura che, per fare bene… o solo per capire tutto questo, ci voglia tempo. E a noi, il tempo, non ce lo danno».

E la Delia: «È vero, Irma. Il tempo non ce lo danno. Per questo non ci vuole furia. Ci vuole furore. Un furore che non corre da solo, ma cammina accanto al pensiero».

E mentre spolvera, da seduta, le boccettine sulla mensola col centrino sotto, la ciotola con il borotalco e l'acqua di Colonia, finita ma ancora lì, per bellezza, dice: «Il popolo è un animale meraviglioso, vessato, stanco, per natura inconsapevole della propria potenza. Incapace, spesso, di fare il proprio bene. Il popolo è un bambino perenne, che non cresce, che non vuole prendere la medicina perché è amara, o semplicemente perché non è in grado di distinguere cosa gli fa bene e cosa no.

«Quando ero giovane io, il male era talmente nero che anche i bambini capivano quando andavano a morire. Oggi quel nemico è forse altrettanto malvagio, ma il suo buio è meno visibile. T'ammazza più piano, ma t'ammazza lo stesso.

«Chi vuole la rivoluzione, chi vuol essere partigiano oggi, deve sapere ancor meglio e ancora di più che il male è banale e invisibile, soprattutto per un popolo, per un bambino, che non saprà mai leggere.

«Per essere partigiani bisogna avere la guerra. E vedere il nemico.

«L'amore vero, Irma, spesso è proteggere l'altro anche da quello che sembra giusto».

E prima di uscire dà una spugnata allo specchio e una al naso di lei, che se lo tocca con un sorriso, mentre tiene in bocca e ciuccia il ciondolo della catenina che porta al collo.

E mentre la Delia esce, di spalle: «Era linda la spugna, non c'ho pulito il cesso».

A Irma brillano i denti.

58
La pancia dell'America

Campi Bisenzio, 25 agosto 1944

Il Cantuccio era silenzioso. Più del solito.
Nessuno veniva a bussare. Nessuno diceva una parola. Solo le mosche, la luce che tagliava in due la stanza, l'odore del fieno.

Pensai: "È tornato là, a combattere. A finire la guerra. A prendere Firenze metro per metro, come mi aveva raccontato". Immaginavo Sandro correre per le strade sconquassate, buttarsi a terra, sparare, rialzarsi. Lo immaginavo libero.

Passò un altro giorno. Poi un altro. Poi un altro ancora.

Ogni volta che sentivo dei passi, trattenevo il respiro.

Mi appendevo alla speranza come un secchio vuoto sotto un cielo che forse pioverà.

Poi, una mattina, sentii delle voci fuori.

«... Sandro, il partigiano, quello della Delia, è morto in via Guicciardini. Una mina. Il 16 agosto.»

Caddi.

Delicatamente.

Le gambe si persero. E guardai fissa un gelsomino che, mosso dal vento, diceva "no" con la testina. Rimasi così. Non lo so per quanto. Non chiesi nulla. Quello che avevo mi bastò.

Via Guicciardini. I tedeschi, nella ritirata, avevano lasciato mine ovunque. Tra le pietre, nei portoni, sotto le macerie.

Il 16 agosto. Lo stesso giorno in cui lo avevo visto per l'ultima volta. Pensai alle percentuali.

Me lo immaginai bello e stanco che camminava. Chissà se pensava a me. A noi, quando aveva fatto quel suo ultimo passo. Di lui ora non c'era più nulla, Firenze l'aveva avuto tutto. Si era presa ogni suo pezzo. A me non era toccato nulla. Mi chiesi cosa avesse provato, se si fosse accorto che quello che stava guardando era il suo ultimo pezzo di cielo.

Per me l'azzurro non ci sarebbe più stato. Pensai che era rimasto tra le macerie di quella città che Sandro aveva voluto difendere. Di quella guerra che aveva voluto vincere, di quella libertà che aveva amato più di tutto. Anche di me.

Il suo cuore non c'era più, si era fermato. Il mio era rimasto, immobile, senza fare rumore.

Non piansi. Non gridai.

Stavo sulla paglia, dritta, composta, come a un funerale dove il morto non c'è. Dove non si è potuto portare nemmeno un bottone, nemmeno una scarpa.

Mi venne la febbre. Per giorni non parlai. Non mangiai. Non feci niente. Solo guardavo il vuoto, perché sapevo non mi avrebbe risposto.

La Tosca rimase sempre con me, insieme ad altre.

Poi cominciò una nausea. Un tremore strano. Sperai finalmente di schiantare.

Una mattina, mentre la Tosca mi lavava, mi guardai nello specchio di metallo storto che avevamo appeso alla trave. Brutta ero. Ma mi sembrò di sentire un'eco. Una voce piccolissima che bussava.

Le mestruazioni non mi venivano da tempo. La fame, lo spavento, le botte, mi avevano cambiato tutto.

Un giorno, senza motivo, mi passai la mano sulla pancia. Era vuota. Ma lo capii. Sandro era lì dentro. Ancora. Ebbi l'immagine, davanti a me, di quegli occhi, di quell'azzurro che non avrei mai più rivisto, ma che avrei potuto guardare ancora, in un viso nostro.

D'un tratto qualcuno bussò piano. Pensai fosse un segno. Io e le altre ci spaventammo. Ci chiudemmo dentro. Avevamo paura fosse un rastrellamento. Qualcuno aveva visto gente avvicinarsi da lontano.

Parlò lei. Era una donna con la pelle scura, una giacca americana e teneva in mano una valigia consumata.

Aveva i capelli raccolti e una sciarpa arancione. Stava dritta, come se sapesse dove andare anche senza conoscere la strada.

Disse parole che non si capivano, con una voce dolce, lenta, e poi in un italiano un po' meno storto: «Siamo donne. Veniamo aiutare. Siamo del WAC*».*

Mi avvicinai alla porta e risposi in inglese. Capii, e la Tosca aprì.

Erano americane. Aiutavano le donne liberate, quelle che non avevano più una casa dove tornare. Venivano a perlustrare le campagne, a cercare chi si era rifugiato nei casolari, chi ancora non aveva avuto il coraggio di rientrare in paese.

Il WAC*: Women's Army Corps, era il corpo femminile dell'esercito americano. Non portavano armi ma coperte e garze. Erano dattilografe, mediatrici, a volte solo presenze ferme, come una sedia in una stanza vuota. Non lei.*

Era diversa. Parlava poco, ma guardava tutto. Mi osservava come si osservano le cose rotte ma che vale la pena riparare. Etta Bell era il suo nome. Restarono con noi qualche giorno.

«Sei sola» mi disse una volta.

Annuii.

Lei mi fissò a lungo, poi aggiunse: «Allora rimango».

E rimase.

Cominciò a mettere a posto. Tutto. Raccoglieva la paglia, cucinava minestre con niente, lavava le lenzuola con l'acqua piovana. Parlava poco. Ma studiava ogni parola. Faceva bene. Aveva braccia forti e la voce profonda. Ogni tanto mi prendeva il viso tra le mani e diceva: «Tu tieniti forte».

Un giorno, senza pensare, le confessai: «C'è vita qui dentro».

Lei mi osservò con quegli occhi furbi e pratici e mi rispose: «Allora bisogna vivere».

Quel posto divenne il Cantuccio di tutti, rifugio, tana. I giorni passavano lenti. Le notti sognavo Sandro. Sempre in piedi, mai di spalle.

Il mondo si era fermato. Io, invece, camminavo. E portavo avanti la guerra più difficile: quella di restare.

Una mattina, mentre tagliavo il pane, d'improvviso, pensai: "Qualcosa ce l'ho. Qualcosa mi è rimasto". Fu la prima volta, da quando eravamo morti, che sorrisi.

Dovevo vivere, anche se non c'era più nessuno a guardarmi farlo.

59
La veglia

Campi Bisenzio, 10 agosto 1973

Tutto sembra scomparire sotto un lenzuolo bianco. Il caldo, le cose dette, le cose taciute, le scarpe lasciate sotto il letto a pancia in su. Anche il Cantuccio respira piano, come non riuscisse a prendere sonno nemmeno lui. Domani è il giorno del Fierone, il giorno in cui si vive o si muore.

E c'è chi sogna, chi pensa. Chi finge di dormire. Chi stringe un cuscino, chi guarda il soffitto, chi prega in silenzio. Chi ha le mani incrociate sul petto, chi profumate di farina, chi nascoste sotto la testa. Chi ripassa i pensieri come una poesia, e chi li scaccia per paura di sentirli tutti insieme.

Angela tiene il pugno chiuso sopra la testa, pronta a

difendersi anche nel sonno: "Non si cambia il mondo senza sudare. E domani sudo tutta mia parte".

L'Annina sorride nel buio e pensa al Precetti: "Nella limonata la menta la metto solo a lui. Così stavolta mi dice che sa di bacio... perché l'ho capito da come beve: gli piaccio, ma lui non lo sa ancora".

Lettèria si è lasciata la molletta nei capelli, come un'armatura: "Me lo dice sempre, la mamma: se hai paura, pettinati. La paura non vuole ordine. E domani mi metto il fiocco rosso, anche se tremo".

Il Mago Cristal conta le doghe. "A Las Vegas nessuno ti chiede perché. Ti guardano brillare e basta. E domani voglio che almeno uno si fermi e dica: 'Oh, però, guarda come sparisce bene!'."

Gigione prega con le mani intrecciate, le nocche come grani di rosario: "Quando ero ragazzo, si bestemmiava per fame. Oggi si bestemmia per solitudine. Ma io la sento la gente quando dice le bugie. Come i cani con la paura".

Alfonso si rigira nel letto: "Se metto la camicia rossa, magari la Delia si accorge che mi tremano le mani solo un po'".

La Cipollina dorme supina, le mani in bocca: "A volte penso che il cuore sia come un confetto: se lo rompi, dentro è morbido. Bisogna me lo incrini più spesso".

Girolama ha un fazzoletto in mano, liscio e pulito

come lei: “La Madonna mi sta sempre dietro. Ma, a volte, anche io mi giro a guardarla”.

I compagni della Casa del Popolo hanno i corpi che dormono ma le teste che vegliano.

I’ Fabbrini, dal primo piano, pensa come un ragioniere e sogna come un comunista: “La contraddizione l’è il mi’ pane. Ma alla fine, il conto deve tornare, anche pe’ i sogni”.

Amilcare Cecchi tiene il giornale piegato sotto il cuscino: “Il vero nemico l’è l’abitudine: ti fa sembrare giusto persino un compromesso”.

Sergio Manettini ha lasciato il cappello sul termosifone: “Una linea va tenuta. Sempre. Anche quando intorno tutto si torce, la linea resta”.

Michelangelo Bacci stringe la cintura della vestaglia: “Chi ha visto morire un compagno non vole scuse. Ma pane, vino e rivoluzione”.

Danilo Rastrelli, nella stanza sul retro della bottega, che odora di dopobarba: “Quando vedo un fascista, la mano mi si blocca. Il rasoio no”.

Mauro fissa il soffitto, senza sogni né pace. “La voce di Carlo mi guida. Ma forse, senza, riesco a sentire anche la mia.”

Irma non dorme. Tiene gli occhi spalancati: “I miei passi non son mai stati giusti. Ma sono i miei”.

Carlo è alla finestra, in piedi, col pacchetto ancora

chiuso tra le dita. Lo guarda come se dentro ci fosse la fine o l'inizio di qualcosa. "*Te t'm à mparê a star dret, mèma, ma mai a tornêr indré.*"

La Delia, la guancia poggiata su un braccio, respira piano e guarda la finestra.

"Una vita felice significa aver combattuto."

60
Santa Chiara

Campi Bisenzio, 11 agosto 1973

L'alba, le 6.12.

Il giorno del Fierone. È Santa Chiara. La notte più luminosa dell'anno, la notte che illumina i pensieri, quella in cui chi ha un desiderio nascosto, quella notte lo vede brillare.

Il sole irrora tutta la camera. La Delia dorme con le persiane aperte.

Più dei regali ha sempre amato le sorprese.

Sta là, la testa piena di capelli, di spalle, ritta, le braccia verso terra. La vestaglia color carne, dai bordi dorati, le casca come un tonfo, una lacrima tenuta troppo.

E, ancora oggi, quel collo di grinze e il petto di lentiggini cadute, sfiorite, aspettano il freddo, quello spiffero che ricuce.

Pensa.

"Mi staccherei la pelle per risentirlo ancora. Zitta e bona. Ad attendere quelle mani che mi coprono."

Guarda i gelsomini.

"Quella è stata l'unica volta in cui mi sono arresa. Quando ho capito che è sempre troppo tardi aspettare chi non tornerà."

Poi, piano, come si confessasse: «In questa vita ho amato lei. La vita. L'ho voluta».

E si ferma la Delia, alla finestra come davanti all'altare.

«L'ho amata come una bestia. Bestia ero, da bestia m'hanno trattata, bestia sono e ci rimango. Da bestia mangio, campo e schianterò.»

Lo dice come il *Padre nostro*.

Poi torna verso il letto e inizia a svestirsi piano, si toglie la vestaglia. Non si guarda allo specchio quando è carne, perché quel seno cieco la fa sentire sola.

Si siede sul bordo e fissa un punto lontano.

Apre il cassetto e prende il diario. Se lo mette al petto, come a curarlo.

La porta miagola e lei si gira.

Irma è sulla soglia, infagottata di una notte accesa, scalza, con le lentiggini anche sui piedi.

Le guarda le mani con dentro il diario.

«Sei già sveglia?» sussurra.

«Direi di sì.»

«Bella la camicia da notte.»

La Delia abbassa solo impercettibilmente le palpebre.

«Era della mia mamma.»

Irma sorride. «Te l'ha lasciata...» E, mentre si ciuccia il ciondolo della collanina: «Allora ti tiene calda in un altro modo.

«Scrivi sempre la mattina?».

«A volte. Quando la notte non mi basta.»

La Delia la guarda.

«L'ho cominciato per una promessa. Ho continuato perché perdevo le parole, i giorni, i colori. Mi serviva per sapere che ero vera. Che ero esistita. E che c'ero ancora.

«Scrivermi, era guardarmi da fuori e dire: "Eccomi, sono lì".»

Irma sale sul letto e le va vicina.

«Io scrivo per stare intera. Perché ho paura. Di dimenticare, ma soprattutto di ricordare.

«Scrivo perché così quell'angoscia resta fuori e io la guardo, la studio. Provo ad accarezzarla.

«Zoppico sempre, ma quando scrivo sto ferma, o inciampo con dignità.

«Scrivo perché ho lasciato una casa in cui mi è sempre sembrato che la mamma mi tenesse in vita e basta. Ma a distanza, perché io ero altro da lei.

«Scrivo per essere libera di mettere a posto.

«Perché nel mio diario corro forte, ballo, e scelgo sempre per me.

«Scrivo perché voglio essere la prima per qualcuno.

«Perché lì sono l'unico Dio che ho e, anche se sbaglio, devo bastarmi, perché non ne ho altri all'infuori di me.

«Scrivo perché lì non è silenzio, ma uno specchio benevolo, che prova a restituirmi, a cui interesso, perché mi guarda.

«I miei pensieri, spesso, non mi fanno compagnia: mi fanno male.

«E la giovinezza a volte è così chiara che t'acceca.»

La Delia le tocca il ginocchio.

«E allora chiudi gli occhi. Il sole si vede così.»

E ancora, mentre le mette a posto la collanina: «L'introspezione, Irma, è un modo di stare con sé e per sé che sta scomparendo. Quando fronteggiamo momenti di solitudine, invece di raccogliere i pensieri, spesso speriamo che qualcuno o qualcosa ci chiami, ci distolga da noi stessi. Lo facciamo anche per attaccarci a qualche brandello di evidenza che ci dimostri che qualcuno, da qualche parte, ci vuole. Che ha bisogno di noi. Ma se evitiamo a ogni costo di ritrovarci da soli, rinunciamo a una grande opportunità. A un'opportunità meravigliosa: quella di provarla, la solitudine. Che è uno stato sublime, in cui si possono raccogliere le proprie idee, si può meditare, riflettere, creare e dare sostanza alla vita.

«Questo, per me, è scrivere.

«Io mi sono sempre sentita libera, perché la mia immaginazione non ha mai superato i miei desideri. E nessuno dei due ha mai oltrepassato la mia capacità di agire».

Si guardano. E alzando il tono la Delia: «Pensa cosa possono fare un pezzo di carta e una penna, eh?

«Ora, però, vai a levarti le cispe dagli occhi, sennò si fa come il Bonardi, che di presto fece tardi...». E si alza. «Un giorno te lo farò leggere. Se tu mi farai leggere il tuo.

«Tanto ormai sai dov'è. E hai il permesso.»

Irma sorride.

«Io, il mio, lo tengo sotto il cuscino. Anche io ti do il permesso.»

«Giurin giuretto?» fa la Delia.

«Giurin giuretto!»

E la Delia appoggia il diario sul tavolo, accanto a un cucchiaino e a un fazzoletto piegato.

«Ci troverai moltissimi a capo. Mi piace ricominciare. Da sempre.»

«Tu ci troverai un po' di tragedia. Ho appena finito *Il silenzio della ragione* di Anna Maria Ortese. Mi pareva che qualcuno avesse tradotto il mio respiro.» Saltando giù dal letto: «Via, vo a vestirmi! Se faccio tardi Mauro si incupisce!» e corre via.

La Delia guarda fuori.

E dopo il tempo di una guerra: «La verità è che nemmeno io mi sono mai sentita, o forse non sono mai stata, la prima di nessuno.

«Sandro aveva la libertà, avanti tutto. E anch'io ho provato a farla diventare il primo amore della mia vita.

E così è stato. Ma col tempo ho capito che *io* volevo essere quell'amore per qualcuno e per qualcosa.

«Ho sempre pensato che avere un figlio significasse essere al centro del mondo, diventare migliore, eseguire quel compito ancestrale, naturale e bellissimo per cui si è approntate. Mi sbagliavo».

E chiude gli occhi per vedere il sole.

Fuori, Campi si sveglia.

È Santa Chiara, la notte più lucente dell'anno.

La notte che illumina i pensieri.

Quella in cui chi ha un desiderio nascosto, quella notte lo vede brillare.

61
Un colpo

Campi Bisenzio, 30 aprile 1945

Etta Bell era rimasta con me. La Tosca se n'era andata. Le avevano detto che la madre era viva. Era felice. Una mattina di marzo aveva baciato me e la mia pancia, aveva preso il sacco a tracolla. Era un arrivederci, ma fu come mi si staccasse un braccio. Io non le avevo fatto domande, non le avevo lasciato il tempo per spiegazioni. Non servivano. Ci eravamo abbracciate nel campo di radicchio, in silenzio, e poi la ragazza dai capelli neri e la camminata incerta era scomparsa nel biancore umido del mattino.

Da allora, in quella stalla che piano piano era diventata nido e Cantuccio, tra le galline che si ostinavano a beccare i sassi, le coperte sempre troppo poche, il dolore che non parlava e i sorrisi che non chiedevano permesso, eravamo rimaste solo io e Etta Bell. La chiamavano tutti così, nome e cognome tutto attaccato.

Non conoscevamo le persone intorno, quelle che venivano ad aiutarci erano di fuori. I campigiani non sapevano che qualcuno fosse nascosto, vivesse e patisse in quella stalla, che era stata salvezza per molti, e che ora era casa per noi.

Etta Bell aveva i capelli corti e un sorriso tondo. Parlava con un accento che mi faceva il solletico alle orecchie. Veniva da Birmingham, Alabama e da piccola aveva imparato a ballare il tip-tap sui marciapiedi caldi, mentre sua madre cantava spiritual e il padre lucidava scarpe. Era alta, sottile come una nota musicale, con le mani grandi da pianista e la voce roca di chi aveva fumato sogni più che sigarette.

Quella in cui stavamo era una stalla e stalla restava, ma avevamo tolto la paglia, sistemato delle coperte, fatto passare un filo per stendere i panni. Lei aveva messo anche un pezzo di specchio appoggiato al muro, ma io non mi ci guardavo mai. Vedermi mi metteva malinconia, soprattutto con la pancia, mi faceva pensare a quello che non avrei mai potuto essere. Una donna felice.

Il nostro Cantuccio, piano piano, respirava, ma i muri restavano quelli. Dopo qualche settimana, Etta Bell aveva spostato le sue cose nella parte meno fredda e io le avevo lasciato un po' di spazio accanto al mio. Non mi aveva chiesto nulla, ma l'avevo vista guardare la finestra come se fosse una preghiera.

Eravamo diventate coinquiline di silenzi e gallette sbriciolate, con la guerra ancora alla porta, i topi che spelluzzicavano nel muro, e una radiolina davanti alla quale ci inginocchiavamo per provare a comprendere quel mondo che non sapeva più il nostro nome.

Parlavamo e ci capivamo. Io in inglese, lei che si ostinava a rispondermi in italiano, un italiano tutto suo, fatto di parole sghembe e verbi inventati. Quando pioveva riscaldava l'acqua per il tè, io mi infilavo le calze e mi sedevo vicino alla finestra. A volte mi toccava il pancione, ormai enorme, come stesse leggendo una partitura.

«This child» *diceva con la voce roca,* «won't be a quiet one. This child's gonna shake the ground.»

Una volta aggiunse: «I came here 'cause I had to see what freedom costs, what it smells like when it burns. Maybe I'll stay 'cause I want to help to rebuild what they tried to destroy».

Io non rispondevo. Accarezzavo il bordo della tazza e guardavo fuori. Non sapevo se sarebbe stato maschio o femmina, ma volevo che il mondo, su quella creatura, non si sedesse pesante.

Il 30 aprile del 1945, Firenze era stata liberata da più di otto mesi. Il settentrione stava vivendo le ultime ore della guerra. A Milano, a Torino, a Genova, le insurrezioni partigiane erano finite. Mussolini era stato ucciso due giorni prima, il 28 aprile. A Trieste e a Udine si combatteva ancora.

La notte prima non avevo chiuso occhio. Avevo sen-

tito qualcosa cambiare dentro. Il bambino si era mosso come se cercasse una porta. Avevamo sentito degli spari in lontananza, ma il Bisenzio copriva tutto con il suo gorgoglio cocciuto.

Alle cinque del mattino, mentre Etta Bell rimestava la farina nella ciotola per fare il pane, mi piegai in due. Non gridai. Posai le mani sul tavolo e la guardai.

«È forte» dissi. Poi mi inginocchiai come se stessi chiedendo perdono al pavimento.

Etta Bell mi prese per le braccia, mi aiutò a stendermi. Lì era tutto pronto da settimane: lenzuola pulite, garze, forbici. Lei aveva fatto nascere bambini in mezzo alle baracche dell'Alabama. Aveva le mani sicure. Ma quella volta, tremavano.

Il travaglio durò ore. Non urlavo. Morso dopo morso, il dolore mi toglieva voce e pensiero. Etta Bell mi tamponava la fronte, mi bagnava le labbra. Verso le otto di sera qualcosa cambiò. Vidi la sua faccia irrigidirsi, lei cercò di non farmene accorgere ma io lo capii. Quando la testa del bambino comparve, seppi che qualcosa non andava. Il cordone ombelicale era intorno al collo. Due giri stretti, come mani azzurre.

«No no no no no...» mormorò.

La guardai. «Tiramelo fuori!» urlai.

Infilò le dita, cercò di liberarlo. Il corpicino era mezzo fuori, ma non piangeva. Era livido. Le mani di Etta Bell si muovevano precise e disperate.

«Respira. Respira per me» diceva.

Il cuore mi rallentò, come se stessi morendo insieme a lui.

Etta Bell riuscì a liberare il suo collo. E con un ultimo sforzo, spinsi, ed entrò nel mondo.

Era una bambina. Era il 30 aprile del 1945. Le dieci della sera.

In Europa la guerra stava per finire. Ma in quella stanza, era appena principiata.

Lei non piangeva. Etta Bell la scosse, la massaggiò, le soffiò aria in bocca. Niente. Poi un suono debole. Un cigolio che pareva venire da un altro mondo. Un filo di voce.

Non vedevo nulla: «Oddio, è morta?» gridai.

Non mi rispose. Era concentrata su di lei, che ora si muoveva appena.

Etta Bell sapeva. Ne aveva già visti tanti nati così. Il cordone intorno al collo aveva interrotto l'ossigeno. Poteva aver danneggiato i nervi.

Lo capii dal suo silenzio. Dal modo in cui teneva la bambina tra le braccia, con rispetto e dolore.

«Dammela... No... non la voglio, se deve morire, non la voglio!» piansi.

Ma lei me la posò sul petto. E quando l'ebbi su di me, su quel mio seno senza occhi, lei parve starci bene, e io mi strussi. E la guardai. Era bella. Ed era mia. Lo fu per poco, la mia bambina. Ma per un lungo momento, ci guardammo negli occhi e lei mi capì.

«Portala da mia sorella» dissi, «subito. Portala via. Qui non ce la fa. Se deve morire, almeno avrò fatto tutto quello che potevo per farla vivere.»

E mi venne in mente il babbo.

Poi, con le ultime forze mi staccai la collanina che avevo al collo e gliela detti in mano: «Piglia i' diario e dammelo. È laggiù», e glielo indicai.

Etta Bell lo prese e me lo porse.

Sfilai tre lettere che erano dentro, e scrissi l'indirizzo di Gloria e un'altra cosa. E glielo consegnai e le sussurrai: «Gloria capirà».

Etta Bell non parlò. Avvolse la bambina in una coperta, ma prima che uscisse, le presi una mano.

«Dopo porta via anche me.

«In America.»

Lei annuì, perché capì.

«Va bene. Un giorno tornerai, magari proprio qui» lo disse di schiena, mentre correva via.

Quello era un sogno di dolore, sopraffazione, bellezza, vita e sconfitta.

«Come fai ad andare?» le urlai. «Come? Chiama qualcuno! Un contadino! Una macchina!»

«I WILL. I SWEAR ON MY LIFE!» gridò con una potenza che rimbombò in ogni cosa.

La bambina tremava. Non piangeva più. Solo ogni tanto emetteva un piccolo suono, un mugolio quasi animale.

Etta Bell correva veloce, stringendola tra le braccia. Il vento pungeva, ma lei aveva caldo.

E dentro, bruciava tutto.

Rimasi sola. Il letto sporco. Il sangue, le lenzuola stropicciate.

Pensai a Sandro, a come mi avrebbe guardata. A come sarebbe stato felice e poi disperato. Pensai che non ero stata capace nemmeno di fare questo. Che forse erano state le botte di Villa Triste, che forse era stato il destino, il freddo, la fame. O forse ero io, che non ero degna di quel miracolo che tutte le donne sanno compiere. Vidi mio padre, le mani sulle pagine, e pensai che questo era il muro di cui mi parlava.

Nel suo bunker, a Berlino, Hitler si stava sparando un colpo in testa. Come se un buco si fosse aperto tra la vita e la morte, e dentro ci fossimo cadute anche noi due.

62
Ancora tu

Campi Bisenzio-Firenze, 11 agosto 1973

Verso Firenze. Sui cofani delle macchine già bollenti si riflettono nuvole ferme.

La Delia tiene la borsa stretta a sé, il vestito stretto in vita e anche lo sguardo stretto, mentre Irma le cammina accanto più felice di sempre.

L'aria profuma d'estate. Le case basse, le insegne sbiadite, i giardini calvi scorrono fuori dai loro occhi. Le tapparelle ancora abbassate e i marciapiedi di paese sbocconcellati e silenziosi.

Passano davanti a un campo con qualche gallina, un cane che abbaia al sole, un altro sbadiglia.

Irma indossa una camicetta bianca infilata nei jeans, i capelli raccolti con una forcina paziente.

Fino a qualche giorno fa si vestiva da maschio, per proteggersi e confondersi.

Stamattina invece no. Stamattina ha scelto di non essere più forte, ma più vera.

Ha messo i sandali.

La Delia, tacco e abito con una gonna anni Cinquanta, cammina muovendo quella corolla a testa in giù.

Un filo di cipria che non regge il caldo. Tiene la borsa come il peluche che i bambini stringono per farsi coraggio.

Il vestito le si appiccica alla schiena. Anche se è presto, è già tempo di sudare.

Irma zoppica appena con la gamba, ma tiene le spalle dritte. Rideva poco fa. Ora, invece, guarda tutto, e la Delia guarda lei, di sottecchi, e le pare un privilegio questo viaggio, questa traversata nel mattino.

Arriva l'autobus, il 30, come lo si chiama qui a Campi.

E col suo arancione ti prende e ti porta via, a Firenze.

Salgono Irma e Delia e si sistemano in mezzo. Due seggiolini accanto. Come per un viaggio.

«È sabato mattina, ci vorranno massimo una cinquantina di minuti» si dice Irma, a rassicurarsi.

La Delia non va da tanto a Firenze. Anni.

«È difficile essere felici, anche quando uno lo vorrebbe con tutto il cuore» fa Irma, senza guardarla.

La Delia non risponde subito. Poi, senza girarsi: «Noi vivevamo ogni giorno come fosse l'ultimo. E quindi ogni giorno era bellissimo».

Irma si volta appena, non dice nulla. Non c'è bisogno.

Sorride e si sistema i capelli per scoprirsi il volto.

Sembra che anche il caldo le voglia abbracciare.

Il 30 arranca tra campagne e capannoni, e dopo quasi un'ora entra nel cuore lento dell'estate fiorentina.

I vetri caldi che sembrano sabbia, i sedili che odorano di panno e ferro.

Una vecchina scende alle Cure, una bella ragazza di nome Gabriella alle Panche.

Poi, la curva.

La Delia lo riconosce da lontano, da un angolo di cielo.

Viale Volta.

Lì, dove tutto è cominciato.

Sta zitta. Tiene lo sguardo fuori.

E lo vede.

Il marciapiede basso, la discesa leggera.

Dove era caduta per rialzarsi quel 14 novembre del 1943, quando il sacco di patate si era aperto, insieme a lei.

Quando era tutto azzurro.

Sandro l'aveva raccolta. Non si erano detti granché all'inizio. Si erano piaciuti in silenzio. Tra le patate in gita e lui che teneva in collo una principessa dalle ginocchia sbucciate.

Irma guarda altrove. È emozionata per il suo, di Sandro. La Delia sente che anche il suo cuore la colpisce come un tamburo lontano. È un unico suono, il solo che esiste davvero, per entrambe.

Il bus rallenta. La fermata è vicina.

La Delia ascolta le tempie pulsare e l'aria densa come un impasto.

L'autobus lascia il viale e si avvicina a via Senese. Il cielo è troppo chiaro. La città non è mai stata così grande.

Scendono.

Irma come una farfalla: «Ci vediamo al Cantuccio dopo!» dice già in subbuglio.

La Delia la ferma: «Se riusciamo, si riprende l'autobus insieme, va bene? Io devo solo fare una cosa per stasera e son qui, ti aspetto... Se no, torna quando puoi. Ma torna. Torna in tempo».

«Dove vuoi che vada? Stasera c'è il Fierone!» risponde ormai di spalle.

La Delia la richiama, la rincorre pianino, e quando Irma si volta le appoggia dei soldi in una mano: «Se trovi qualcosa di buono, qualcosa che ti piace, compralo».

Irma, stupita: «Va bene... ora vado, sono in ritardo di dieci minuti!».

E la Delia: «Ma prendi qualcosa per te, non per gli altri. Qualcosa solo per te».

E ancora, dopo un secondo: «Cosa ti piaceva da bambina?».

Irma la guarda, guarda in alto e poi torna su di lei: «Le ciambelle con lo zucchero!». E subito si rivolta coi capelli che la rincorrono.

E va via. Zoppica felice, sembra che giochi.

Ha il passo delle mattine buone, quelle in cui si crede in qualcosa.

La Delia la guarda andare. Poi abbassa lo sguardo.

E stringe forte la borsa.

63
Va

Firenze, 11 agosto 1973

Le 9.25. È in ritardo. Saltella Irma, felice.

Mauro l'aspetta all'angolo di via Lorenzo il Magnifico, tra i tigli e la cartoleria.

Appena la nota, le fa un cenno. La chiama.

Lei gli sorride e s'affretta, sembra quasi danzi, Irma.

Lui la guarda, ma è come se non la vedesse. Una smorfia, il viso contratto.

Appena lei lo raggiunge, le prende le mani. Le dice qualcosa. Le sfiora il braccio.

«Vai, bloccalo» si legge sulle labbra di Mauro.

Irma annuisce, smarrita, senza capire, ma è felice di dire sì.

Dall'altra parte della strada, sotto un portico, Delia non l'ha mai persa.

L'ha vista arrivare, l'ha vista avvicinarsi. Ha visto Mauro controllare l'orologio, toccarsi il taschino della camicia, lasciare le mani di lei in fretta.

Ma qualcosa non va. Il tempo non è quello giusto. Doveva già succedere.

Mauro non sa cosa fare, gli occhi balbettano.

Stare, fare o fuggire.

Per un attimo sembra volerla trattenere, ma poi fa un passo indietro.

E la manda.

E Irma va, con quel suo passo sbilenco. Non sa dove, ma va. Perché Mauro la ama, perché glielo ha chiesto.

Irma attraversa. Mentre lui sta fermo con le mani vuote, il respiro spezzettato e gli occhi fissi.

Un uomo in divisa, accanto a una Cinquecento blu – parcheggiata male, il finestrino abbassato –, parla con qualcuno, distratto. Poi guarda l'orologio.

Un gatto rosso attraversa.

"Ti guardano quando ti riconoscono" diceva sempre la Maria.

E corre Delia.

Con le gambe molli sopra i tacchi duri che rimbombano sull'asfalto.

Corre Delia.

Corre e i piedi non le fanno male.

Corre.

Irma la vede.

Per un attimo pensa sia un sogno. Che voglia abbracciarla.

E la voce della Delia dice la verità: «Irma!».

Le mani larghe come ali la spingono via, lontano, più lontano che possono.

E in quell'istante lungo una guerra, una davanti all'altra, la Delia sorride.

Poi, un suono, una botta, una bomba, calda e brillante.

Vola la Delia, e la gonna si gonfia. E dentro c'è tutto: le lettere nascoste, il Cantuccio, il freddo, le pentole sul fuoco, le parole sussurrate e incollate col pane.

Vola la Delia, una fata che rimonta in cielo.

E la gonna si gonfia per l'ultima volta.

Non come quella di una principessa.

Come quella di una regina, che va a piedi.

Alza gli occhi, la Delia.

E guarda il suo ultimo pezzo di cielo.

Ed è tutto azzurro.

64
Le querce non fanno limoni

Campi Bisenzio, 30 aprile 1945, ore 22.30

… E in quella stalla che era un Cantuccio, dopo che eri uscita da me, nel momento in cui, sul mio povero seno orbo ti poggiasti e mi guardasti, bambina mia, fu come avessi partorito anche lei.

Mi scoppiò davanti agli occhi.

Sandro me lo aveva raccontato il 15 agosto. Quel giorno in cui non sapeva sarebbe morto e io non sapevo avrei tenuto in corpo la vita.

A un tratto, dopo che era arrivato al Cantuccio, aveva iniziato a parlarmi come se avesse avuto un insulto di vomito e io non capivo. Doveva essere felice, Firenze era stata liberata quattro giorni prima. E io ero lì ed ero viva.

«L'hanno presa. Hanno preso la Mimma. Ma ha resistito» aveva iniziato.

Non dissi nulla. Che Sandro si fermasse mentre parlava, che facesse fatica a raccontare qualcosa mi ammutoliva. Non capivo. Ne aveva viste tante e Firenze era libera.

S'era messo seduto con le gambe aperte, piegato, con la testa ficcata nel mezzo, come volesse cascare a faccia piena in terra.

E aveva principiato.

«La faceva parte della VII Brigata GAP. *Aveva iniziato come staffetta, come tutti.*

«Il 7 agosto, di ritorno a Castelmaggiore portava armi ai compagni e sulla strada di Funo, l'hanno fermata. C'è stato uno scontro a fuoco. L'hanno presa e l'hanno portata alla Compagnia fascista del territorio.»

E a un tratto rideva.

Faceva paura, perché rideva, lacrimava e si stiacciava gli occhi come a volerseli ficcare nel cervello. Tutto insieme.

Io stavo zitta.

«Chissà icché pensavano? Credevano, perché era una donna, che l'avrebbero suggestionata in due balletti, e che… che… sarebbe bastato tiragli du' labbrate sulla bocca e sarebbe cascata?»

Come parlando da solo.

«Di certo lo pensarono. Credettero d'avere un compito facile. Questione di poco. Poche ore. Un giorno a pensare in lungo, quanto ci vorrà, l'è una donnina.»

Rideva.

E poi, come m'avesse tirato una legnata alla bocca

dello stomaco, aveva detto piano, sussurrando: «Una settimana».

Lo aveva ripetuto, ancora più piano: «Una settimana».

Poi un urlo mi aveva diacciato il sangue: «Conta, Delia!».

Non sapevo cosa dire.

«Conta, Cristo, conta!»

Allora avevo contato.

«Uno, due, tre, quattro, cinque, sei...»

Mi tremava la voce. Mi pareva che il tempo non finisse mai, mentre dicevo quei numeri. Piangevo, mi sentivo sciogliere il corpo.

«Quelli che tu dici son numeri, pensa quando son ore, minuti, secondi. Sette. SETTE GIORNI! CONTA!» *e nel dirlo pareva quasi che cantasse.*

Poi, come se un dolore gli avesse staccato la voce: «Aveva con sé documenti cifrati. Volevano dicesse i nomi dei compagni.

«Ma non ha parlato.

«L'hanno accecata.

«Dopo sette giorni.

«Le hanno strappato gli occhi».

Io piangevo. Ma non glielo avevo detto che capivo, sapevo, che sapevo tutto. Piangevo per lei, per la Tosca, per tutte noi, e per me.

«Lei non ha fiatato.

«E poi... poi...» e gli cascava la bava dalla bocca men-

tre parlava «e poi l'hanno portata davanti ai su' genitori. Era viva quando sono arrivati di fronte casa. Hanno preso quei due vecchiucci e li hanno messi dinanzi a quella loro figliola che non aveva più gli occhi per piangere. Volevano parlasse, batteva i denti, la barcollava, ma stava in piedi, non voleva cadere. Loro volevano vedere il terrore della gente che era lì a guardare.

«E davanti a quel babbo e a quella mamma... hanno fatto la cosa più bestiale ci sia: le hanno detto si sarebbe salvata, che sarebbe tornata da quei poeri genitori. Bastava solo dicesse i nomi dei compagni. Per salvare tutto.

«Ma la Mimma non ha parlato. Senza più gli occhi.

«Ha resistito.

«Colpi di mitraglia hanno riempito ovunque c'era silenzio. Nel vuoto che s'era fatto in strada, nelle finestre delle case, negli occhi di quel babbo e di quella mamma.

«Un silenzio differente da quello della Mimma.

«Dicono abbia sorriso. Che ci credi, Delia? Mi garba pensare di sì.

«L'hanno lasciata in terra. Un giorno intero. Un giorno intero.»

E lo aveva ripetuto guardandomi come a chiedere conferma.

«L'hanno lasciata morta per la strada perché la vedessero tutti e tutti sapessero cosa significava disubbidire.

«Ma quella non fu disubbidienza.

«Aveva resistito.

«La Mimma, nome di battaglia di Irma Bandiera, morì e vinse.»

S'era alzato nel dirlo e stingeva i' berretto con tutte e due le mani, come lo volesse asciugare, come volesse strizzarlo per togliere ogni male. Almeno a lui. E, improvvisamente, calmo: «Stare a guardare significa essere colpevoli. Coerenza vuole dire comportassi come si è. Non come si decide d'essere. Quel sorriso va onorato».

Poi, con gli occhi abbrustoliti e pien d'amore, m'aveva finito: «Bisogna resistere, Delia, perché l'è ora che la vita ci chiede di farlo».

E io ti chiamai così, bambina mia.

Come lei.

Perché anche tu avevi resistito e vinto.

Come lei.

Come i' tu babbo.

E come la tu' mamma.

Irma. Irma mia.

Perché le querce non fanno limoni.

Se lo porta al petto il diario, Irma. Si tocca il ciondolo della collanina.

È un La.

Alla Casa del Popolo cantano *Bella ciao*.

Grazie.
A chi amo.
In cielo e in terra.

Finito di stampare nel mese di giugno 2025
su carta Holmen con fibra vergine proveniente
da foreste sostenibili holmen.com/paper
presso Elcograf S.p.A. – Stabilimento Cles (TN)